천 번의 환생 끝에

천 번의 환생 끝에 2

요람 장편 소설

초판 1쇄 찍은 날 § 2017년 8월 23일
초판 1쇄 펴낸 날 § 2017년 8월 30일

지은이 § 요람
펴낸이 § 서경석

총괄팀장 § 최하나
편집책임 § 김슬기

펴낸곳 § 도서출판 청어람
등록번호 § 제387-1999-000006호
등록일자 § 1999. 5. 31
어람번호 § 제1-2755호

주소 § 경기도 부천시 원미구 부일로 483번길 40 서경B/D 3F (우) 14640
전화 § 032-656-4452 팩스 § 032-656-4453
http://www.chungeoram.com
E-mail § chungeorambook@daum.net

ISBN 979-11-04-91435-5 04810
ISBN 979-11-04-91433-1 (세트)

요람 장편소설

FUSION
FANTASTIC
STORY

2

천 번의
환생 끝에

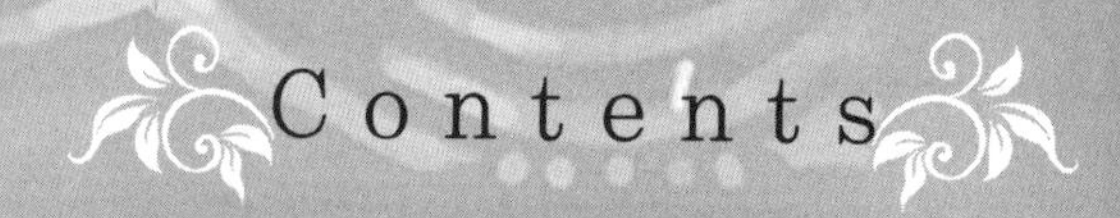

Contents

chapter9

리틀 사이코패스 첫 촬영

"컷! 오케이! 좋습니다!"

박종찬 감독의 목소리에 지영은 웃음을 지우고, 천천히 눈을 감았다. 그리고 동시에 닫히는 사십구 호의 기억 서랍. 그러자 새하얀 백지에 여러 가지 물감이 스며들 듯 감정이 되살아나기 시작했다.

첫 번째로 느낀 감정은 배고픔이었다.

"후우……."

첫 번째 신부터 시작해 오늘의 마지막 신까지 찍는데 총 다섯 시간이 걸렸다. 세트 준비하는 시간을 빼면 연기 시간만 한 시간 남짓이지만 그 기간 동안 지영은 좀 지치고, 상당한 허기를 느꼈다.

쪼르르.

전담 매니저 서소정이 물과 수건을 들고 달려왔다. 그녀가 건네주는 물을 벌컥벌컥 마시는 지영. 마음 같아서는 먹을 것 좀 달라 하고 싶지만 앞으로 제이는 더욱 야위어가고, 날카로워져 간다.

먹고 싶어도 먹을 수가 없는 상황이었다.

그런 지영의 상태를 눈치챈 걸까? 서소정이 조심히 물어왔다.

"괜찮아?"

"네, 좀 지치긴 했는데, 참을 만해요."

"걱정이네. 약 가져올까?"

"이따 차에서 먹을게요."

"그래, 그럼. 그럼 잠시 쉬고 있어. 나는 이후 촬영 스케줄 좀 알아보고 올게."

"네."

본래라면 오늘 찍을 신은 끝났다.

하지만 자신의 신이 끝났다고, 휭 자리를 뜰 수는 없었다. 추가 촬영이 있을지도 모르기 때문이다.

물론 그걸 빼고도 지영은 갈 마음이 없었다. 이후 김윤식의 촬영을 지켜보고 싶었기 때문이다. 지영은 자리에서 일어나 세트장 밖으로 나왔다. 걸음을 옮기면서 지영은 그래도 다행이라 생각했다.

이건처럼 강렬한 삶이 아니어서 그런지 서랍을 닫은 이후 생기는 후유증이 별로 없었다.

지금 당장 받는 느낌은 좀 감각이 무뎌졌다 정도?

딱 그 정도였다. 어수선한 세트장을 벗어나 대기실로 들어오는 지영.

"지영이다!"

오, 민아가 와 있었다.

요즘 치료를 받는다고 해서 한동안 못 봐서 그런가, 아주 조금 반가운 마음이 일었다.

물론 오전에 학교에서 봤지만 이렇게 학교 끝나고 만나는 건 솔직히 오랜만이었다. 매일 민아 어머니 정미정이 직접 와서 데려갔기 때문이다.

"언제 왔어?"

"방금! 방금!"

"가서 치료 잘 받았어?"

"웅!"

배시시.

이히히.

쪼르르 지영의 옆으로 의자를 들고 온 민아가 웃었다. 천진난만함이 가득한 웃음이었다.

이럴 때의 민아는 아홉 살처럼 보이기도 했다. 어머니 임미정이 민아 어머니 정미정에게 듣기로는 민아에게 큰 문제는 없다고 했다.

처음에는 정말 ADHD, 주의력 결핍 과잉 행동 장애(Attention Deficit/Hyperactivity Disorder)라도 있는 게 아닌가 걱정했지만 민아는 지극히 정상이었다. 아니, 오히려 또래보다 우수한 지능과 집중력을 가지고 있었다.

'그러고 보니 민아 성적이 전교 이 등이었지, 아마?'

일 등은 당연히 지영 본인이었다.

정신적으로 문제가 없지만 그래도 치료는 받기 시작했다.

그게 벌써 3개월째고, 이제 한 달 남았다고 들은 것 같았다. 그럼 민아가 지영을 이렇게 따르는 이유는? 여전히 오리무중이었다.

"잘해쪄? 안 혼나쪄?"

"응, 안 혼났지."

"우아! 역시 지영이 대다네!"

그새 또 혀가 반 토막이 난 민아다.

지영은 민아를 빤히 바라봤다. 귀염의 극치는 이제 거의 사라졌다.

민아의 키는 150을 넘었다. 지영보다도 3㎝나 크다. 지영도 쑥쑥 크지만 민아도 정말 쑥쑥 컸다.

마치 추월을 허락하지 않겠다는 듯이 경쟁적으로 자랐다. 지나치게 빠른 성장 때문에 지영도 민아도 검사를 받은 적이 있었다. 역시나 둘 다 정상이었다.

그리고 앞으로도 쭉쭉 클 거라는 진단도 같이 받았다.

"여."

대기실로 김윤식이 들어왔다. 그의 등장에 민아는 벌떡 일어나 허리를 폴더처럼 접었다.

"안냐세여! 유민아입니다!"

"허허."

그는 그저 느긋한 웃음을 흘려주고는 민아의 머리를 슬쩍 쓰다듬어 줬다.

나이 차이는 많지만 이 바닥에 발을 들인 이상 민아도 김윤식의 후배다. 후배를 사랑하는 마음이 담긴 손길이었다.

그 손길에 담긴 온기에 민아가 고양이처럼 어깨를 부르르 떨었다.

"안녕?"

뒤이어 들어온 송지원의 인사에 민아는 이번에도, '어! 지원 이모다!' 하면서 도도도 달려가 안겼다.

송지원의 눈매가 꿈틀거리는 건 아마도 착각은 아니었을 것이다.

그런 둘을 뒤로하고 김윤식은 지영 앞에 앉았다.

"괴물, 괴물 하더니, 진짜 괴물이긴 하다, 니."

김윤식이 물을 마시고 난 뒤 한 말이었다.

"아닙니다."

"아니기는. 내 무슨 민석 선배님이나 강우랑 연기하는 줄 알았다."

"아하하."

김윤식이 지금 한 말은 결코 빈말이 아니었다.

지금까지 지영과 합을 맞추면서 지영은 단 하나의 NG도 내지 않았다. 오히려 김윤식이 두어 개 냈고, 혹시 몰라 신을 더 따내는 것 빼고는 그야말로 완벽했다.

오늘 찍은 분량은 솔직히 극에서 10분 이상 써먹을 신이었다. 하지만 가능하면 전부 넣어도 될 만큼 완성도가 높았다. 감독이라면, 배우라면 꼭 넣고 싶은 장면이었단 소리다.

김윤식은 특히 오늘 마지막 신에 주목했다.

아무런 표정도 없던 얼굴에서 나오는 미소. 김윤식은 봤다. 그 미소에서 눈은 웃고 있지 않았다는 걸. 흔히 내면 연기라 하는 종류에 들어가는 웃음이었다.

문제는 그게 이제 고작 아홉 살 먹은 꼬마가 해냈다는 것에 있었다.

지영의 연기야 이미 몇 차례나 봐서 장난 아니라는 걸 알고 있었지만 이 정도의 연기가 가능하다는 걸 직접 두 눈으로 보자 그건 베테랑 연기자 김윤식에게도 꽤나 큰 충격으로 다가왔다.

"마지막에 그건 애드립이지?"

"아, 그거요? 네. 전부터 좀 미진한 게 아닌가 생각하고 있던 참이어서… 죄송합니다."

"허헛, 아니다. 보니까 훨씬 잘 나왔드라."

"그런가요? 상대 배우분이 잘 받아줘서 그런가 봐요."

반.

가.

워.

입모양으로 한 단어씩 끊어 보낸 인사는 사실 대본에 없었다. 원래는 그냥 잠시의 눈 맞춤 뒤, 지영이 웃는 걸로 끝난다. 하지만 지영은 뭔가 미진함을 느꼈다. 그래서 준비했던 애드립을 던졌다. 혼나면 뭐, 다시 하면 그만이다.

이 또래의 아역들이 경력 때문에 애드립을 절대 안 한다고는 하지만 지영이 어디 보통 인간인가?

아홉 살짜리 몸에 천 번의 환생을 경험한 영혼이 들어가 있는, 어찌 보면 인간이 아닌 존재라 할 수 있는 몸이었다. 혼나는 것쯤이야, 별것도 아니다.

그래서 준비한 애드립을 쳤는데, 웬걸?

상대 배우가 그걸 제대로 받았다. 이제 중3 여배우인데, 나름 영화판에서는 이름이 알려진 배우라고 들었다. 짧은 시간만 나오는 조연이지만 지영은 그 배우에게 속으로 감사하단 말을 던졌다.

"진짜 대단하긴 하다, 니도. 허헛, 바로 갈 거냐?"

"아니요. 선생… 아니, 선배님 촬영하는 것 좀 더 보다 가려고요. 지금 가도 별로 할 일도 없고요."

"공부는 안 하나?"

"하하."

지영은 짧게 웃곤 말았다.

그런 웃음에서 이유를 파악했는지 또 피식 웃고 만 김윤식. 그래, 이 정도 사고가 가능한 아이에게 성적을 묻는 건 솔직히 바보짓이라는 걸 깨달았던 것이다.

"그래, 그럼 있다 가라."

"네, 선배님. 오늘 고생하셨습니다."

피식.

"그래."

김윤식이 나가고, 송지원과 민아가 쪼르르 다가왔다. 민아는

지원의 무릎 위에 앉았는데, 그녀는 눈빛으로 어후, 무거워, 하며 지영에게 도와달라 부탁했다.

'민아야, 이리 와' 하자 '응!' 하고 지영의 옆으로 냉큼 넘어와 앉는 민아.

한결 편해진 얼굴이 된 송지원이 말을 이었다.

"애드립 최고. 쩔었어."

"그랬나요?"

"응, 설마 거기서 그렇게 인사를 할 줄이야. 생각도 못 했네, 호호."

"고마워요. 근데 혹시 그 상대 배역 누구인지 알 수 있을까요?"

"누구? 아, 네 애드립 받아준 애?"

"네."

"우리 회사 애야. 너랑 내가 나오니까 회사 연기자들 몇 명 꽂았거든. 임유나라고."

"임유나. 음, 다음에 마주치면 고맙다고 말해야겠네요. 그분이 잘 받아줘서 잘 살았어요."

"그렇긴 하지. 걔가 그래도 센스가 좀 있어, 순발력도 좋고. 우리도 기대하고 키우는 애지, 후후."

송지원은 얼마 전, 보라매의 지분을 사들였다.

그 결과 큰 힘은 없지만 이사 직함도 얻게 됐다. 결정 권한은 없지만 입김은 확실히 커졌다.

워낙에 거물급 배우이기도 했거니와 거기에 지분까지 확보했으니 발언권 자체가 세진 건 당연한 일이었다.

물론 나중에 다른 곳으로 갈 땐 지분을 모두 회사에 매각하는 조건도 있었다.

"근데 누나는 오늘 신 없지 않아요?"

"없지. 그런데 내 버릇 중 하나가 촬영이 시작되면 무조건 나와서 분위기를 익혀두기거든."

"오, 그건 좋네요."

"현장 분위기를 알고 있으면 나중에 확실히 도움이 되더라고. 그래서 일부러 내 신은 좀 뒤로 밀어달라고 할 때도 있어. 아, 맞다. 오늘 관계자들 많이 왔는데 거기에 외국인도 있더라?"

"외국인이요?"

"응, 괴물 신인의 이름이 이제 한국 말고 해외로도 뻗어나간다는 소리겠지?"

"아아……."

실제로 기사를 찾아보면 어느 나라의 누가 지영을 칭찬했다더라, 이런 기사가 많았다. SNS는 말할 것도 없었다.

각국의 배우, 영화 관계자들이 지영에게 간접적 러브콜을 보내오고 있었다. 하지만 전부 좋은 것만 올라오는 건 아니었다. 시기, 시샘은 당연히 존재했다.

특히 바로 옆의 섬나라 일본은 지영을 깎아내리려 안달이 난 것처럼 보였다. 배우들이야 아직은 조용한데, 그놈에 우익들이 문제였다.

뭘 고작 이 정도로 난리를 치냐 정도는 양반이었다. 아예 입에 담지도 못할 말로 지영을 깎아내리다 못해 아닌 헐뜯고 있었다.

'하여간 쪽바리 새끼들…….'

지영은 일본에 대한 감정이 안 좋았다.

그냥 안 좋은 것도 아니고, 정말 안 좋았다.

왜란과 광복의 시기 때, 정말 개고생에 고문까지 당했었다. 게다가 그런 연유인지 단 한 번도 일본에서 환생한 적이 없었다. 그래서 일본에 대한 지영의 감정은 원한과 분노라고 봐도 좋을 정도였다.

그래서 가능하면 마주치기 싫었고, 엮이는 건 더더욱 싫었다.

"혹시 헐리웃에서 제의 오면 갈 거야?"

송지원의 말에 지영은 일본에 대한 생각을 지우곤 그 질문에 답했다.

"아니요. 아직은… 그러고 싶지 않아요."

"왜? 헐리웃인데?"

"저 이제 아홉 살이거든요? 아직은 부모님 품에 더 있고 싶어요."

픕.

지원이 대놓고 비웃었다.

그녀 입장에서 그 비웃음은 당연한 것이었기에 지영도 별로 개의치 않았다.

두 번째 대답이야 그냥 변명이지만 첫 번째 대답은 진심이었다. 헐리웃? 영화인이라면 한 번쯤은 그곳에 도전해 보고 싶어 한다. 헐리웃에서 대성공해 세계적인 명성을 쌓아보길 상상한다.

'경험하란 명령이 있으니 가기야 하겠지만…….'

아직은 아니었다.

지영은 만약 헐리웃에 간다면 자신이 세운 두 번째 '계획'을 실행, 성공한 다음 넘어갈 생각이었다. 영화는 운이 좋아 시작했다면 두 번째 계획은 온전히 자신이 세웠다. 잘될지, 잘 안 될지는 모른다.

하지만…….

'내겐 일천 번의 삶이 있지.'

일단 믿는 구석은 있었다.

처음은 뭐가 좋을까?

다만 문제는 아직 장르를 정하지 못했다는 것에 있었다. 장르를 정해야 기억 서랍을 정할 수 있다.

지영은 뭐가 좋을까, 고민하려다가 바로 고개를 저어 털어냈다.

'천천히 생각하자. 지금은 촬영에만 집중하고.'

아직 시간은 많았다.

자신은 이제 고작 아홉 살.

명령도 착실히 이행하고 있는 마당에 쫓기듯이 달려갈 필요는 조금도 없다는 게 지금 지영의 마음이었다.

*　　　*　　　*

이제는 가볍게 입고 다녀도 될 4월이 되었다.

그동안 촬영은 순조롭게 진행되었다. 한 달이 지난 지금, 신의

3분의 1을 끝냈다. 주연배우들이 연기 실력이 너무 좋아 NG가 거의 나지 않았기 때문이다. 조연, 혹은 보조 출연자들의 NG가 더 많았지만 그 정도야 너그럽게 넘어갔다. 그리고 박종찬 감독 특유의 버릇이라 할 수 있는 3일간의 휴가가 주어졌다.

스태프도, 배우도 재충전의 시간을 가지라는 배려였다. 그런 배려에도 지영은 학교에 갔다가 서소정이 픽업해 보라매에 도착했다.

고작 아홉 살이지만 지영은 어엿하게 개인 사무실을 가지고 있었다.

메이크업, 의상, 그리고 서소정까지 총 세 명으로 조촐하게 꾸려진 지영의 팀이 쓰기에는 넓은 사무실이었다. 게다가 서소정을 뺀 두 사람은 휴가 중이었기 때문에 안 그래도 큰 사무실이 더욱 크게 느껴졌다. 그리고 서소정도 지영을 픽업해 준 뒤, 바로 퇴근이었다. 지영은 나중에 임미정과 함께 퇴근하면 되기 때문이다.

"그럼 먼저 갈게. 혹시 무슨 일 있으면 바로 연락하고."

"네, 누나. 오늘도 고생했어요."

"응응, 그럼 수고!"

서소정도 퇴근하자 지영은 가방에서 대본을 꺼냈다. 역시나 손때 가득한 대본.

지영은 천천히 남은 신의 대사를 떠올렸다. 하루도 빼먹지 않고 대본을 보고, 감정을 대입시켜 보는 건 상당히 피곤한 작업이지만 지영은 하루도 빼먹지 않았다.

"흠……."

그때 애드립 이후, 지영은 별다른 애드립을 치지 않았다. 마땅히 넣을 구간이 없기도 했지만 신은정 작가에 대한 배려도 있었다. 그러나 그렇게 하다 보니 다른 사람은 못 느끼고, 지영 혼자 느끼는 문제가 생겨 버렸다.

'부족한데……. 이걸로는 너무 무섭기만 해.'

예전에 느꼈던 문제점이었다.

지영은 제이의 캐릭터에 큰 문제가 없다는 걸 알고는 있었다. 신은정은 제이의 캐릭터를 로빈쿡의 돌연변이 속 VJ와는 조금 다르지만 캐릭터의 성향 자체는 거의 비슷하게 짰다. 돌연변이에 안 나오는 신의 추가는 있어도, 소설이 가진 캐릭터성은 거의 비슷하게 짰다.

그렇기 때문일까?

'아류 같은 느낌이야.'

아류(亞流).

이런 느낌을 받는 게 지영은 싫었다.

제이를 고유의 캐릭터로 만들고 싶은데, 설정에서 다른 감정을 넣기란 매우 애매했다.

인간미?

애초 유전자 조작 과정에서 사라졌다는 설정이 존재한다. 그렇기 때문에 제이는 왜? 라는 의문과 의심 자체를 가지지 못했다.

'흔히 말하는 오욕칠정(五慾七情)을 가지지 못한 캐릭터니까.'

지식의 습득 능력과 성장이 과도하게 빠르다는 설정이 붙은 게 유전자 조작으로 태어난 아이들이다. 여기에 인간미를 욱여 넣는다?

'그랬다간 캐릭터가 무너져.'

이 정도는 지영도 알 수 있었다.

만약 뭔가를 넣고 싶다면 그냥 연기로만 보여주는 게 아닌 왜 변했는지, 왜 다른 건지에 대한 충분한 설명이 필요하다. 그래야 관객들이 이해하기 때문이다.

"후우."

지영은 결국 신은정 작가에게 전화를 걸었다.

"네, 작가님, 저예요. 아니요. 별다른 일이 있는 건 아니고요. 제이 캐릭터 때문에 전화드렸어요. 네네, 조금 부족하게 느껴져서요. 아, 작가님도 그렇게 생각하셨어요? 다행이다……. 혼자 끙끙 앓고 있었거든요. 지금요? 보라매예요. 네, 알겠습니다. 네."

뚝.

다행이었다.

신은정 작가도 뭔가 부족함을 느끼고 있었던 것 같다. 박종찬 감독도 그 의견에 동의했다고 한다. 그리고 만약 뭔가를 추가하려면 지금밖에 없다는 걸 알고 있었나.

촬영을 더 하면 더 이상 제이의 캐릭터를 건드릴 수 없기 때문이다. 지영의 요청으로 제이가 '움직이는' 신은 한 번에 몰아서 찍기로 되어 있었기 때문이다. 감정 소모가 크니 그걸 툭툭 간헐적으로 찍는 것보단 한 번에 싹 몰아 찍어내는 게 편하다고 전했고, 다행히 박종찬 감독도, 신은정 작가도 고개를 끄덕여 줬다.

다시 곰곰이 대본을 바라보는 지영.

뭘, 뭘 넣어야 할까?

뭘 추가해야 할까?

뭘 빼야 할까?

고민은 끝없이 계속됐다.

기왕 시작한 것, 아류가 아닌 첫 번째 캐릭터가 되고 싶었다. 한번 시작하면 확실하게 하는 성격인 지영의 성격은 역시 어디 가지 않았다.

그 어린 나이에 증거를 잡아 이정숙을 감옥으로 보내 버린 게 지영이다. 그만큼 마음먹으면 정말 확실하게 하는 게 바로 지영이다.

한 시간이 지나자 신은정 작가가 모자를 푹 뒤집어쓴 채 왔다.

"지영이 안녕?"

"오셨어요."

"응, 오셨지. 자, 이거."

신은정 작가는 오면서 커피와 과일을 사들고 왔다. 요즘 지영이 식단 조절을 하고 있는 걸 알아서 과일을 사온 건 역시 센스가 좋아야 나올 수 있는 행동이었다. 두 사람은 바로 테이블을 놓고 앉았다.

"일단 정확하게 말해줄래? 지영이는 제이의 캐릭터에서 뭐가 부족하다고 느껴?"

"음… 가장 먼저 느낀 건 브이제이의 아류같이 느껴져요. 크게 벗어나지 못한 느낌?"

"그래?"

"네. 기왕이면 아류가 아닌, 첫 번째 캐릭터가 되고 싶어요."

"음……."

이건 솔직한 본심이었다.

비록 소설이지만 VJ란 캐릭터는 실재한다. 그럼 그와 닮은, 아니, 그를 모티브로 만들어낸 제이를 연기하면? 두 번째가 되는 것이다. 지영은 이 부분이 아쉽기도 하고, 싫기도 했다.

"후, 확실히 이미 있는 캐릭터를 모티브로 만들면 이런 일이 벌어지긴 해. 그리고 나도 어렴풋이 느꼈고. 그래도 다행이다. 지영이가 그걸 바로 얘기해 줘서."

"좋게 봐주셔서 감사합니다."

지영이 꾸벅 고개를 숙여 인사하자, 고개를 도리도리 젓는 신은정 작가.

"아니야. 잘 말해줬어. 감독이 느꼈고, 작가가 느꼈고, 배우도 느꼈어. 그럼 문제가 있는 게 맞아. 더 늦기 전에 수정하는 게 옳아."

신은정 작가는 고집을 세우지 않았다. 이건 정말 다행이었다. 하긴, 고집 있는 작가들 같았으면 지영을 애초에 쓰지도 않았을 것이다.

톡, 톡.

펜으로 대본을 쿡쿡 찌르는 신은정 작가.

지영도 대본을 들여다봤다.

이제는 처음부터 다시 찬찬히 훑어봐야 할 때다.

돌연변이 자체의 설정을 아예 바꿀 수는 없었다. 본래 캐릭터는 윤리, 도덕성의 결여. 그로 인한 살인이 주 내용이다. 물론 그 안에는 인간이 밟지 말아야, 넘지 말아야 할 선에 대한 엄중한 경고도 있었다.

리틀 사이코패스도 마찬가지다.

생명, 유전공학 연구에 대한 경종의 메시지를 분명하게 담을 생각이었다. 그러나 이러한 내용 부분은 문제가 없다. 말했듯이 문제는 캐릭터다. 강지영이란 배우에게 VJ를 대입시키다 보니 너무 평면적인 캐릭터가 만들어졌다.

"인간미는 안 되겠지? 갑자기 각성한다던가 하는 그런."

"엔지에프, 신경 성장인자의 주입으로 아예 가지지 못했다고 이미 신까지 찍었잖아요. 인간미는 어렵지 않을까요? 애초에 인간미 자체를 도덕성, 윤리라고 볼 수도 있으니까요."

"그렇지? 흠, 문제네."

신은정 작가는 모자를 벗고, 질끈 묶어 놓은 머리를 펜으로 북북 긁었다. 물론 비듬이 떨어지거나 그러진 않았다. 윤기가 흐르지만 안 감아서 번들거리는 건 아닌 것 같았다. 에센스? 화학으로 완벽하게 조합된 상큼한 과일 향이 훅 들어왔다.

'음… 완벽?'

뇌리를 픽 스치는 생각.

새까만 어둠 속을 새하얀 번개가 쉭 가르는 감각이 찌르르, 뇌리를 내달렸다. 명령이 내려온 건 아니었다.

"완성체."

"응?"

"완성체 설정은 어떨까요?"

"완성… 체? 뭔 소리야, 그게?"

"따지고 보면 실험은 실패한 거잖아요?"

"그렇지. 실험에 실패했고, 그 결과 윤리와 도덕성이 결여된 아이들이 태어난 거니까. 아, 아하? 뭔지 대충 감이 잡힌다."

역시, 신은정 작가는 바로 지영이 말한 완성체의 의미를 대충 파악했다. 전부는 아니지만 그래도 괜찮다. 설정 하나만 추가하면 나무뿌리처럼 파생되는 다른 서브 설정도 만들 수 있으니까.

신은정 작가는 큼지막한 스케치북 중앙에 '완성체'라 적고 크게 동그라미를 쳤다.

"자, 먼저 생각한 걸 말해줄래?"

"네, 그러니까……."

지영은 천천히 자신이 생각한 바를 정리해서 말하기 시작했다. 신은정은 지영이 말한 단어들을 완성체를 중심으로 잡고, 사방으로 스케치하기 시작했다. 이후 신은정 작가의 의견도 말하기 시작하면서 열띤 토론이 벌어졌다.

그렇게 시작된 캐릭터 회의는 지영이 어머니가 퇴근하고 온 후에야 끝났고, 두 사람은 홀가분하고 매우 만족한 표정으로 자리를 털고 일어났다.

*　　*　　*

언제였더라?

잘못된 걸 알았던 게.

'한 살, 아니, 그 이전.'

제이는 자신의 사고가 생성된 시간을 정확하게 기억했다. 모체가 태아의 건강에 도움이 된다는 특별한 비타민을 투여받았을 때, 기존에 들어왔던 NGF 유전자와 결합, 진화, 변이 과정을 거치면서 생각하는 사고(思考)가 갑작스럽게 생성됐다. '돌연변이'이자, '완성체'의 탄생이었다. 하지만 배 속에서의 기억은 희미했다. 모체를 통해 듣는 걸로 언어는 배웠지만 그 언어를 사용할 사고력이 형성되질 않았다. 하지만 잠깐이었다.

돌잡이를 할 때가 됐을 때 제이는 제대로 자신의 의사를 표현할 수 있는 사고가 자리 잡았다. 하지만 병원을 다니면서 자신이 뭔가 잘못됐다는 것을 깨달았다. 옹알이하는 영유아들, 자신을 뺀 모든 아기는 자신의 본능을 '우는' 걸로 표현했다. 거기서 벗어나는 아기들이 단 한 명도 없었다.

타인과는 다르다. '잘못됐음'을 인지한 순간부터 제이는 숨죽였다. 혀가 잘 굴러가지는 않으나 이미 언어는 전부 익혔다. 쓰는 학습 과정 또한 전부 스스로 배웠다. 그렇게 1년이 더 지났을 때, 아장아장 걸을 수 있게 된 때부터 제이는 몰래 책을 봤다. 아버지의 직업이 직업인지라, 전문 서적이 넘쳐났다. 하지만 능숙하게 이해하고, 읽을 수 있게 되기까지 다시 1년이 더 걸렸다.

네 살.

다섯 살.

여섯 살.

지식은 쌓였다.

그 지식을 사용하는 방법도 배웠다. 하나 제이는 더더욱 숨을 죽였다. 있는 듯, 없는 듯 남들과 다른 건 특별한 게 아닌, 특이함이나 이상함으로 인식된다는 것 또한 제이가 스스로를 숨기는 데 한몫했다.

초등학교에 들어갔을 때도 제이는 두각을 드러내지 않았다. 반에서 3, 4등, 전교 10, 15등 사이. 원서도 읽을 수 있는 제이지만 스스로의 성적을 줄였다. 아이큐 테스트 또한 마찬가지였다.

150만 넘어도 천재 소리를 듣는다.

그래서 110.

뛰어난 정도까지만 조절해서 봤다. 하지만 고의적으로 틀리면서도 확인해 본 결과, 320. 역시 타인에게 알릴 수치가 아니었다. 그렇게 시간이 더 지났다. 열두 살이 되던 해, 제이는 중대한 사실 하나를 더 깨달았다.

자신이 사랑의 결실로 태어난 아이가 아니라는 걸. 아니, 사랑의 결실이라 해도 그 결실 안에 다른 욕망이 숨어들어 있다는 것을.

'태어난 게 아닌 창조된 인간.'

제이는 스스로가 '제작품'임을 깨달았다. 이후 아버지의 서재, 그리고 연구 결과 등을 몰래 살펴봤다. 비밀번호를 알아내는 게 어려웠지만 불가능한 것도 아니었다. 계정 해킹 정도는 인터넷을 통해 배워도 한 달이면 충분하다 못해 넘치니까.

그 안에서 제이는 이중석이 가진 모든 기록을 살펴봤고, 확신했다.

그리고 새로운 사실 또한 알 수 있었다.

자신이 최초가 아님을.

제이는 그걸 알고 모종의 결심을 다졌다. 해킹 프로그램 하나를 만들었고, 아버지가 쓰던 USB에 몰래 담았다. 그 결과, 자체 통신망을 사용하는 연구소를 조용히 장악했다. 또다시 프로그램 하나를 만들었다. 뇌파 검사, 뇌 CT 기계 등 뇌를 관찰하고 자극하는 기계를 감염시켰다. 프로그램이 작동되고, 특수한 전자파가 자신보다 먼저 태어난 선배 제작품들을 은밀히 감염시켰다. 결과는 즉각 나왔다.

폭력성이 눈에 띄게 올라갔다.

사고가 나고, 이 과정을 일으킨 목적이 달성되어 갔다. 연구소 입성. 제이가 바란 일이었다.

패딩 속에 숨겨 몰래 가져온 패드를 조작하는 제이. 일순간 CCTV 기능이 정지했다. 제이는 정지된 CCTV 화면을 잠시 보다가 이내 패드 아래의 소년을 바라봤다. 발작을 일으켰던 실험체, 아니, 제작품.

침대에 구속되어 있는 제작품을, 동족을 바라보며 제이는 조용히 미소 지었다. 하지만 여전히 눈은 웃지 못했다.

"안녕."

"……."

푹!

실험체의 심장에 꽂히는 송곳. 고통에 한차례 몸을 꿈틀거렸지만 실험체는 제이를 올려다보기만 할 뿐, 입을 열지 못했다. 윤리 도덕, 그리고 왜, 라는 기본적인 의문조차 가지지 못한 불쌍한 실패작들.

통각은 살아 있어 통증에 인상을 찡그리는 게 전부인 실패작을 내려다보며 제이는 이렇게 생각했다.

고장 났는데 고칠 수 없다면.

"폐기해야지."

그만 쉬어.

태어나선 안 되었던 존재들아.

순수한 마음에서 나온, 제이의 배려였다.

자신을 바라보던 눈빛에서 생기가 조금씩 빠져나가는 게 보였다. 실험체는 그렇게 죽어가면서도, 그 어떤 의문도 품지 않았다. 그냥 그렇게 생명 활동을 정지할 뿐. 생존 본능이 결여되어 있고, 그래서 실패작이다.

"흐음."

짧게 숨을 내쉰 제이는 송곳을 툭 쳤다. 사람을 죽였다. 동족을 죽였다. 같은 방식으로 제조된 창조물을 죽였다. 제이는 칼의 지문을 닦고, 폐쇄 병동을 빠져나왔다. 패드로 CCTV를 확인해가며 사람이 없는 곳을 척척 지나쳐 나와 본인이 있었던 연구실로 들어가는 제이. 오는 시간은 총 5분. 워낙 가까운 곳에 있었던지라 동족을 죽이고 돌아오는 데 총 15분이 지나지 않았다. 패드를 놓고 차가운 침대 위에 올라간 제이는 나갈 때 떼어놓았던 선을 다시 몸에 척척 붙였다.

그러곤 가만히 누워 천장을 보는 제이.

백열등의 눈부신 빛이 망막으로 들어오면서 뻐근한 통증을 일으켰다. 그래도 제이는 계속 지켜봤다. 제이는 자신이 살인을 저질러도 아무런 감흥이 없을 것임을 이미 알고 있었다. 그래서 첫 살인 때는, 꼭 눈물을 흘려보고 싶었다.

왜?

누가 만약 이런 제이의 마음을 알았다면 왜냐고 물었을 테지만 제이는 아니었다. 순수하게 '그냥'이라고 답할 수 있을 것이다. 1분 정도를 노려보자 눈물이 강제로 생성되어 흐르기 시작했다.

눈앞에 뿌옇고, 피부를 간질거리는 느낌이 확실히 든다.

"이야, 나 울었다."

강제로 눈을 아프게 해 눈물을 흘리며 제이는 희미한 미소를 머금었다. 그 웃음은 전처럼 눈은 웃지 않는, 보는 이에게 많은 감정을 선사하는 웃음이었다.

* * *

컷!

박종찬 감독의 우렁찬 외침에 지영은 흐르던 눈물을 천천히 손을 들어 닦아냈다. 서랍은 닫았고, 감정은 다시금 살아났다.

"아… 힘들다."

촬영은 중반을 넘어, 후반을 향해 가고 있었다. 이제 남은 건 극도의 감정 절제를 통한 살인 장면 신들이었다. 오늘 신은 첫 살인 장면이었다. 극 중 지영이 선보일 장면은 전부 셋이다. 다른 신은 이중석 박사 신에서 설명할 예정이었다.

"괜찮아?"

서소정의 질문에 지영은 천천히 고개를 끄덕였다. 아직 감정이 풍부하게 들어온 상태가 아니라 그런지 입을 열어 대답하고픈 마음이 들지 않았다. 텅 빈 눈동자를 빤히 응시하던 서소정이 얼른 물을 내밀었다.

물을 반통이나 비웠는데도 시원하단 느낌이 들지 않았다. 감정이 돌아오고는 있지만 아직 풍성하게 차오르지 않은 상태다. 아직 남아 있는 사십구 호의 영향 때문이었다. 그로 살았을 때 기계처럼 마시고, 먹고, 마시고, 먹고의 행동만 반복했을 뿐이었다.

지금이 그랬다. 뭘 먹는다는 느낌보단 생명 연장을 위해 밀어 넣는다는 느낌이 더 강했다. 나중에 시대의 명령 때문에 먹는 것에 대한 '즐거움'을 알게 됐지만 그 이전까지는 정말 인형이나 다름없는 삶을 살았다. 그 기억들 때문인지, 이번엔 서랍을 닫았는데도 잔향이 좀 진하게 남았다. 그래도 다행인 건 이건처럼 광포한 상태로 남는 건 아니라는 점이었다. 지영은 천천히 일어나 박종찬 감독에게 다가갔다.

가서 앵글에 잡힌 모습을 보는 지영.

"이야……."

저녁에 신이 있는 송지원이 지영의 텅 빈 눈동자를 보면서 탄성을 흘렸다.

"으음……."

여태껏 가장 많은 신에서 호흡을 맞췄던 김윤식도 침음을 흘렸다. 앵글에 잡힌 지영, 아니, 제이의 눈빛은 이상했다. 텅 빈 눈동자는 맞다. 누가 보더라도 저 눈빛에 어떤 감정이 담겼는지 알 수 없을 것이다. 아니, 없다고 말할 것이다. 하지만 뭐지? 분명 그렇게 보이긴 하는데 이상하게 거슬리는 뭔가가 찔끔찔끔 보였다.

첫 살인을 저지른 제이.
그런 제이는 지금 어떤 감정을 느낄까?

이렇게 보는 사람들은 생각할 것이다.

하지만 아무것도 보이지 않는다.
그러나 뭔가가 보이는 것 같았다.

"보이지도, 느껴지지도 않지만 뭔가 보이는 것 같고, 뭔가 느끼고 있는 것 같은 눈빛이라… 허헛."

김윤식이 어이가 없는지 허탈한 웃음을 흘리며 감상을 마무리했다. 송지원이 찌릿, 지영을 노려봤다.

"이 괴물 같으니라구!"

원망해서 노려보는 것도 아니고, 말한 것도 아니었다. 질투나 시샘도 아니었다. 장난기가 감도는 걸 보면 알 수 있었다.

"잘 나왔어요?"

"그럼, 어마무시하게. 이번 눈빛 연기는 최고였어, 정말. '제국인가, 사랑인가' 때와는 다른 의미로 말이야."

폭군 이건.

그의 눈빛은 보는 이에게 아주 확실한 감정을 심어주었다. 위험하다, 무섭다 등등의 감정을 곧바로 선사한다. 관객들이나 평론가들도 그런 감정을 아주 확실하게 느꼈다. 하지만 이번 눈빛은 달랐다.

뭔가를 갈구하는 아련함? 그게 아주 미약하게, 너무나 미약하게 담겨 있었다. 감이 좋지 않은 사람이라면 읽는 것 자체가 힘들 정도로, 봤다고 해도 내가 제대로 본 게 맞나? 고개를 갸웃하게 만들 정도로 아주 미약하게 감정이 들어가 있었다. 여기 있는 사람들은 전부 전문가라 지영이 아주 미세하게 담은 감정을 전부 캐치해 냈다.

조금 전 신은 중요한 신이었다.

극 초반에서 중반까지의 제이와 극 중반에서 후반까지의 제이로 나뉘는 분기점이 될 신이었기 때문이다.

완성체.

극 중반부터 후반까지는 지영과 신은정이 열띤 논의로 완성시킨 완성체의 제이를 연기해야 했다. 차이점은 크지 않다. NGF(신경 성장 인자)의 초기 실험체들은 처음에는 멀쩡했다. 그 때문에 마지막으로 제이가 태어나고, 실험은 일시 중지 된다. 대신 경과 관찰 단계를 지나가게 되는데 이 과정에서 초기 실험체들에게 문제가 있음이 발견된다. 물론 이는 완성체가 된 제이가 나선 것 때문이지만 당연히 이를 모른다. 어쨌든, 어느 순간을 계기로 제이는 달라졌다. 자신이 제작된 창조물임을 안 제이는 자신의 손으로 끝을 내기를 결정한다. 수없이 읽었던 서적들. 제이는 그 서적을 통해, 그리고 스스로의 판단을 통해 자신들은 '존재해서는 안 될 작품'임을 깨달아 버렸다. 아니, 판단해 버렸다.

이 완성체라는 단어가 안 어울릴 수도 있지만 두 사람은 그렇게 불렀다. 제이의 어미니인 유정은이 이중석 몰래 투여받은 비타민 약물이 NGF 성분과 결합, 진화를 이루었다는 설정. 만약 그렇다면 정상적인 아이가 태어나야 하지만 인간이 가질 수 없는 지능 수준은 정상이어도 비정상으로 보이는 법이었다.

하긴, 스스로가 제작되어서는 안 될 존재라는 걸 판단했다는 부분에서부터 이미 비정상으로 보일 법했다. 그런 맹점을 툭 찔러 만들어진 게 바로 진화 후의 돌연변이 제이였다. 그렇게 비정상이자, 정상인 제이가 만들어졌다.

캐릭터의 중심이 없어 연기 자체가 매우 힘들겠지만 지영은 사십구 호의 기억으로 어떻게든 끌고 왔다. 필요할 때만 사십구 호의 기억을 의지하면서 말이다.

“좀 쉬었다 할까?”

지영이 좀 지친 기색이어서 그런가?

박종찬 감독이 소용히 휴식을 권했다. 그러나 지영은 고개를 저었다. 오늘 마지막 신 또한 살인 장면을 연기해야 했나.

“준비되면 바로 할게요.”

“그럴래? 그래도 세트장 정리하고 다시 세팅하려면 시간 좀 걸리니까 좀 쉬고 있어.”

“네.”

리틀 사이코패스의 촬영은 대부분 세트장에서 이루어졌다. 이중석의 집, 연구소, 폐건물과 지하실이 전부였다. 맨 마지막 신은 도로와 다른 장소에서 이루어지지만 그걸 빼면 거의 대부분을 세트장에서 한다. 금전이 들어가지만 시간을 절약하는 방법을 택한 박종찬 감독이었다. 이는 지영을 위한 배려이기도 했다.

체중 감량에 내면 연기까지. 결코 배우에게 좋은 영향을 줄 수 없기 때문이었다. 게다가 지영은 이제 겨우 아홉 살. 건강을 위해서라도 촬영 중 이동과 시간을 최대한 줄여 촬영을 빨리 마무리 지어 지영에게 부담을 덜어주겠다는 배려였다.

“괜찮겠어?”

같이 들어온 송지원의 말에 지영은 고개만 끄덕였다. 사실 그렇게 좋은 상황은 아니었다. 천하의 지영이라도 제대로 먹질 못하니 정신적, 체력적 소모를 버티기가 좀 벅찼다. 솔직히 지금 뒷목이 저릿할 지경이었다.

‘아홉 살 나이에 좌골 신경통이라니.’

‘임신’한 임미정이 들었다면 당장 배우 따위 때려치워! 성화를 부렸을 것이다. 후우, 짧게 한숨을 내쉬자 서소정이 얼른 다가와 지영의 어깨를 주물렀다. 어려도 지영의 어깨는 상당한 근육이 응집되어 있어 처음에는 낑낑거리더니, 이제는 곧잘 주물렀다. 그런 그녀의 옆으로 송지원이 불쑥 나타났다.

“지영아.”

“네?”

“진짜 괜찮은 거 맞아?”

“음… 몸이 좀 빼근하긴 해요.”

“그치? 누나한텐 거짓말해 봤자 다 보인다?”

“하하.”

사실 그녀는 아까 지영의 연기를 보면서 이미 정신적, 그리고 육체적 몸 상태를 파악했다. 연기야 나무랄 데가 없었다. 하지만 뭐랄까… 좀 힘이 부족한 느낌? 평소보다 미약하지만 몸을 움직일 때 힘겨워 보이는 장면들이 몇몇 컷 있었다. 특히 철제 침대에 올라갈 때, 평소라면 구렁이 담 넘듯 스르륵 올라갔을 텐데, 몇 번 주춤하면서 올라갔다. 근력이 뒷받침되지 못하고 있다는 뜻이었다.

"너 요즘도 식단하고 있지?"

"네, 극후반에는 더더욱 야윈 모습을 보여야 되니까요."

헐.

송지원은 그 탄성과 함께 고개를 절레절레 저었다. 그리고 고개가 멈추는 순간, 쩌렁!

"너 그러다 큰일 나, 진짜!"

"아으, 깜짝아……. 누나, 왜 그래요? 갑자기 소리를 지르고?"

지영은 귀를 막고 짐짓 투덜거렸다. 그리고 송지원을 봤다가 움찔 놀랐다. 눈에 불이 들어와 있었다.

"…이따 신 끝나고 남아."

"…네."

살벌한 협박에 지영은 슬그머니 꼬리를 말았다. 여태껏 겪어 온 송지원이라면 도망치면 정말 하루 종일 폭풍 잔소리를 해댈 테니까. 30분 뒤, 연구소 뒤쪽에 있는 폐건물 세트장에서 촬영 준비가 끝났다고 스태프가 알려왔다. 지영은 곧 갈게요, 하고 대답하곤 송지원이 선물해 준 두툼한 롱 패딩을 몸에 걸쳤다.

걸음을 옮기면서 지영은 오늘 마지막 신의 중요한 내용을 복기했다.

제이, 연구소 보호 프로그램 해제로 탈출한 실험체 추적.

여성 실험체 이(E), 찢어진 실험 의복을 입은 채 폐건물 옥상에서 위태위태한 모습으로 서 있다.

제이, 실험체이자 제작품, 실패작이 처음 연구소에서 만났던 소녀임을 알아보다.

여성 실험체 이(E), 제이를 돌아보다. 그리고 제이를 알아보고 반, 가, 워, 하고 인사한다.

제이, 실험체에게 같은 방식으로 인사해 준다.

여성 실험체 이(E), 상황을 인지하고 있다. 일련의 살인 사건의 용의자가 제이임을 확신하고 있으며, 도망치도록 연구소 보호 프로그램을 마비시킨 것도 제이임을 확신하듯 말하다.

제이, 수긍하다.

여성 실험체 이(E), 태연하게 걸어와 제이 앞에 서다.

제이, 여성 실험체 이(E), 한동안 눈빛을 교환하다.

제이, 칼을 꺼내다.

여성 실험체 이(E), 칼을 빤히 바라보다.

제이, 다가가다.

여성 실험체 이(E), 움직이지 않는다.

제이, 찌르다.

여성 실험체 이(E), 반항하지 않는다.

제이, 숨이 끊어진 걸 확인하고, 등을 돌려 사라진다.

여기까지다.

이 신에서 대사는 그렇게 많지 않았다. 중간에 제이의 인사, 그리고 실험체 이(E)가 제이가 살인 사건의 범인임을 확신하는 대사 뒤에 제이의 이별 인사가 전부다. 대부분이 내면과 눈빛 연기로 이루어진 신이다. 그래서 지영도 이번 신은 몇 번의 NG를 감수하고 있었다. 세트장은 운 좋게 실제 폐건물을 이용했다. 근처에 대규모 낚시터가 있어 민박용으로 사용할 목적으로 올리다가 금전 문제로 건설이 중지된 건물인데, 이번 신을 찍을 장소로는 딱이었다. 도착하니 이번 신의 상대 배우 임유나가 먼저 와서 기다리고 있었다.

"어, 왔어?"

"네, 추운데 벌써 왔어요?"

"음? 적응해야지! 한동안 얇은 가운 하나 걸치고 있어야 하는데!"

"그건 지원 누나랑 비슷하네요."

"그럼, 내 연기 스승님인데!"

임유나는 밝은 성격이었다. 붙임성도 좋아 그때 첫 신을 찍은 이후 지영과도 부쩍 친해졌다. 그리고 이사가 된 송지원의 첫 제자가 되기도 했다. 뭐, 그래봐야 전문가들처럼 가르쳐 주는 게 아닌 포인트만 짚어주는 정도지만 그 정도로도 임유나의 연기는 확실히 좋아졌다.

"그럼, 누구 제자인데?"

송지원의 등장에 임유나가 마치 강지영에게 달려가는 유민아처럼 도도도 달려가 안겼다. 셋이 도란도란 얘기 나누길 10분. 촬영을 위한 준비가 전부 끝났다. 박종찬 감독의 설명을 끝으로 본격적인 촬영이 시작됐다.

*　　　*　　　*

펄럭!

새하얀 원피스가 바람에 마치 깃발처럼 나부끼는 게 보였다. 제이는 옥상에 서 있는 실험체 이(E)를 고개를 들어 확인하고, 천천히 폐건물로 들어갔다. 1층, 2층, 3층을 지나 옥상으로 올라선 제이.

옥상 끝에 위태위태하게 서 있는 실험체 이(E)가 보였다. 제이는 실험체를 가만히 바라봤다.

'아니, 이제는 마지막이니 소녀라고 불러줄까.'

제이가 해줄 수 있는 최선이었다.

바스락.

한 발자국 걷기 무섭게 바닥에 나뭇잎이 바스라지며 소란을 일으켰다. 스르륵. 그 소리에 실험체, 아니, 소녀가 몸을 돌렸다. 해를 등져 얼굴에 음영이 짙지만 제이는 소녀가 연구소에서 처음으로 만났던 소녀임을 알아차렸다.

그걸 소녀도 알아차렸는지 눈동자가 잠시 커졌다가 다시 제자리를 찾았다. 그리고 소녀의 입이 천천히 열렸다.

반.

가.

워.

제이도 그 인사를 받았다.

반.
가.
워.

그리고.

미.
안.
해.

'오늘은 널 숙이러 왔어.'
제이는 두 번째 속마음까진 말하지 않았다.

chapter10

예상치 못한 사고

제이의 인사를 받은 실험체 이(E)는 제이와 다섯 보 떨어진 곳까지 걸어와 멈춰 섰다. 이후 시선을 고정한 채 열리는 입술.

"실험체 비를 죽인 건 너구나."

실험체 이(E)의 말에 제이는 고개를 끄덕였다. 변명이나 부정할 이유가 없었다.

"응, 나야."

"우리 머릿속에 이상한 신호를 넣은 것도 너구나."

"응, 맞아, 나야."

"우리가 도망치게 연구소를 조작한 것도 너구나."

"응, 맞아, 그것도 나야."

연달아 날아온 확신 어린 말. 제이는 모두 수긍했다. 앞서 말했듯이 거짓말할 이유가 없었다. 실험체 이(E)도 고개를 끄덕였다. 왜 죽였는지, 뭘 원하는지, 그런 질문은 하지 않았다. 이들은 실패작이다. 앞서 말했듯 윤리 도덕이 결여되고, 왜? 라는 감정을 가지지 못한 실험체. 그저 지식의 습득 능력과 성장만 빠를 뿐, 인간이라고 부를 수 없는 제작품들이었다. 그래서 스스로 행동할 수가 없었다. 밥을 주면 먹고, 이걸 배우라면 배우고, 이렇게 해라, 저렇게 해라, 하는 것에만 반응하는 게 전부인 제작 과정의 실패작들 말이다. 그에 비해 제이는?

'유전자 진화로 태어난 돌연변이.'

완성체라고 할 수도 있겠다.

제이에게도 윤리 도덕은 결여되어 있다. 하지만 결정적으로 다른 게 있다면 제이는 스스로 판단하고, 움직일 수 있는 행동성이 존재했다. 태내에 있을 때 모체가 공급받은 비타민 주사가 자궁 속 제이에게 영향을 끼쳤다.

NGF 유전자와 결합하고, 강제 진화를 이끌어냈다. 그 결과 생긴 게 판단 능력, 행동 능력이었다. 결국 돌연변이이자, 어쩌면 이중석 박사가 원했던 완성체가 되어 태어났다. 하지만 스스로 판단하고, 행동하는 과정에서 제이는 생명공학, 유전자공학을 배워 버렸다. 그래, 이중석 박사는 넘지 말아야 할 선을 넘어 버렸다.

그런 욕망으로 태어난 게 제이와 그 이전에 태어난 실험체들이다. 제이는 판단을 내렸다. 자신들은 아직 이 시대에 존재해서는 안 된다는 것을. 제이이기에 할 수 있는 판단이었고, 완성체이자 돌연변이인 제이는 자신 이전의 실험체들을 모두 제거하기로 마음먹었다. 물론 그러한 권한은 자신에게 없지만 '윤리 도덕의 결여'는 그저 '합리적인 판단'만을 이끌어냈다.

'제거보다는 폐기가 맞는 말이지.'

실험체 이(E)가 다가왔다.

휘이잉.

육안으로 잡히지 않는 바람이 불어와 이(E)가 입고 있던 옷을 흔들었다. 새하얀 원피스가 벗겨질 듯 나부꼈다.

"죽는구나."

바람결을 타고 실험체 이(E)의 목소리가 촛불에 꺼지는 것처럼 귓속으로 들어왔다. 제이는 고개를 끄덕였다. 그리고 더 확실하게 대답해 줬다.

"응, 죽일 거야."

그 말과 함께 준비해 온 칼을 꺼내는 제이. 저 멀리 서산에 걸친 석양이 푸르스름한 날 위를 비추고, 날카로운 예기를 끌어냈다. 실험체 이(E)의 시선이 칼을 향했다. 제이의 시선도 칼을 향했다.

"……."

"……."

잠시의 침묵 뒤에 실험체 이(E)의 시선이 다시 제이의 얼굴로 올라왔다. 제이의 시선도 다시 실험체 이(E)의 얼굴로 올라갔다.

"……."

"……."

또다시 침묵하는 완성체와 실패작.

제이의 시선에 담긴 실험체 이(E)의 눈빛에 공포는 없었다. 애초에 느낄 수 없는 감정이다. 공포라는 감정도 가지지 못했으니까. 제이는 천천히 걸음을 뗐다. 한 걸음, 한 걸음, 다시 한 걸음, 또 한 걸음.

거리는 좁혀졌고, 손에 쥐인 칼을 뻗기만 하면 실험체의 심장을 찌를 수 있는 거리가 형성됐다.

"……."

"……."

그 거리에서 다시 한번 시선을 마주치는 둘. 자신이 곧 죽을 것임을 확실하게 인지하고 있는 실험체 이(E)는 표정의 변화가 없었다. 마음의 준비? 그런 게 아니었다. 반항? 살고자 하는 욕망? 생존 본능의 결여로 인한 수동적인 자세였다. 체념이나 그런 게 아니라는 소리다.

푹.

날카롭게 갈아놓은 칼이 실험체 이(E)의 가슴을 깨끗하게 찌르고 들어갔다. 신경 인자로 인해 또래에 비해 비약적으로 성장한 근육은 성인의 완력 이상을 보여줬고, 아직 어린 제이의 힘으로도 칼을 손잡이만 남기고 찔러 넣는 게 가능하게 만들었다. 그것도 서 있는 대상을 상대로. 이조차 실제로는 불가능한 일이나 제이는 가능하다.

부르르.

통각은 살아 있다.

척추의 신경 반응에 따라 몸을 떠는 실험체 이(E). 그리고 곧 입가에서 붉은 선혈을 조금씩 흘려냈다.

스륵, 턱.

육체의 제어 권한을 제이가 찔러 넣은 칼에 빼앗겨 버려 무너

지듯 주저앉은 실험체 이(E). 이(E)는 그 상태로 제이를 올려다봤다. 원망, 죽음에 대한 공포, 그 어떤 감정도 떠올라 있지 않았다.

이래서다.

이건 사람이 아니니까.

제이는 언젠가 보았던 아이 로봇이란 영화를 떠올렸다. 기계의 반란을 다룬 영화. 제이는 그 영화의 로봇이 자신들이 될 수 있음을 알았다. 벌써 탄생하지 않았나. 완전체이자, 돌연변이인 제이 본인이 말이다.

"……."

"……."

털썩.

뒤로 넘어간 실험체 이(E). 마주친 눈빛을 통해 실험체 이(E)의 생기가 빠져나가고 있음을 확인한 제이는 기다렸다. 실험체 이(E)가 완벽하게 숨을 멈추고, 폐기될 때까지. 1분 정도 지났을 때 폐기가 끝났음을 깨달은 제이는 천천히 등을 돌렸다.

'앞으로 둘.'

끝은 이제 얼마 남지 않았다.

* * *

"컷! 오케이!"

박종찬 감독의 호쾌한 목소리가 옥상 가득 울렸다가 바람결에 실려 사라졌다. 드륵, 탁! 동시에 서랍을 닫은 지영은 눈을 번쩍! 떴다.

"후우……."

감정이 수우욱, 풍선에 바람차듯 차올랐다. 조금씩 풍성해지는 감성으로 인해 이번에도 가장 먼저 느껴지는 건 '허기'였다. 배고픔. 근 서너 달간의 조절은 역시 체력적으로 문제를 만들고 있었다. 하지만 덕분에 역할상, 외모는 최고의 싱크로율을 보이고 있었다. 서소정이 얼른 패딩과 물을 가져왔다. 쌀쌀한 바람이 부는지라 이번엔 보온병에 담아온 따뜻한 차였다. 역시 센스가 굿이다.

"고마워요."

"뭘, 이게 내 일인데. 혹시 으슬으슬하거나 그런 건 없어?"

"네, 배가 고픈 걸 빼면 괜찮아요."

"그래? 그래도 혹시 모르니까 이상하면 바로 말해야 된다? 촬영도 중요하지만 그래도 배우가 먼저인 걸 절대 잊지 마!"

"네."

그녀의 철칙.

영화보다 배우다. 드라마보다 배우다.

절대로 무리해서 자신이 맡은 배우를 굴리지 않겠다는 신념이 그녀의 머릿속에 강하게 박혀 있었다. 매니저로서는 정말 최고였다. 따뜻한 차를 마시자 몸속에서 피어오른 열기가 무뎌져 있던 감정이 깨어나는 데 확실한 일조를 했다. 한 컵을 다 마신 지영은 영상을 확인하기 위해 옥상으로 다시 올라갔다.

바람 소리와 지영, 임유나의 목소리만 간간이 들렸던 옥상은 한창 분주하고, 시끌벅적했다. 박종찬 감독의 뒤에 가서 임유나와 송지원, 그리고 김윤식 사이로 고개를 슬쩍 밀어 넣는 지영. 나부끼는 하얀 원피스, 오가는 대사, 서로의 눈빛, 한쪽에서 다각도로 촬영한 장면은 지영이 보기에도 흠잡을 데 없이 잘 나왔다.

"오오, 좋아. 감정 제대로 잡혔고. 지영이는 뭐, 말할 것도 없고, 유나도 잘했는데?"

송지원이 엄지를 척! 내밀며 말하자 임유나는 고개를 꾸벅 숙였다. 우쭐대지 않는 모습이 기특했는지 다시 한차례 머리를 쓰다듬어 주자 마치 유민아처럼 몸을 부르르 떠는 임유나다.

"음……."

반대로 지영은 신을 곰곰이 살펴봤다.

롱테이크(Long-take) 기법으로 한쪽에서만 촬영했다. 그래서 얼굴 구도가 한 면만 나왔다.

"반대쪽은 안 찍어도 괜찮을까요?"

"응? 지금도 충분해. 더 찍는다 해도 지금은 해가 지는 중이라 좀 전에 찍은 영상이랑 명암이 달라질걸?"

"아, 그런가요?"

그건 예상치 못했다.

고개를 돌려 서산마루를 슬쩍 보니 조명 때문에 인지하지 못했을 뿐, 확실히 해가 거의 지고 있었다.

"뭐, 그래픽 처리하면 안 될 것도 없지만… 괜찮겠어?"

감독은 완벽을 추구해야 한다.

박종찬 감독도 당연히 완벽을 추구하는 편이지만 오늘 지영은 두 신이나 찍었다. 그것도 극한으로 감정이 절제된 상태에서 살인 신을 두 개나 찍었다. 평범한 신이었으면 더 찍겠지만 오늘 지영은 유난히 피곤해 보였다. 걱정이 안 될 수가 없었다.

"그래, 그만하는 게 좋을 것 같은데?"

송지원도 만류했다.

하지만 지영은 '네, 그럴게요'라는 대답이 바로 입 밖으로 흘러나오지 않았다. 편집을 한다면 롱테이크로 찍은 신에 칼질을 해야 한다. 그건 분명 좋은 일이 아니다. 하지만 반대로 한쪽 구도만 말고, 다른 쪽 구도에서 보면 더 괜찮은 신이 만들어질 수도 있지 않을까?

"부족해?"

"……."

송지원이 재차 질문했는데도 입을 다무는 지영. 뭐랄까… 확실히 흠잡을 수 없는 장면이 나왔다. 송지원이 칭찬했던 것처럼 지영이야 말할 것도 없고, 임유나도 자신의 베스트 연기를 선보였다.

"알았어요."

지영은 그냥 수긍하기로 했다.

촬영에 대한 욕심. 상체를 쓱 뺀 지영은 고개를 슬쩍 저었다.

'이런 건 오랜만이네.'

명령에 충실했던 삶. 하지만 스스로가 뭔가를 해보고 싶어 욕심을 냈던 삶도 있었다. 예전에는 영화나 드라마가 잘 짠 각본대로 움직인 연기라고 여겼지만 지금은 그런 생각을 확실히 접었다.

이곳이 얼마나 치열하게 돌아가는지 알았기 때문이다.

그래서 지영도 좀 더 잘하고 싶은 욕심이 들었다.

"배우면 연기 욕심이야 있어야지. 그런 모습도 필요한 거다."

김윤식이 툭 던진 말에 지영은 생각을 접고, 그를 올려다봤다. 가장 먼저 보인 건 넉넉한 웃음이다. 두툼한 손바닥을 들어 지영의 머리에 올린 그가 다시 입을 열었다.

"하지만 뭐든 과하면 독이 된다 했지. 이 장면은 잘 나왔다. 내가 봐도 베스트야. 그러니 너무 과하게 가진 말자."

"네, 죄송합니다. 선배님."

"허헛, 아니지. 잘한 거야. 혼낸 게 아니니 실망하지 말고."

"넵."

"허헛. 박 감독, 난 먼저 가 있을 테니 끝나는 대로 연락 줘."

오케이.

"자, 오늘은 여기까지 하자. 정리들 해!"

박 감독의 외침에 조감독이 다시 크게 외쳤고, 촬영장은 다시금 분주해졌다. 원래 한 신 더 찍는다고 하더니, 시간 때문에 그냥 끝낼 생각인 것 같았다. 뭐 어차피 촬영 기간은 아주 넉넉하게 남아 있으니 문제될 것도 없었다.

지영은 분주해짐 사이로 슬쩍 파고들었다. 제이가 처음 실험체 이(E)와 마주 섰던 자리였다. 후유증이 그리 크지 않는 사십구 호의 기억이라 그런지, 어느새 감정은 풍부하게 되돌아와 있었다.

'실험체 이는 칼에 찔릴 때, 그리고 죽어갈 때 어떤 감정을 느꼈을까?'

원래 제이라면 생각하지 않은 의문인데 문득 궁금해졌다. 하긴, 지금이니까 할 수 있는 의문이기도 했다. 제이 때 이런 의문을 가진다는 것 자체가, 캐릭터의 균열을 일으켜 버린다. 그럼 그 균열에 감정이 뒤섞여 들어갈 테고, 제이가 보여줘야 하는 감정이 매우 혼탁해진다. 그러니 지금이나 가능한 의문이었다.

'물어볼까?'

임유나에게 물어볼까, 하는 생각에 그녀를 찾아보니 송지원과 조잘조잘 즐겁게 얘기를 나누고 있었다. 한없이 밝은 얼굴. 지영은 그 얼굴의 미소를 깨뜨리지 않기로 했다.

휘잉.

차가운 바람이 얼굴을 한번 훑고 지나가자 감정이 조금 가라앉았다. 역시 뜨거울 땐 차가운 게 진리인가 보다. 석영은 감정을 정리했다. 심신의 피로감이 이제는 수면 위까지 올라온 상태. 지금은 마음을 편히 가지고 쉬는 게 최고였다. 그런 마음에 패딩을 여미고 돌아서려는데, 생각도 못 한 감각이 찾아왔다.

두근, 두근.

두근.

두근!

'어……?'

왜, 뭔데……?

왜 지금, 이정숙에게 쫓겼을 때, 명령을 거스를 때나 느껴지던 감각이 느껴지는 건데?

휘이이이잉……!

그 순간, 갑자기 건물 너머에서 돌풍이 몰아쳐 왔다.

"꺄아악!"

"으악!"

돌개바람처럼 휘몰아친 정말 강한 바람에 스태프들의 비명이 난무했다. 지영도 반사적으로 몸을 움츠리는데, 조명을 들고 있던 스태프가 바람에 뒤로 밀려나며 지영을 강하게 밀었다. 그 밀림에 지영도 떠밀리고, 등 뒤에서 누군가가 또 밀렸다.

"꺄악!"

이거……?

임유나의 목소리였다.

'언제 여기로?' 하는 의문이 생기기도 전에 지영은 몸에 힘을 줬다. 이대로 밀리면? 여긴 옥상이다. 제대로 시공을 끝내지 못해 옥상 방지 턱 일부는 나무 판으로 막아놓기만 했다. 그리고 기존의 덕보다도 낮았다.

'이런 씨… 발!'

그러나 지금 지영의 몸 상태는 그리 좋은 편이 아니었다. 앞에 스태프는 건장한 성인. 조명 기구의 체중까지 얹혔다. 현재 지영의 힘으로, 몸 상태로 막기에는 무리가 있었다.

"어, 어어……!"

"조심……!"

송지원과 박종찬 감독의 경호성이 들렸다.

두근!

저릿!

그 순간에도 심장과 뇌리로 저릿한 감각이 일순간 확 찾아들어왔다. 그리고 동시에 세계가 후욱……! 느려졌다. 세계의 시간을 마치 최대 감속시켜 놓은 것 같은 감각.

'이거…….'

위험하다.

본능이 보내는 경고는 절대적이었다.

지영은 순간적으로 손을 뒤로 뺐다. 뭔가를 지탱하려 할 때 나오는 인간의 본능적인 행동. 그러나 손끝에 두툼한 패딩의 끝이 잡혔다.

'아…….'

임유나.

이대로 밀리면?

말할 것도 없었다.

지영은 손끝에 힘을 주고, 그대로 앞으로 원을 돌리듯 뿌렸다. 그 동작이 끝나자 이번엔 역순으로 세계가 감속을 풀고, 최대치로 밟아버린 스포츠카처럼 흘러갔다. 그러다 다시 제 속도로 찾아오는 시간.

우직!

하필이면 진짜 재수 없게 나무판자로 막아놓은 부분으로 몸이 날아갔고, 지영의 몸과 부딪치는 순간 힘없이 쪼개졌다.

"꺄아아아……!"

"지영아……!"

지영은 그 비명 소리를 듣는 순간에 몸이 붕 뜨는 부유감도 같이 느꼈다.

"쌰……."

하여간 진짜 지랄 맞은 명령이고 시련이다.

더럽다 진짜.

'예고도 없이 이런 타이밍에 오냐?'

지영이 짜증스레 속으로 말을 털어놓는 순간, '지영아……!' 하는 송지원의 외침이 들려왔다. 번쩍! 정신이 정말 순식간에 되돌아왔다.

'내가 이렇게… 순순히 당해줄 것 같냐!'

지영은 상체를 틀었다.

이미 나무판자를 쪼개고 옥상에서 튕겨 나간 몸은 낙하를 시작하고 있었다. 휘릭! 휘릭! 시꺼먼 세상 사이로 밝은 조명과 칙칙한 시멘트가 보였다 사라졌다를 반복했다.

"지영아……!"

송지원의 외침이 다시 들리는 순간, 턱! 지영은 팔을 쭉 뻗었다. 손끝에 2층 난간이 잡히며, 본능적으로 손끝에 힘과 의식을 집중했다. 턱! 우득! 두드득! 동시에 어깨에 쭉 뽑혀 나가는 느낌이 들었다. 정신이 정말 번쩍 들 정도로 끔찍한 통증이 뇌리를 관통했다가 사라졌다. 그리고 다시 찾아왔다가 다시 사라졌다. 고통의 무한 반복. 이가 확 갈릴 정도로 아팠다. 하지만…….

"아……."

다행이었다.

의지대로 움직일 수 있을 때부터 단련시켜 놓은 육체가 이 순간 빛을 발했다. 정말 손끝 마디에 걸쳤지만 지영은 그 손끝의 힘만으로 전체 체중을 모조리 감당했다. 그 결과 2층에 대롱대롱 매달려 있는 모양새가 됐다.

"뭐, 뭐야!"

"강지영? 떨어진 거야?"

1층에서 짐을 나르고 있던 스태프들이 옥상에서 들린 비명에 반사적으로 고개를 들어 올렸고, 2층 난간에 대롱대롱 매달린 지영을 발견하곤 순간 패닉에 빠져 버렸다. 1층에서 스태프들과 얘기 중이던 김윤식이 지영을 발견하곤 가장 먼저 움직였다. 과연 연륜이 있다. 아무리 연기라도 무수히 많은 캐릭터 경험은 이럴 때 빛을 발한다.

하지만…….

'못 버텨…….'

어깨가 뽑히고 근육이 늘어나는 느낌을 받았다. 벌써 힘이 풀려가고 있었다. 솔직히 그 상황에서 손끝에 난간이 걸린 것만 해도 천운이었다. 매달려 있던 지영은 아래를 힐끔 내려다봤다.

2층이다.

하지만 그리 부담되는 높이는 아니었다.

"엇……."

휙.

슈우욱.

아까와는 다른 부유감이 잠시 느껴졌고, 지영은 바닥에 착지함과 동시에 무릎을 굽혀 앞으로 굴렀다. 물론 아팠다. 어깨가 저릿저릿, 누가 전기를 흘려 넣고 있는 것 같았다. 하지만 그래도 이 정도가 어딘가.

"차……."

씁.

"지영아! 악!"

송지원이 지영을 확인하고는 바로 몸을 돌려 사라졌다. 아마

초고속으로 내려올 것이다. 올라갔던 김윤식도 지영이 보이지 않자 바로 다시 아래로 내려왔다.

"괜찮나!"

"네. 어깨가 좀… 뻐근한 것만 빼면요."

"어깨? 어… 니 설마? 옥상에서 떨어진 거냐?"

"운이 좋았어요."

"허……."

김윤식이 탄성을 흘릴 때, 빛의 속도로 송지원이 나타났다. 그 뒤에 스태프들을 줄줄이 달고서 말이다.

"지영아! 괜찮… 앗!"

"악!"

멋도 모르고 지영의 양 팔뚝을 잡았다가, 지영이 신음을 흘리자 화들짝 놀라며 '저 범인 아니에요!' 자세를 취하는 송지원.

"아무래도 어깨가 빠진 것 같은데… 병원 좀 가야겠어요."

"가! 가야지! 그럼 바로 가야지! 야! 종식아! 구급차 불러!"

지영의 말에 박종찬 감독이 조감독에게 소리쳤지만 지영은 고개를 저었다.

"제 매니저랑 갈게요. 누나도 갈래요?"

"응! 가야지! 소정아! 서소정!"

"네!"

서소정은 놀란 얼굴이었지만 입술을 꾹 깨물고 바로 차로 달려갔다. 으득! 송지원이 신형을 획 돌렸다. 지영과 부딪친 스태프를 찾는 게 분명했다. 지영은 바로 송지원의 소매를 잡아 당겼다.

"……."

"……."

시선이 마주치자 지영은 천천히 고개를 저었다.

이건 불가항력이었을 것이다. 빌어먹을 시대의 신이라는 놈이, 지영이 대체 어떤 명령을 이행 안 했는지 아직 모르겠지만 그걸 빌미 삼아 제재를 가해왔다. 돌풍이라는 놈으로. 그놈은 옥상을 한 번에 휩쓸었고, 그 불쌍한 스태프는 지영에게 해를 끼칠 인물로 찍혔던 것뿐이다. 원해서 그런 것도 아니고 부주의도 아니었다. 이건 자연재해나 마찬가지였다. 지영이 순진하고 착해빠져서 용서하자고 하는 건 절대 아니란 소리였다.

"알았어. 이것 좀 놔봐."

"……."

감정을 추스른 송지원의 말에 잡은 소매를 놔주자, 그녀는 바로 전화를 꺼내 어딘가로 전화를 걸었다.

"언니? 어디 있어, 지금? 응, 나 지영이랑 병원 좀 갔다가 갈 테니까, 유나만 픽업해 가. 아아, 그런 게 있어. 아 진짜! 지금 머리 복잡하니까 나중에 얘기해!"

송지원답지 않게 짜증스러운 목소리로 자신의 매니저 김윤경과의 통화를 끊었다. 그녀의 기세가 워낙에 살벌해서 그런가, 주변에 있던 스태프들이 슬금슬금 흩어졌다. 사고가 났다. 그것도 대형 사고. 옥상에서 지영이 그대로 떨어졌다면?

으아… 끔찍하다. 생각만 해도 싫은 일이 벌어졌을 것이다. 하지만 지영은 떨어지던 순간에 용케도 2층 난간을 잡았고, 뒤이어 1층으로 안전하게 착지했다. 다만 그 과정에서 어깨를 다쳤다. 부주의고 뭐고, 송지원이 지영을 얼마나 아끼는지 여기 있는 모든 사람이 알고 있었다.

그러니 눈치 없게 주변에 있어봐야 좋은 소리는커녕, 송지원의 불붙은 분노만 감당해야 한다는 걸 스태프들은 알았다.

"미안하네. 정말 미안해!"

"후… 아니에요. 그 순간에 그런 바람이 불 줄 누가 알았겠어요."

지영은 시선을 슬쩍 돌렸다.

자신과 부딪친 스태프가 보였다.

워… 크다.

체구가 정말 씨름 선수처럼 컸다.

그런 그도 돌풍에 밀려났다.

'자연재해 맞네.'

그리고 왜 그를 선택했는지도 알 것 같았다. 웬만한 체구면 지영이 버티거나 피할 수 있을 테니까, 아예 저렇게 산만 한 덩치를 가진 스텝을 고른 것 같았다.

'이젠 영악하기까지 하냐……?'

지영이 남몰래 아랫입술을 질끈 깨물었다.

"차 왔다. 얼른 가봐라."

"네, 죄송합니다. 먼저 들어가겠습니다."

"죄송은! 얼른 병원 가서 검사받고, 바로 연락해라."

"네."

오프로드를 달리는 사륜차처럼 서소정이 차를 끌고 왔다. 드륵! 소리가 열리자마자 언제 탔는지 송지원이 지영을 향해 손짓

했다. 지영은 스태프들에게도 짧게 인사를 하고 바로 차에 탔다. 그리고 푹신한 의자에 몸을 눕히는 지영.

'윽…….'

그제야 통증이란 요물이 '요놈!' 하고 제대로 달려들었다. 전기 자극이 한층 강해진 것 같았다. 찌릿 정도가 아니라 이제는 저릴 정도.

'다 안 들어갔어.'

천 번의 삶이다.

어디 어깨 한두 번 빠져봤을까?

올 때와는 다르게 조심조심 운전하는 서소정. 그래도 덜컹이는 건 있어 그때마다 어깨가 아팠다. 지영은 상체를 세웠다.

"왜? 아……."

둑.

두둑!

어깨가 한 차례 움찔하더니, 이내 지영의 손길을 따라 쑥! 제자리를 찾아 들어갔다. 그 소리는 하필이면 평지였고, 음악도 안 틀어서 차 안을 적나라하게 울렸다.

"…후우."

통증이 싹 가시지는 않았지만 그래도 한결 편해져서 한숨을 흘렸다. 그런 지영을 송지원이 멍하니 바라봤다. 그녀는 타이밍 좋게 고개를 돌렸다가, 지영이 이를 악물고 어깨를 접골하는 걸 봐버렸다. 예전에 배역 때문에 하는 시늉이라도 배워본 적이 있는 그녀라 바로 지영이 스스로 접골했다는 걸 눈치챘다.

"너 설마……?"

"……."

지영은 그냥 대답하지 않았다.

아무리 지영이라도 이건 아프다. 생 어깨가 빠졌다가 들어갔다. 제대로 들어는 간 것 같지만 그래도 어깨 주변 근육이 꿈틀거리면서 경련을 일으키고 있었다. 그것뿐인가? 저릿한 통증 또한 조금 약해졌을 뿐, 여전히 지영을 괴롭혔다. 그래서 식은땀이 줄줄 흘렀다. 눈을 감는 지영. 지영은 병원에 도착할 때까지 감았던 눈을 뜨지 않았다.

* * *

저녁 11시가 되어서 집에 도착한 지영. 지영은 지친 몸을 이끌고 얼른 방으로 향했다. 병원으로 가면서 이미 서소정이 집에 연락을 했기 때문에 검사를 받을 때쯤 두 분이 도착하셨다. 그리고 이어지는 모정과 부정.

임미정은 정말 하얗게 질린 얼굴로 왔다. 강상만도 걱정 가득한 얼굴이었지만 역시나 가장이다. 입술을 슬쩍 깨물고 지영의 상태를 살폈다. 무뚝뚝한 아버지지만 걱정만큼은 진짜였다. 검사결과 역시 탈골이 맞았다. 접골도 제대로 됐지만 주변 근육과 인대 손상 때문에 고정 깁스를 했다. 하지만 이게 어딘가.

그냥 떨어졌다면 깁스 정도로 안 끝났을 거다.

다행히 집에 도착해서는 두 분 다 지영에게 더 이상 뭐라 하시지 않았다. 하긴, 이미 차 안에서 충분히… 하셨으니까.

대충 얼굴만 씻고 누운 지영.

"윽……."

역시 눕자마자 어깨에서 통증이 불쑥 일어났다. 진통제 때문에 좀 무뎌졌나 했는데, 체중이 실리니 진통제도 누르지 못했다.

"후우……."

그래도 심호흡을 몇 번 하자 다시금 가라앉았다. 지영은 정신이 없어 깊게 생각 못 했지만 오늘 일은 굉장히 위험하고, 큰 문제임을 알고 있었다. 지금까지 시대의 명령을 착실하게 잘 이행하고 있는 줄 알았다. 그런데 아니었다. 사전 예고도 없이 갑자기 제재가 확 들어왔다. 그 결과 정말 죽을 위기를 겪었다.

'이번엔 그냥 운이 좋았다고 해도 좋아.'

나태했던가?

자만했던가?

'아니야. 착실했었… 나?'

지영은 스스로에게 던진 자문에서 확신을 얻지 못했다. 결국 답답함에 다시 일어나는 지영.

"윽……."

평소대로 상체를 그대로 일으켰다가 잠든 통증을 다시 깨웠다.

"아, 썅……."

부아가 확 치밀었다. 이것마저 짜증으로 다가왔다. 인상을 잔뜩 찡그린 채 일어난 지영은 창문을 확 열었다. 새벽의 공기가 급속도로 지영의 방을 메워갔다. 차가운 공기에 부글부글 끓던 성질이 조금은 가라앉는 것 같았다.

"후… 후우……."

심호흡을 몇 차례나 반복한 후 책상에 앉아 지영은 다시 생각해 봤다. 뭐가 문젤까. 아이처럼 살라는 명령은 처음에 살짝 삐끗했지만 분명 제대로 클리어했다. 그 이후 아이답지 않게 살라는 명령은 현재 진행 중이다. 그러니 명령 불이행은 아니었다. 그렇다면 남은 건?

경험하라.

이것밖에 없었다.

이정숙을 만났을 때 받은 시대의 명령, 혹은 시련. 남은 건 딱 그것 하나밖에 없었다.

"연기, 현장 경험… 등으로 안 된다는 소리지?"

그것도 아니라면 당시 느꼈던 그 감정을 경험하라는 걸까?

"설마… 아니, 설마가 아니지. 시대의 명령이 언제 좋은 일만 시켰던가?"

절대로 아니었다.

그랬다면, 폭군 이건은 태어나지도 못했을 것이다. 그걸 비롯해 수많은 흉악한 삶이 더 있다. 흉신악살이 되었던 삶도 있었다. 정말 미쳐서 날뛰었던 때, 그 어떤 때보다 명령과 본능에 충실했던 때, 그것만 봐도 시대의 명령은 옳고 그름의 경계가 없다. 속된 말로 진짜…….

"발정 난 망아지처럼 제멋대로지. 아주……."

하지만 그렇다고 정말 살인과 폭력을 꼭 경험하라는 건 아닐 수도 있었다. 이걸 선택하고 이행한다면 너무 극단적 선택이 될 것이고, 지금 자신이 잃을 것 또한 너무 많았다. 시대가 다르다. 그래서 범죄에 대한 페널티 역시 확연히 달랐다. 그러니 지영은 극단적인 경험 말고 다른 경험을 선택했다.

'역시 같이 병행해야 하나…….'

원래는 리틀 사이코패스를 끝내고 시작하려고 했다. 여기까지 생각하고 나니 지영은 스스로가 너무 안일했음을 인정해야 했다. 자신은 인간과는 달랐다. 인간이되 인간이 아닌 존재. 겉은 인간이나 무수히 많은 환생을 경험한 존재. 동시에 무수히 많은 시련을 겪는 존재. 평범한 인간이라면 절대로 불가능한 일을 겪는 존재가 바로 자신이었다.

'다잡자.'

이대로는 다음엔 뭐가 올지 모른다.

대형 덤프가 덮쳐올 수도 있고, 갑자기 집에서 가스폭발이 일어날 수도 있었다. 농담이 아니라 오늘처럼 자연재해나 인재가 언제 덮쳐올지 모른다.

'경험하라. 해준다, 해줘.'

빌어먹을 신이 원하는 게 정말 뭐인지는 모르겠지만 지영은 이를 악물었다. 오늘 일을 당하고 나니 확실히 마음이 정해졌다.

'내가 이 정도로 포기할 것 같았냐?'

지랄 마…….

으득!

'절대 포기 안 한다…….'

그러니까 누가 이기나 한번 해보자고. 달빛에 반사되는 지영의 눈빛은 그 어느 때보다 독한 빛을 발하고 있었다.

하지만 겨우 이걸로, 이 정도 제재로 끝일까?

아닐걸.

*　　　*　　　*

지영의 어깨 탈골은 최소 전치 2주짜리였다. 그나마 제대로 발달한 근육이 자리 잡고 있어 2주지, 아니었으면 못해도 한 달은 요양해야 했을 부상이었다. 그 기간 동안 촬영은 당연히 딜레이될 수밖에 없었다. 박종찬 감독이 신 순서를 수정하고 있을 때, 예상치 못한 폭탄이 터졌다.

근처에 낚시하러 왔던 사람이 지영이 떨어지던 순간을 영상으로 찍어 인터넷에 올려 버렸다. 어떻게? 이건 타이밍이 진짜 기가 막혔다. 그 낚시꾼은 해가 슬슬 지자 대를 접고, 집에 돌아갈 준비를 했다. 그러다 근처 건물에서 소란이 일어나니 슬쩍 가서 구경하기 시작했다.

영화 촬영. 친구들에게 여기서 영화 촬영한다고 사진을 찍어 보냈더니 그 친구들이 배우가 누구냐고 성화를 부려 배우가 나오면 찍으려고 몰래 영상 모드로 대기하던 중, 돌풍이 불었다. 실제로 토네이도처럼 큰 돌개바람은 아니지만 갑자기 옥상 옆에서 바람이 확 생겨나서 그 낚시꾼은 저도 모르게 그 장면을 카메라에 담았다.

그리고 찍혔다.

지영이 하얀 원피스의 소녀를 구하고 대신 떨어지던 장면, 떨어지면서 용케도 2층 난간을 잡던 장면, 그리고 잠시 후 1층으로 그냥 손을 놓고 뛰어내리는 장면까지. 주변 스태프들이 많아 어떻게 내려섰는지는 확인이 불가능했지만 어쨌든 1층으로 뛰어내리던 장면까지는 전부 영상에 담겼다.

그 동영상은 가장 방대한 유저수를 자랑하는 동영상 사이트에 업로드됐다. 처음에는 조용했다. 하지만 낚시꾼이 영상을 찍었다던 장소가 공개되면서 서서히 달아오르기 시작했다.

경기도 파주의 한 낚시터였고, 그것만으로도 저기서 찍는 영화가 뭔지 금방 답이 나왔다.

리틀 사이코패스.

이미 기사로도 파주의 한 낚시터 근처에 세트장을 지었다고 나갔었다. 흔히 빼박, 이라던가? 지금이 딱 그랬다. 그 순간부터 돌개바람이 문제가 아니었다. 하얀 원피스를 구한 검은 패딩의 소년이 누구인가에 초점이 몰렸다.

소속사, 제작사는 당연히 함구했다.

주연배우가 바람에 밀려 동료 배우를 구하고 옥상 밖으로 떨어졌다? 이걸 밝히라고? 그랬다간 안전 문제니 뭐니 하면서 기자들은 물론 네티즌들이 떼거지로 몰려들어 물어뜯을 것이다. 게다가 떨어진 배우가 다른 사람도 아닌 강지영이다. 누가 떨어지든 절대로 있어서는 안 될 일이지만 어디 세상일이 그런가?

조연보다 주연이 다쳤을 때 더 관심이 많이 가는 법이다. 이런 웃픈 법칙은 어딜 가나 마찬가지다. 축구로 따져 봐도, 경기당 평균 1골 이상을 넣는 스트라이커의 부상과 언제고 교체될 수 있는 수비수의 부상 중 후자는 아마 기사로 나가지도 않을 것이다. 정말 웬만큼 크게 다치지 않는 이상 말이다.

그러니 절대 말할 수 없었다. 함구하고, 또 함구하라고 비상 연락을 돌렸다. 초강수로 법적 조치를 취하겠단 협박까지 제작사, 투자사에서 했을 정도다. 하지만 그런 소리를 들으면 꼭 반발하는 청개구리 정신을 가진 투사(?)들이 나오게 마련이다. 그 투사들을 통해 알음알음 동영상의 진실이 풀리기 시작했다.

리틀 사이코패스 촬영장이 맞다.

검은 패딩을 입은 소년은 배우다.

당신들이 상상하는 그 배우가 맞다.

아이고…….

솟구치는 불길에 기름을 한 바가지 끼얹은 것처럼 타오르기 시작했나. 기자들이 매일 보라매와 김윤식의 소속사인 한길 엔터테인먼트 앞에서 진을 쳤다. 거기다가 눈빛들이 부슨 먹이를 발견한 이리의 눈빛들이다.

하지만 당연히 노코멘트였다.

영상의 주인공이라 할 수 있는 지영은 학교도 나갈 수 없었다. 일단 부상도 부상이지만 당연히 지영의 학교에도 기자들이 진을 쳤기 때문이다. 촬영? 당연히 일시중지다. 배우가 죽을 고비를 넘기는 영상이 퍼졌다. 동영상 게시자인 낚시꾼은 아직도 철인(鐵人) 정신을 유지한 채, 영상을 내리지 않았다.

뉴스에도 등장했을 정도다.

제목은 안전 불감증.

기가 막힐 일이었다.

순조롭게 항해 중이던 배가 갑자기 태풍을 맞은 것처럼 모든 게 멈춰 버렸다. 그 누구도 상황이 이렇게 흘러갈 거라 예상치 못했기 때문에 수습은 늦을 수밖에 없었다. 일주일, 지영이 어깨가 좋아진 이 주가 지났음에도 여전히 붙은 불이 꺼지질 않았다.

사실 대한민국만큼 연예인들의 일거수일투족에 민감한 나라도 아마 없을 것이다. 열광하고, 물어뜯는 기질만큼은 가히 한 번 물면 놓지 않는다는 '블랙 펠 테리어(Black Fell Terrier)'와 비교해도 조금도 부족하지 않을 정도다. 물론 여기에 각 '분야'에서 직접 설계한 '여러 가지 작전'이 들어가 있음은 말할 것도 없다.

어쨌든 그렇게 도저히 가라앉을 기미가 보이지 않자 이 상황을 타개하기 위해 지영도 집을 나서 007 작전 뺨치는 작전을 펼치며 보라매로 향했다.

* * *

오후 세 시, 보라매 빌딩의 대회의실에 속속들이 모여드는 사람들. 일단 리틀 사이코패스의 메가폰을 잡은 박종찬 감독과 작가 신은정이 가장 먼저 도착했다. 뒤이어 김윤식, 송지원, 그리고 지영이 들어왔다. CA 배급사에서 두 명이 왔고, 투자사에서 두 명이 왔다. 보라매의 팀장 둘과 사장 서종엽이 왔고, 마지막으로 자신이 저기압임을 얼굴 가득 써놓은 임미정이 회의실로 들어왔다.

"……."

"……."

큼큼.

인사 뒤에는 어색한 침묵이 회의실을 감돌았다. 임미정이 워낙에 살벌한 분위기를 풍기고 있었기 때문이다. 자식이 죽을 고비를 넘겼다. 유야무야 넘어가는 줄 알았는데 웬걸, 대형 사고였다. 물론 송지원과 서소정이 임미정에게 거짓말을 하진 않았다. 하지만 말로 듣는 것과 실제 영상의 차이는 엄청나게 컸다.

그 영상을 회사에서 확인했던 임미정이 잠시 기절까지 했을 정도다. 그날 지영은 정말 엄청 혼났다. 강상만이 일찍 들어와 말렸으니 망정이지, 계속 갔다가는 임신 중인 임미정에게 좋지 않은 일까지 벌어질 수도 있었다.

"자, 일단 오늘 저희가 이렇게 모인 이유는 지영 군 영상에 대한 오해와 해결 방안을 마련하기 위해섭니다."

홍보팀 팀장이랬던가?

아니면 영업팀이었나?

보라매 직원이 마이크에 대고 얘기하자 대번에 쌍심지를 치켜올리는 사람이 있었다.

"오해라고요?"

"아, 그게……."

"다시 한번 말씀해 보실래요? 오해요?"

"……."

임미정의 서슬 퍼런 말에 말을 꺼낸 팀장은 쩔쩔맸다. 지영의 어머니가 어디 보통 인사인가? 대형 로펌의 변호사임과 동시에 서울지검 부장검사의 아내다. 임미정도 유명하지만 강상만도 엄청 유명한 법조인이다.

지영은 태어나서 이렇게 화가 난 어머니를 처음 봤다.

'숨죽이고 있어야겠네, 진짜…….'

이정숙의 일이 있었을 때도 이 정도는 아니었다. 그때도 화가 나셨지만 지금처럼 얼굴에 싸늘한 한기를 풍기지는 않았다. 그 외적으로는 거의 따뜻하고 자상한 미소를 보여주신 분이다. 그런 분이 저렇게 지영도 처음 볼 정도로 화가 난 상태다. 보라매의 팀장이 쩔쩔 매는 것도 무리가 아니었다.

"하아."

짧은 한숨으로 화를 조절한 임미정이 말을 이었다.

"처음부터 이 아이가 이 영화를 찍을 때부터 반대했어요. 세상에 이제 열 살도 안 된 아이한테 살인자를 연기해 달라니, 이게 제정신인 말인가요?"

"……."

"……."

흠.

크흠.

불편한 헛기침들이 일어났다.

임미정의 말은 사실이었다. 세상 어느 어머니가 열 살도 안 된 자신의 자식이 살인자 연기를 하길 바라겠는가. 고등학생, 아니, 적어도 중학생만 됐어도 이해했을 것이다.

하지만 여덟 살이다.

저 제안을 받은 나이가.

처음 계약 문제 때문에 박종찬 감독, 신은정 작가, 서소정, 그리고 송지원과 김윤식을 만나 이 얘기를 들었을 때 임미정은 정말 어이가 없었다. 단박에 거절했다. 안 된다고. 그날 임미정을 만나러 왔던 사람들은 찍소리도 못 하고 물러났다. 상대는 변호사. 말로 이길 재간 따위는 하지도 않는 게 좋았다.

하지만 자식 이기는 부모는 없다고 했다. 조리 있는 말로 지영이 '정말 하고 싶어요'라고 매달렸고, 결국 며칠에 걸친 설득 끝에 임미정은 허락했다. 그리고 혹시 몰라 촬영이 시작되면 주말마다 정신 치료를 받는 조건까지 걸었다. 그만큼 이 영화를 찍기 위해 임미정을 설득하는 길은 험난했다.

"이 아이를 보세요. 캐릭터? 그 역할에 맞춘다고 지금 애가 반쪽이 됐어요. 이제 아홉 살인 이 아이 좀 보시라고요. 난민 캐릭터예요? 왜 이 아이가, 한참 자랄 아이가 반쪽이 되어야 하나요? 마음 같아서는 정말……."

임미정은 그래도 이성이 남아 있었는지 뒷말을 끝까지 하지 않았다. 그리고 지영은 그 뒷말이 뭔지 알 수 있을 것 같았다.

아동 학대.

고소미 등등.

이런 말이었을 것이다.

물론 체중 감량은 지영 본인의 선택이지만 아들 걱정 만렙이신 임미정이 그걸 '아, 그러니?' 하고 이해해 주실 리가 없었다. 게다가 그녀는 지금 흥분 상태. 아무리 실력 좋은 변호사도 자식 문제가 끼면 평정을 유지하기 힘든 법이었다.

"엄마, 좀 진정해요."

"후우……."

지영은 그래서 임미정을 말렸다.

더 이상의 흥분은 배 속의 아기에게 좋지 않았기 때문이다. 임미정은 자신의 손을 잡는 지영의 손길에 흥분을 가라앉히기 시작했다. 오해. 이 단어로 화가 폭발했다. 그래서 말이 팍팍 튀어나왔다.

하지만 임미정은 사과하지 않았다.

"죄송합니다. 이번 일은 정말 뭐라 드릴 말씀이 없습니다."

이유야 사과할 사람이 임미정이 아니었기 때문이다. 서종엽의 사과에 다시 입술을 살짝 깨물었던 임미정은 지영이 손을 몇 차례 흔들자 어쩔 수 없이 '받아들일게요' 하고 대답했다. 흥분한 상태에서는 제대로 된 대화가 안 된다는 것쯤은 그녀에게도 기본 중에 기본이었다. 오늘 모인 이유는 정말 아무도 예상치 못한 사고와 그 사고 영상으로 인해 갑자기 불이 붙은 이 난국을 진화시키기 위해서였다.

아까 임미정에게 탈탈 털렸던 팀장이 현재 상황을 설명했다. 10분쯤? 빠르게 설명이 끝나고 해결 방안으로 넘어가는 도중, 임미정이 흐름을 끊었다.

"이상하네요."

"뭐가 말씀이십니까?"

"너무 화끈하게 불이 붙었는데요? 아무리 이 나라가 연예인에 열광한다지만 이건 파급력이 너무나 커요. 혹시?"

"음……."

서종엽을 포함한 몇몇 인물이 임미정의 말에 천천히 고개를 끄덕였다. 그러자 임미정은 짧은 한숨과 함께 등을 의자에 깊게 묻었다. 지영도 예상은 하고 있었다. 너무 민감하게 터졌다. 마치 누군가가 어떤 상황을 유도하는 움직임처럼 보였다. 그것만 생각해도 답은 나온 거다.

'현 시국, 라이벌 회사 등등 이것만 생각하면 답은 뻔히 나오지.'

지영이 옥상에서 떨어진 일은 사고가 맞았다. 그것도 자연재해다. 인재가 아니니 누가 예측하는 건 불가능하다. 그러니 영상은 분명 우연찮게 찍힌 게 맞을 것이다. 기가 막힌 타이밍에 그곳에 있던 낚시꾼의 손에 말이다. 하지만 그 영상을 보고 이용할 목적을 가진 이들이 생겼다.

연일 이루어지는 시위, 그리고 지영이 보라매에 들어간 게 탐탁지 않은 다른 대형 회사들. 이 정도면 답은 다 말해준 거나 다름없었다.

'문제는 공격이 너무 거세. 빼도 박도 못하니 어설픈 대응은 말도 안 될 일이고.'

단순히 '갑자기 돌풍이 불어 강지영 배우가 떨어졌습니다!'라고 해명하면? 그걸 네티즌들이 이해하기도 전에 작전 세력이 '그걸 말이라고 하냐!' 하면서 매도시켜 버릴 게 분명했다. 이런 게 예측이 가능하니 섣부른 대응을 여태하지 않은 것이다. 보라매가 바보라서 가만히 있는 게 아니었다.

'다른 대형 엔터의 공격은 그나마 버틸 만하겠지. 하지만 원의 공격은 예상도 못 했을 거야. 나도 아버지가 전화 통화 내용을 우연히 듣지 못했으면 생각도 못 했을 테니까.'

강상만이 거실에서 초중고, 대학교까지 동창인 원의 직원과 통화하던 걸 듣지 못했다면 지영도 예상 못 했을 거다. 그만큼

의외의 세력이 끼어들었다. 그리고 원의 개입은 임미정도 알고는 있을 거다. 다만 회의실에 모인 이들도 그걸 아는지는 의문이었다. 기업 하나를 휘청거리게 하는 이런 종류의 공격은 매우 저급하지만 매우 효과적이기도 했다. 잘만 하면 영화 자체를 엎어버리기도 한다.

오직 수익 하나를 생각하는 투자사를 발 빼게 만드는 좋은 방법이기 때문이다. 촬영도 안 끝났는데 흉흉한 소문이 감도는 영화에 누가 투자를 하겠나? 물론 방법이 없는 건 아니다. 여러 가지 방법으로 촬영을 지속하긴 하겠지만 시간 딜레이는 어쩔 수 없다.

예산은 예산대로 또 깨질 것이다.

개봉 예정일 자체를 못 맞출 테니 배급도 문제다. 사람은 지치고, 의욕도 떨어질 것이다. 보라매의 주식도 마찬가지.

시작은 우연이었으나, 진행 중 생기는 일은 절대 우연이 아닌, 여러모로 상대에게 효과적인 작전에 제대로 걸렸다.

'오랜만에 당하니 신선하네.'

지영은 오랜만이었다.

이런 정치 공작을 당해본 게.

그리고 이런 난국을 타개할 방법도 알고 있었다.

'작전 세력이 쓸 패들을 없애 버리면 되는 거지.'

그 패를 없앨 방법들도 지영은 알고 있었다. 잘만 통하면 진화는 금방 될 것이다. 쉽게 붙은 불만큼 쉽게 꺼지는 불도 없으니까. 그리고 시간이 좀 지났다. 이제 슬슬 '흥미'를 잃을 시기가 오고 있었다.

"저기요. 저한테 괜찮은 방법이 있는데요."

띵, 띵, 띵, 띵.

좌라락 몰려든 시선들 위에 물음표가 떠 있는 것 같았다. 시선을 한 몸에 받은 지영은 웃었다. 아주 자신만만한 웃음이었다.

chapter11

역공, 촬영 시작

보라매는 정정 기사를 내보내지 않았다.

대신 영상 하나를 조용히 올렸다.

감독판을 위해 현장을 찍은 영상이었다. 그 영상에는 당시 상황이 아주 자세히는 아니나, 어떻게 사고가 일어났는지 정도는 확실하게 찍혀 있었다. 갑작스러운 회오리바람이 옥상을 덮쳤고, 그때 촬영 스태프 하나가 바람에 밀려 쓰러졌다. 그 뒤에 강지영으로 보이는 배우가 있었고, 그 배우는 다시 그 뒤에 있던 여자 배우를 구하면서 옥상에서 떨어졌다. 누가 보더라도 이건 없어도 될 사고였다.

바람만 아니었으면 사고 따위는 일어나지도 않았을 것이다. 영상을 본 모두가 이 말에는 공감을 했다.

인재가 아닌 자연재해.

물론 허술한 안전 관리는 여전히 문제가 되었다. 특정 '세력'의 선수들이 물고 늘어진 부분도 그쪽이었다. 흔히 물타기라 하던가? 자연재해에 너무 몰려든다고 나오는 댓글들이 있으면 어김없이 달려들어 물어뜯었다. 여럿의 공격에는 장사가 없는 법이다. 거기다가 '지영'의 입장에서 대변하는 것처럼 교묘한 언변을 보이면서 공격을 하니, 역공을 당한 네티즌이 오히려 나쁜 사람이 되어버린 것 같았다.

화르르, 아주 잘도 다올랐다.

인위적인 부채질이 불길을 키우고 있을 때, 그 누구도 예상 못 했던 기사가 툭 터졌다.

〈리틀 사이코패스, 잠정적 촬영 중단. 투자자들 발 빼다〉

〈배우 강지영, 임유나를 구하고 떨어진 것에 후회 없다〉

〈리틀 사이코패스, 이렇게 엎어지나?〉

대충 이런 기사였다.

여기서 아무것도 모르는 순박한 네티즌들은 어? 하는 상태가 됐다. 게다가 아주 시기 좋게 영상 하나가 유출됐다. 촬영 스태프 하나가 총대를 메고 '이런 영화는 계속 찍어야 되지 않냐? 니네 나중에 이런 영화 못 봐서 억울하지 않겠냐?' 하고 울분을 토하며 올린 영상이었다.

영상은 지영과 김윤식이 밥을 먹는 신이었다. 김윤식이 지영이 범인임을 완전히 인정하고 나서 나오는 신인데, 이 신이 또 죽여줬다. 아무것도 모르는 송지원만 중간에서 바보처럼 어버버하지만 극 중 제이와 이중석의 대화 자체는 날이 바짝 서 있던 신. 물론 영상은 총 2분이 안 됐지만 이것만 해도 두 사람의 연기가 정말 최고조에 달했음을 눈썰미 좋은 사람들은 알아봤다.

역대급, 역대급 영화가 나올 거란 기대감에 마음이 부푼 사람들이 생겨났다. 지영이 말했던 것처럼 작전 세력의 힘을 흩어버리는 가장 좋은 방법은 여론을 돌리는 것이다. 패. 패는 네티즌을 말함이니, 이들의 생각을 바꿔 버리면 선수들은 동원할 힘 자체를 잃게 된다. 그들이 원하는 건 딱 하나다.

타올라라.

거대한 화재가 되어라.

그래서 라이벌 회사에 타격을 주자. 이 어수선한 시국에서 국민들의 시선을 조금이라도 돌려놓자.

이게 선수들이 받은 명령일 게 분명했다.

지영은 이 시대를 처음 겪지만 국가가 어떻게 돌아가는지 정도는 TV와 인터넷에서 충분히 파악해 뒀다.

분위기가 조금 반전되었을 때, 지영이 전면에 나섰다.

정신과 치료.

심적 고통을 호소하기 시작했다. 지영을 아는 사람들은 지영이 얼마나 성숙한지 안다. 솔직히 도저히 애처럼 보이지 않았다. 아홉 살? 마흔 넘은 아저씨라고 해도 믿을 만큼 지영의 사고 수준은 높았다.

하지만 대중은 아니었다.

보라매에서 투입한 기자와 병원 앞에서 인터뷰를 가졌다.

무서워요.

관심은 좋지만 이런 관심은 싫어요.

영화가 그냥 좋았을 뿐인데, 지금은 싫어지려고 해요.

그만하고 싶어요.

이런 내용들이 들어간 기사였다.

이 기사는 상대 선수들의 힘을 확 꺾어버렸다. 안 그래도 희대의 천재 배우의 탄생에 열광하고 있던 국민들이다. 바보라서 그런 게 아니라, 분위기에 잠시 휩쓸렸지만 이들은 빠르게 정상으로 돌아왔다. 아, 자신들이 잘못 생각하고 있었구나. 내가 하는 짓이 내가 기대하던 배우를 힘들게 하고 있었구나.

깨닫기 어려워 못 돌아갈 뿐이지, 깨닫게 되면 돌아가는 건 너무나 쉬웠다.

그리고 상황이 여기까지 온 순간, 임미정이 움직였다.

* * *

이제는 지영 때문에 훨씬 더 유명인이 된 임미정의 짧은 인터뷰 기사를 보던 송지원이 휴대폰을 테이블에 툭 던지며 한숨과 함께 입을 열었다.

"에휴, 어쩜 이렇게 단순할까들."

송지원의 한숨에 지영은 쓴웃음을 지었다. 그 말에 격렬하게 공감했기 때문이다. 지영은 이 나라, 대한민국에서 가장 많은 환생을 했다. 그래서 민족의 특성을 아주 잘 알았다. 결속력, 집단의식.

프랑스 저리 가라 할 정도로 한민족은 결속력과 집단의식이 강하고 우수했다. 하지만 인터넷 보급의 가장 나쁜 폐해 중 하나인 선동, 여론 몰이를 통해 악의적인 의지를 가진 특정 '세력'에게 이용당하기 쉽다는 단점이 있었다. 지금이 딱 그랬다. 민족의식은 너무나 우수하지만 빛이 있으면 어둠이 있는 것처럼 좋은 것만 있을 수는 없는 법이었다.

"어머니도 굉장히 탐탁지 않아 하셨어요."

"그러셨지. 그때 얼굴은 정말… 어휴, 누나가 진짜 죄송해서 혼났어."

"그랬죠. 집에 가서 저 진짜 엄청 혼났어요. 쪼그만 게 벌써부터 못된 생각만 한다고."

"나라도 혼냈겠다. 네가 성숙한 거야 잘 알고 있었지만 설마 그런 생각을 할 줄은 생각도 못 했거든. 그리고 결코 좋은 방법은 아니잖아?"

"네, 뭐. 적의 방식을 그대로 따른 것뿐이긴 하지만… 인정해요."

"어휴, 넌 커서 뭐가 될 거니?"

송지원의 마지막 말에 지영은 그저 웃음만 보여줄 뿐 대답하진 않았다. 속으로는 '그러게요. 전 커서 뭐가 될까요?' 하는 대답이 있긴 했지만 그걸 그대로 뱉을 수는 없었다. 앞선 대화처럼 지금까지의 작전은 지영의 작품이었다.

영화에서 보면 '설계자'라고 하던가?

지영은 자신의 나이와 동정, 그리고 자신의 위치를 이용해 판을 흔들었다. 애초에 악의 때문에 타올랐던 상황이 아니었다. 그러니 조금만 흔들어줘도 판은 금방 흔들렸다. 먼저 작품의 고의 유출을 통한 기대심을 심어줬다. 그 기대심이 일정치 이상 올라왔다는 판단이 들었을 때, 다시 고의적으로 정신과를 방문, 동정심을 유발했다. 동정 여론이 일정치 이상 형성됐을 때, 인터뷰를 통해 한 번 더 강렬하게 심어줬다.

이때 흔들리던 판이 뒤집혔다.

아무리 봐도 역대급 영화가 될 것 같은 리틀 사이코패스가 엎어진다. 중심에 있는 강지영이 영화를 찍기 싫어졌다, 무서워졌다, 이런 건 하기 싫다 등등……. 영악한 작전이었다. 솔직히 여기까지는 머리를 조금만 쓰면 생각해 낼 수 있는 작전이었다. 하지만 지영의 나이와 지영의 부모님이 너무 대단한지라 말을 못 했을 뿐이었다.

"근데 이거 누구라도 생각해 낼 수 있는 작전이었잖아요?"

"그렇기야 하지. 근데 생각은 할 수 있어도 실행은 못 할걸?"

"아, 하긴 그렇긴 하겠어요."

검사 아들이고, 변호사 아들이었다.

여론 몰이를 할 패로 이용한다?

에이, 설마……. 보라매가 아무리 거대 엔터라 해도 설마 서울지검 부장검사의 아들을 이용해 먹고 무사하길 바라는 건 오버였다. 그래서 지영은 자신의 입으로 자기를 이용해 달라고 했다. 그런데 지영은 여기서 한발 더 나가서 임미정까지 참여해 달라고 했다. 오늘 임미정의 인터뷰는 보라매를 고소하겠다는 내용이었다. 자식에게 물리적, 정신적 위해를 끼쳤다는 게 고소 이유였다.

물론 이것 또한 지영의 생각이었고, 사실 임미정이 화가 난 가장 큰 이유도 이것 때문이었다.

누가 봐도 이제 고작 아홉 살 먹은 꼬마의 머리에서 나올 작전이 아니었다. 당시 회의실은 지영의 얘기를 듣고 아예 침묵으로 푹 젖어버렸었다. 그만큼 영악하고, 교활한 작전이었기 때문이다.

타 세력 선수들이 쓸 패—네티즌—을 다시 선동해서 없애 버리거나 아니면 아군의 패로 만들겠단, 간단하나 간단치 않을 작전, 이걸 아홉 살이 짰다. 그러나 임미정을 제외하면 가장 오래 지영을 봤던 송지원은 그리 놀라지 않았다.

"이제 좀 솔직히 말해봐. 너 속에 구렁이 몇 마리나 숨겼어?"

"글쎄요? 안 세어봐서 잘 모르겠네요."

"얼씨구?"

그래서 지영도 이제는 송지원에게 자신을 숨길 생각을 하진 않았다. 지영은 기사를 좀 더 확인해 봤다. 슬슬 보라매나 제작사, 투자자들이 고용한 아군의 선수들이 움직일 타이밍이었다. 누군가가 여론 몰이로 보라매를 공격해, '천재 배우를 죽이려고 하는가!' 하면서 적 선수들을 압박해 들어갈 것이다. 물론 여기서 끝이 아니었다.

좀 더 확실한 한 방이 있지만 그건 아직 때가 되질 않았다. 선수들이 좀 더 열심히 움직여 여론을 완전히 장악했을 때, 그때 쓸 한 방이었다.

"그나저나 누나, 이것 좀 읽어봐 줄래요?"

그래서 지영은 그 기간 동안 계획했던 다른 '경험'을 해보기로 결정했다. 그게 지금 지영의 손에 쥐어 있는 A4용지 뭉치였다.

"이게 뭔데?"

"시간 나서 한번 써봤어요."

"그 상태로?"

"어깨야 이미 예전에 좋아졌고요. 쓰는 데 문제는 없었어요."

송지원은 자신의 손에 들어온 종이를 빤히 바라봤다. 딱 봐도 A4용지가 백 장 이상이다. 제일 앞장에는 '매향유정(梅香流情)'이라 적혀 있었다. 그에 고개를 갸웃하는 송지원. 이건 뭐지?? 이런 표정이었다.

"시놉이야?"

"아니요. 제가 쓴 소설이에요."

"소설? 네가?"

"네, 뭐 잘못됐나요?"

"아니… 그런 건 아닌데……."

갸웃갸웃.

보통 아홉 살이 이렇게 장편의 글을 쓰던가? 하는 의문을 했던 송지원은 이내 아, 얘 강지영이지? 하는 혼잣말과 함께 곧바로 납득했다. 연기력 하나만으로 대한민국을 들었다 놨던 아이다. 현재도 논란의 중심에 있고, 그 논란 자체를 자신이 직접 움직여 뒤집어 버린 머리를 가지고 있는 아이다.

'아이? 그런 단어가 어울리긴 할까……?'

송지원은 지영을 슬쩍 봤다.

빤히 자신을 보고 있는 지영.

외모는 중성적 이미지가 상당히 짙다. 여자 같기도 하고, 남자 같기도 한 곱상한 외모. 게다가 체형도 감량 때문에 상당히 줄어 여성 체형처럼 보이기도 했다. 그러나 그런 애가 신장이 150이 넘어 보인다.

절레절레 고개를 젓는 송지원.

아이라는 생각은 그냥 안 하는 게 마음이 편하다는 걸 다시 한번 통감했다. 송지원은 첫 장을 넘겼다. 사락. 종이 특유의 냄새와 넘어가는 소리. 익숙한 냄새이자 소리였고, 송지원이 좋아하는 냄새이자 소리이기도 했다.

"그냥 봐주기만 하면 돼?"

"그럴 거면 그냥 인터넷에다가 연재했죠. 보고 뭔가 미진한 부분이 있으면 짚어줘요. 피드백 받고 싶어서 누나한테 가장 처음 보여주는 거니까요."

"너 이쪽으로도 나가려고?"

"그냥… 흥미가 생겨서요."

"흐음……."

흥미 하나 가지고 이렇게 장편의 글을 써오나? 송지원은 이런 의문이 잠시 들었지만 아까와 마찬가지로 '강지영이니까' 하는 마음으로 애써 무시했다. 반대로 그런 송지원을 바라보는 지영은 심장이 조금씩 뛰믈 느꼈다.

'잘 써졌으면 좋겠는데…….'

매향유정(梅香流情).

이건 매순(梅順), 매화나무와 꽃을 유독 좋아하던 그녀와의 사랑을 담은 이야기였다. 당시 시대의 어수선함. 그 속에 피어난 애절한 사랑. 그녀의 말을 듣지 않아 생긴 천추의 한. 그 한으로 인해 괴로웠던 평생의 삶. 그런 그녀를 현세에서 다시 만났다. 그래서 매순의 기억으로 정했다.

'이 소설이 출판이 안 된다고 하더라도 그녀에게 건네줘는 봐야지.'

슬쩍 찔러는 봐야 할 것 아닌가?

기억이 있나, 없나를.

같은 얼굴, 같은 이름을 가지고 태어났다.

전생을 기억하는가?

같은 삶을 살았다는 걸? 자각은 하고 있을까?

보라매에 들어오면서 그녀와 몇 번 마주친 적은 있었다. 하지만 알은척은 하지 않았다. 그녀도 마찬가지였다. 그걸 봐선 자신을 기억 못 하는 것 같긴 하지만 그래도 혹시 모른다는 마음이 첫 소설의 주인공으로, 매순을 택하게 만들었다.

'어쩌면 단서가 될지도 모르고.'

그 혹시나 하는 생각은 만약 매순이 전생을 기억하게 되면, 어쩌면 자신의 환생을 끝낼 아주 작은 단서라도 얻을 수 있지 않을까 하는 마음이었다. 체념하며 살지만 정말 지긋지긋한 삶이기도 하다.

시대의 노력을 충실히 이행하려 하지만 정신적으로 지치고, 화나고, 짜증나고, 분노함은 당연한 일이었다.

끝내고 싶었다. 새로운 삶도, 어렵고 황당한 시련도. 어쩌면 이번에 글을 쓰는 건 지영이 보이는 작은 반항일 수도 있었다. 그런데 그 작은 반항은 반항답지 않게 매우 잘 뽑혔나 보다.

"이야, 이거 재밌는데?"

어느새 삼분지 일을 읽은 송지원의 살짝 상기된 혼잣말. 지영은 그 말에 대답하지 않았다. 다만 어딘가 씁쓸한 미소만 그렸을 뿐이었다. 온전한 상상으로 태어난 작품이 아닌, 자신의 씁쓸했던 삶을 그대로 옮겨 적은 작품이다.

그런 작품이 재미있단 말로 설명되니 씁쓸한 미소가 나오는 건 당연한 일이었다. 물론 지영은 이 작품, 매향유정을 쓸 때부터 각오는 했다. 아마도 작가의 길을 걸으며 나올 모든 작품은 자신의 삶이 많이 반영될 것이고, 그럴수록 감정적으로 씁쓸함도, 쓸쓸함도 많이 받을 거란 예상도 충분히 했고, 이겨내겠다는 각오도 단단히 다졌다.

'그래도 재미는 있다니 다행이네.'

단순히 송지원에게만 보여줄 것 같았으면 이렇게 하지도 않았다. 이 작품은 책으로 만들어져 대중에 선보일 생각이었다. 그런 마음으로 소설을 썼고, 일단 송지원 하나의 의견이지만 재미있다는 얘기를 들으니 그래도 다행이란 생각은 들었다. 옛날, 시를 써본 적은 있지만 이렇게 이야기를 써본 적은 없었다. 그래서 잘 해보고 싶은 생각도 있었다. 좀 더 많은 사람에게 사랑받길 원하는 마음도 있었고.

지이잉. 서소정이 지하 주차장에 도착했다는 메시지를 받고 창밖을 힐끔 보니 해가 뉘엿뉘엿 지고 있었다. 지영은 이미 몰입한 송지원이 눈치채지 못하게 자리에서 슬그머니 일어났다. 그리고 살금살금 걸어 사무실을 나왔다. 내려가기 버튼을 누르고 잠시 기다리는 지영. 10층에 있던 승강기가 7층까지 왔다. 그리고 다시 지이잉, 열리는 문 안에서 조잘거리던 소녀들이 문 건너 지영을 보자마자 입을 합, 닫았다.

"……."

"……."

타이밍 한번 기가 막히다.

어떻게 이 순간, 여기서 딱 마주치나?

막 샤워를 마쳤는지 물기 가득한 모습으로 매순이 가장 앞에서 지영을 보고 있었다. 평소라면 안 그랬을 텐데, 그냥 무시했을 텐데, 오늘은 그녀와의 기억을 타인에게 보여줘서 그런 걸가? 괜히 말하고 싶었다. 항상 입안을 맴돌았지만 하지 않았던 말을.

"안녕하세요, 조현입니다."

기억할까?

옛, 생(生)의 연인이었던 조현이란 이름 두 글자를?

조현(早現).

매순과 연인이었을 때의 이름이었다.

빤…….

엘리베이터 안, 매순을 정확히 마주 보는 지영. 심장이 쿵쿵거리다 못해 신나게 뜀박질하는 것처럼 뛰기 시작했다. 태어나 처음으로 가장 긴장한 순간이다. 1초, 1초가 마치 영겁처럼 흘렀다.

지이이…….

엘리베이터 문이 다시 닫히기 시작했다.

끔뻑이는 눈으로 지영을 보고 있는 매순. 문은 그렇게 닫혔다.

'후우, 역시.'

기억을 못 했다.

예상은 하고 있었다. 씁쓸한 감정이 가랑비에 옷 젖듯이 뇌리로 스며들었다. 지잉. 다시 엘리베이터 문이 열렸다.

"안 타세요?"

"…네, 먼저 내려가세요."

확실한 한마디까지.

지영은 다시 닫히는 엘리베이터를 바라보며 마음을 정했다. 매순, 그녀는 정리하자. 이제 더는 신경 쓰지 말자.

소설가라는 새로운 경험으로 인해 그녀와의 삶을 꺼냈지만 그걸로 마무리하자. 1층까지 갔다가 다시 올라오는 그 짧은 시간 동안, 지영은 확실히 정상으로 돌아왔다. 미안해하지도 않으리라 마음먹었다.

다시 올라온 엘리베이터를 타고 지영은 지하로 내려갔다. 서소정이 차를 대놓고 기다리고 있었다. 지영의 표정을 본 그녀가 왜? 무슨 일 있었어? 하고 물었지만 지영은 그냥 고개만 저었다.

'쉬고 싶다.'

아주 잠시였다.

아주 잠시였지만 정신적으로 지치기에는 아주 충분한 일을 겪었다. 지영은 무수히 많은 네온사인을 스쳐가면서, 과거의 일로 힘들어하는 건 이제 그만하자는 마음을 더욱더 단단히 다졌다. 그렇게 집에 도착한 지영은 가볍게 저녁을 먹고, 2권! 2권 내놔! 하는 송지원의 연락도 무시하고는 잠에 빠져들었다.

chapter12

리틀 사이코패스 마지막 촬영

지영이 다치고 한 달.

드디어 그날의 사고로 인해 타올랐던 모든 것이 가라앉았다. 작품이라고는 딱 한 작품만 찍은 지영이 은퇴까지 고려하고 있다는 직접적인 인터뷰 기사들이 나오면서 폭우에 맞은 산불처럼 훅! 꺼져 버렸다.

잃을 수 없다.

우린 숙 왕야를 연기했던 배우 강지영의 연기를 더 보고 싶다!

이런 여론이 훅 치고 올라오면서 다른 모든 논란을 그대로 덮어버렸다.

그렇게 한 달 만에 다시 촬영이 재개되었고, 지영의 부담을 덜어주기 위해 모든 신을 먼저 지영에게 몰아줬다. 소소한 신을 모두 끝내고, 이제 드디어 대미를 장식할 마지막 신 촬영 날이 되었다.

정말 난리도 아니었던 이 40여 일의 시간은 지영에겐 정말 인고의 시간이었다.

"여, 왔나."

"네, 선배님. 일찍 오셨네요?"

"허헛, 나야 할 게 없으니 와서 대본이나 읽고 있어야지."

김윤식의 정겨운 인사에 지영은 그 앞에 앉아 대본을 꺼내 쥐었다. 힐끔, 지영을 본 김윤식이 지나가는 투로 말을 던졌다.

"근데 어째 더 큰 것 같다?"

"그게, 오기 전에 재보니까 이 센티 정도 더 컸더라고요. 이제 딱 백오십일이에요."

"너무 빨리 크는 것 아니냐? 성장이 너무 빠른 것도 안 좋다고 하던데."

"안 그래도 병원에서 검사받아 봤는데, 괜찮대요. 다 정상이니 걱정 말고 먹어도 된다던데요? 근데 요즘 잘 못 먹어서 힘들어요."

"그건 다행이네. 식단 아직까지 하고 있나?"

"네, 해야죠. 갑자기 확 빵빵해져서 올 순 없잖아요."

"어휴, 독한 놈. 허헛."

독하다고 하지만 김윤식의 얼굴에는 미소가 떠올라 있었다. 아마 작품 때문에 이렇게 철저하게 자기 관리를 하는 지영이 대견하게 보이는 모양이었다. 막 대본을 펼치려는데 박종찬 감독이 들어왔다.

"오늘 마지막 신인데 기분이 어때?"

"괜찮아요. 딱 좋은 컨디션이에요."

오늘이 지영의 마지막 촬영이었다. 마지막 실험체 에이(A)를 죽이고, 나중에 추가한 반전 뒤에 이중석과 결착을 짓는 장면이었다. 원래는 몇몇 신이 더 있었지만 신은정 작가가 적은 신에서 최대의 효과를 보게 만들고 싶다고 했고, 그걸 지영도 수락했다. 안 그래도 육체적 피로가 꽤나 컸기에, 그동안 찍은 영상만으로도 충분하다 느끼고 있었다.

이후 남은 신은 김윤식과 송지원의 신이 대부분이고, 사회 고발, 연구소 앞에서 데모 신 몇 컷만 따면 끝이 난다. 애초에 후반부 촬영 중이었기 때문에 회의 끝에 신을 좀 잘라내는 방법을 택했다.

어쨌든 그런 이유로 오늘이 지영의 마지막 신 촬영 날이 됐다.

"그래, 고맙고, 고생했다. 마지막까지 잘하자."

"네, 잘 부탁드립니다."

아침부터 저녁까지.

오늘은 빠듯하게 움직여야 했다. 노 메이크업의 송지원이 도착하고, 30분이 지나고 나서야 배우 스텐바이 신호가 왔다.

'마지막. 깔끔하게 끝내자.'

그런 마음과 함께 이제는 익숙한 사십구 호의 기억 서랍을 열었고, 무채색의 감정이 의식을 서서히 잠식해 왔다. 수면 아래로 가라앉는 것처럼 마음이 평온해졌다. 준비 끝. 강지영은 사라지고 사십구 호이자 제이만 남아 카메라에 담기기 시작했다.

* * *

다시 연구소를 찾은 제이. 도망친 실험체 에이(A)의 흔적은 어째서인지 모르겠지만 이곳으로 이어져 있었다.

"메인 연구동 지하."

제이가 실험체를 잘 찾을 수 있는 이유는 그들의 피부 안에 이식되어 있는 GPS 칩 신호를 받기 때문이었다. 원래는 연구소에서 관리했지만 해킹으로 권한을 자신에게 넘겨놓은 상태였고, 그 신호를 추적해 도망치게 했던 모든 실험체를 찾아 죽였다.

그리고 오늘, 마지막 실험체를 만나는 대단원의 막을 내릴 날이었다.

이미 폐쇄시킨 연구소. 하지만 제이는 너무나 손쉽게 연구소 안으로 침입해 패드를 조작했고, 닫혀 있는 문을 열었다. 메인 연구동으로 진입, 바로 지하로 향하는 제이. 메인 연구동 지하는 쉽게 설명하자면 실험체들이 태어난 곳이었다. 대리모들이 생활하던 곳, 이렇게 얘기하면 설명이 쉬울 것이다.

실험체 에이(A)는 다섯 개의 침대 중, 가장 첫 번째 침대에 반듯한 자세로 앉아 있었다. 나이는 이제 고작 열다섯이나, 신경성장 인자로 인해 고등학생의 체구를 가진 첫 번째 실험체. 두어 개 켜진 조명등 때문인지 실험체 에이(A)는 매우 위협적인 분위기를 풍기고 있었다.

"안녕."

"안녕."

"넌 처음 보는데 익숙한 느낌이 들어."

"맞아. 난 마지막이야."

"그렇구나. 난 첫 번째야."

첫 번째 실험체와 마지막 실험체, 에이(A)와 제이(J). 3년의 시간 차를 두고 태어났지만 하나는 실패작으로 태어났고, 하나는 완성체로 태어났다. 그 결과, 한쪽은 독립성의 결여로 자율 행동 자체가 아예 불가능했고, 한쪽은 스스로 판단하고 행동하는 게 가능한, 별것 아닌 것 같지만 엄청난 차이를 가지고 태어났다.

"내 동생들은 네가 다 죽였구나."

역시 이번에도 의문을 품지 않고 확신적인 어조로 말을 이어왔다. 제이는 그 확신 어린 말이 마음에 들지 않았다. 안타까운 마음이 드는 건 아닌데, 그냥 부정적인 의미로 다가왔다. 기분 나쁘다고 할 때, 그때 느끼는 기분과 비슷할 것이다.

"응, 내가 죽였어. 어떻게 알았지?"

"이어져 있으니까."

"이어져 있다……."

"이어져 있던 것들이 하나씩 끊겨가. 이제 안 남았어."

제이는 그 말을 이해하지 못했다.

이어져 있다. 그런 말과 비슷한 그 어떤 것도 제이는 느끼지 못했기 때문이다. 하지만 궁금하진 않았다. 그냥 그런가 보다 하는 생각만 들었다.

둘 사이에는 실패작과 완성체란 간격이 존재한다. 분명히 다른 부분이 있을 수밖에 없고, 제이는 이게 다른 부분 중 하나라고 납득하기로 했다. 그래서 제이는 질문을 던졌다.

"왜 내가 너의 동생을 죽였는지, 그건 안 궁금해?"

"응. 궁금하지 않아."

"어째서?"

제이는 어째서란 의문을 가졌다. 하지만 실험체 에이(A)는 가만히 제이를 바라볼 뿐, 대답하지 않았다. 대답하기 싫단 뜻일까? 안타깝지만 아니었다.

"궁금하지 않으니까."

아주 잠시의 침묵 뒤 나온 대답.

그래, 이런 게 너무나 큰 문제다.

"안타깝다."

제이의 입에서 본심이 나왔다. 사람으로 태어나서 사람처럼 살지를 못한다. 아니, 정정해야 했다.

'사람을 본 따 태어났으나, 결국 사람은 되진 못했다.'

스윽.

제이는 칼을 꺼냈다. 허리에 숨겨져 있던 칼날이 어둠 속에서 예리한 빛을 한차례 흩뿌렸다가 사라졌다. 그렇게 칼을 쥔 채 실험체 에이(A)에게 다가가는 제이. 실험체 에이(A)는 그런 제이의 모습을 바라볼 뿐, 그 자세를 그대로 유지했다. 도망도 치지 않고, 눈빛에 동요나 공포의 감정도 없었다. 독립성도 없고, 생존 본능조차 결여되어 있다.

그저, 지켜볼 뿐이었다.

다가오는 죽음을 말이다.

"남길 말은?"

"엄마가 보고 싶어."

"……."

제이는 살짝 멈칫했다.

명확한 의사 표현. 원래라면 불가능해야 할 의사 표현이 지금 이 순간 너무나 갑작스럽게 나와 제이를 멈칫하게 만들었다. 하지만 그건 잠시뿐이었다. 제이는 다시 걸었다. 실험체 에이(A)는 계속해서 말을 이어나갔다.

"만나면 묻고 싶어."

"……."

"낳아주셔서 감……."

푹!

칼날이 심장 깊숙이 박혔다. 부르르. 한차례 경련을 일으킨 실험체 에이(A)는 그륵거리면서도 결국은 끝까지 말을 내뱉었다.

"사… 합니다."

"…왜, 지금이야."

제이는 결국 대답하고 말았다. 중간에 불쑥 느꼈던 감정, 불안감. 지금은 두 눈에 명확한 감정을 잉태했다. 죄책감. 계기가 어떤 것인지 모르겠지만 털썩! 지금 뒤로 넘어간 실험체 에이(A)는 진화를 시작하려 했다. 아니, 어쩌면 도중이었는지도 모른다. 실험체에서 완전체로 그렇게 나아가는 길이었을지도 모른다.

하지만 제이는 그걸 끊어버렸다.

왜인지 모르게 조급하게, 혹은 다급하게 여유를 잃어버린 상태로 제이는 실험체 에이(A)를 죽였다. 그런데 그 이후 들어서는 낯선 감정들은 제이를 곤혹스럽게 만들고 있었다.

"음……."

찡그려지듯 눈매가 미약한 움직임을 그렸다. 아주 조금의 일

그러짐. 육체적인 고통 때문이 아닌, 정신적인 요소로 인한 안면 근육의 움직임은 제이가 처음 느껴보는 일이었다. 죄책감에서 이어진 당황, 당혹, 이런 감정들은 지하실에 홀로 남은 제이에게 확실히 이상한 영향을 선사했다.

마지막으로 에이(A)가 했던 말, 어머니. 그 단어가 가슴속에 콕 박혀 빠지지 않았다. 어둡고 칙칙한 지하실. 제이는 이런 지하실이 싫었다.

'햇빛 아래가 좋은데.'

포근함이 가득한 어머니 배 속에서 느꼈던, 품에 안겼을 때 느꼈던 감각을 선사해 주는 햇살이 제이는 좋았다.

끼이익!

벌컥! 문이 열렸다.

"제이!"

이어서 들려온 자신의 창조주이자 아버지인 이중석 박사의 외침에 제이는 머릿속 가득 차 있던 감정들이 정리되는 걸 느꼈다. 사르르, 눈 녹듯 사라졌단 표현이 아마 가장 어울릴 표현일 거라 생각한 제이는 비틀거리면서 자식이 저지른 살인 현장으로 다가오는 아버지를 바라봤다.

다가온 이중석 박사는 절망 어린 표정으로 실험체 에이(A)와 제이를 번갈아보다가 이내 체념하듯 한숨을 크게 내쉬었다. 그리고 곧, 방금까지와 반대로 악귀같이 얼굴을 일그러뜨린 채 제이를 향해 소리쳤다.

"너… 너어!"

"아셨잖아요."

"어째서! 어째서 이런 짓을 하는 거냐!"

"아버지는 어째서 그러셨어요."

"살인이다! 살인! 너는 지금 살인을 저질렀어!"

"아버지는 존엄한 생명을 연구라는 목적으로 마음대로 개조했어요."

분명 대화는 하고 있는 것 같은데 서로 다른 말만 하고 있었다. 간극이 너무나 컸다. 서로가 서로를 이해 못 함은 어쩌면 당연한 일일 터였다. 안타까운 일이지만 예견된 일이기도 했다.

"도대체 넌……!"

"아버지는 괴물을 만들었어요."

"뭐라고……?"

"아버지의 연구는 괴물을 탄생시켰어요. 보세요. 아버지의 자식인 나는, 이 나이에 이미 이렇게 커요. 머리도 우수해요. 그동안 공부했던 열다섯 개 언어를 모두 할 줄 알아요. 국어, 역사, 수학, 철학, 과학, 인류가 이룩한 모든 것을 배웠어요. 어렵지 않았어요. 보는 순간 이해했으니까."

"……"

이중석은 몰랐다.

왜?

제이가 숨기고 있었으니까.

"아버지, 이런 나는 인간일까요? 당장 제가 달리면 아버지는 날 쫓지 못해요. 제 힘이라면 아버지를 제압하는 것도 너무 쉬워요. 당장 아버지가 좋아하는 생명공학, 유전자공학으로 토론을 벌여도 제가 이길 거예요."

"……"

"아버지, 아니, 창조주시여. 저는 인간인가요?"

"……"

이중석 박사는 제이의 말에 대답하지 못했다. 아니, 할 수 없었다. 누가 이런 제이를 인간이라 할 수 있을까? 인간이라면 정말 어쩔 수 없이 한계가 존재하게 마련이다. 아무리 책을 보고, 아무리 몸을 단련하고, 아무리 영양분을 골고루 섭취해도 한계라는 게 반드시 있게 마련이다. 그러나 제이에게는 그런 게 없었다. 무한히 습득했다. 만약 습득만 했으면 단순히 기계와 비교해 다를 게 없다. 입력해 놓은 프로그램과 비슷할 테니까. 하지만 제이는 스스로 판단, 실행할 수 있는 독립적인 자율성을 진화를 통해 부여받았다.

"저를 비롯한 실험체들이 더욱 성장하면 어떻게 될까요. 아버지, 조금만 생각해 보세요. 실험체들이나 저는 인류에 너무나 위협적인 존재에요. 우리와 같은 존재에게 인류를 말살하라는 명령을 내린다면 우린 어떻게든 인류를 멸망시킬 수 있을 거예요."

"누가… 누가 그런 명령을 내려!"

"추악한 인간이요."

"그……"

"아버지처럼 자기 자신의 욕심을 위해서는 뭐든지 할 수 있는 인간이요. 예를 더 들어볼까요?"

"……"

"철책선 너머 조선민주주의인민 공화국, 자국의 이익을 위해서는 뭐든지 하는 미합중국, 공산주의 패권을 놓고 싶지 않은 중화인민공화국, 냉전시대를 이끌었던 러시아 연방국."

"그, 그건 너무 나갔어……! 그런 일이 쉽게 일어날 것 같으냐!"

"네, 그럼 이건 어떤가요. 사리사욕을 위해 정적을 제거하는 정치가, 혹은 재력가, 민간인을 종교적 이유로 학살하는 수니파 수괴들. 이것도 이유로 부족해요?"

"제이야……."

이중석 박사는 기괴하게 비틀린 얼굴로 제이를 불렀다. 그는 드디어 깨달았다. 자신이 괴물을 만들어냈음을. 자신의 오만이 인류를 위협할, 인간이자 인간이 아닌 존재들을 만들어냈다고. 그렇게 인정받은 제이는 미동도 없이 이중석 박사의 눈을 마주치며 말을 이어갔다.

"저나 다른 실험체들에게 만약 인류 말살 명령이 내려온다면 우리는 아마 이렇게 행동할 거예요. 핵폭탄, 생화학 무기를 제작해 전 세계 모든 원전에 대고 터뜨리겠지요. 전염율, 치사율이 엄청났던 바이러스를 제조해, 인구 밀집 구역에 퍼뜨리겠지요."

"……."

가능하다, 돌연변이라.

무작정 습득시켜 놓은 지식들이라면 어떻게든 만들어서, 어떻게든 실행했을 것이다. 제이 본인만 해도 그렇다. 만약 자신이… 자신을 만든 추악한 인간에게 복수할 마음을 가졌다면, 인간 그 자체에 복수할 생각이었다면, 그렇게 했을 것이다. 지식은 이미 충분히 습득했으니까. 지식이 부족하면? 배운다. 명령은 내려왔으니까. 지식의 습득은 한순간이다. 보는 순간 이해해 버리는 게 바로 자신들, 돌연변이들이니까.

“폭주라고 해도 좋아요. 우린 이 세상에 존재해서는 안 돼요.”

“그래서… 그래서 다 죽였냐?”

“네. 그래서 다 폐기했어요, 아버지. 이제 다 끝냈어요. 아버지 품에 있는 권총, 그걸로 이제 저도 폐기해 주세요.”

“너, 너는… 내 아들이다…….”

지잉.

그때 아주 미약하나마 들려온 진동 소리. 이중석의 폰에 들어온 메시지. 제이는 슬쩍 패드를 확인해 이미 해킹해 놓은 이중석의 메시지 함을 찾아 열었다. 그리고 그 내용을 읽은 제이의 얼굴이 한없이 굳었다가 펴졌다. 이중석도 자신의 폰을 확인했다가 제이를 다시 바라봤다.

“아버지.”

“…….”

“케이(K)가 있었네요?”

활짝.

찌르르…….

제이가 웃는 그 순간 이중석은 세상에서 가장 아름답고, 무서운 미소를 마주해야 했다.

환하게 웃은 제이는 곧바로 몸을 돌려 뛰기 시작했다. 파바박 소리가 나기 무섭게 제이의 몸은 마치 단거리 육상 선수처럼 엄청난 속도로 튀어나갔다. 놀란 이중석 박사가 어렵게 구한 총을 꺼냈다.

“제, 제이!”

등을 향해 겨눴지만 그래도 아들이라 방아쇠를 당기진 못하고 머뭇거리는 찰나에 제이는 이미 계단을 오르고 있었다. 이중석 박사의 얼굴은 그런 제이를 향해 일그러진 외침을 계속해서 보냈지만 제이는 멈추지 않았다. 나중에서야 허겁지겁 총을 다시 품에 넣고 제이를 따라 달리기 시작하는 이중석 박사.

그가 계단을 올라 철문을 여는 순간,

"컷!"

박종찬 감독의 외침이 들리고 사방에서 불빛이 팍! 들어왔다. 지하에서 갑자기 켜진 조명 탓에 여러 사람이 눈살을 찌푸릴 무렵, 밖으로 나온 지영도 햇살로 인해 눈살을 찌푸리고 있었다.

이번에도 쪼르르, 서소정이 물과 수건을 들고 달려왔다. 물을 받은 지영은 흥분한 표정의 서소정에게 물었다.

"괜찮았어요?"

"그럼! 최고였지! 근데 괜찮아? 오늘은 벌써 지쳐 보이는데?"

"에고, 지치긴 지쳤어요. 역시 몇 달이나 감량을 하려니 정말 힘드네요."

"오늘만 참자. 진짜 중간이었으면 다 때려치우자고 하고 싶은데. 오늘이 마지막 촬영 날이니 그러지도 못하겠다. 에구, 우리 지영이 힘들어서 어떡해?"

"하하, 괜찮아요. 오늘 끝나면 이제 좀 먹을 수 있으니 금방 체력도 올라올 거예요."

"응응, 오늘 법카 들고 왔으니까 말만 해. 다 사줄게!"

"네."

지영은 물로 목을 축이고 땀을 닦은 다음, 천천히 자리에서 일어났다. 저 멀리서 다가오는 신은정이 보였기 때문이다. 그녀는 미안함과 고마움이 교차하는 얼굴로 다가오고 있었다. 요즘 그녀가 느끼는 죄책감을 지영은 아는지라, 먼저 선수를 치기로 했다.

"벌써 그런 표정 지으시면 어떡해요? 아직 촬영도 다 안 끝났는데."

"어머? 호호… 그러네. 아직 안 끝났지?"

"네, 이따가 마지막 컷 따면 그때 말해주세요."

"호호호……."

그녀가 요즘 지영에게 미안한 이유는 논란 때문이기도 했지만 처음에 너무 지영의 연기에 반해 나이도 생각 안 하고 이 어려운 배역을 덜컥 줘버렸기 때문이었다. 솔직히 지영이 아니면 찍을 수 없는 영화라 기억 속 어딘가에 묻어만 두었다. 그런데 지영이 등장했다. 폭군 이건(숙 왕야)이라는 캐릭터로. 그런 폭군 이건(숙 왕야)의 캐릭터를 연기한 강지영이란 배우는 돌연변이에 너무나 적합한 캐릭터였기에 흥분한 상태에서 불도저처럼 대본을 다시 검토하고, 강지영이란 배우에게 건네줬다.

제발, 제발 같이하자는 마음을 담아서 말이다.

하지만 결과적으로 배우 혹사는 말할 것도 없고, 목숨이 위태위태했던 사고까지 일어나 버렸다. 거기서 끝인가? 영화가 한바탕 뒤집힐 뻔하기도 했고, 그 모든 것을 또 이 어린 친구가 해결해 버렸다.

미안한 마음이 생기지 않으면 솔직히 금수만도 못하다고 욕먹어도 싸다. 하지만 그래도 지영의 말 덕분에 다시 신은정의 표정은 밝아졌다.

"어땠어요? 저 잘했어요?"

"그럼, 역대급. 내가 찍은 모든, 앞으로 찍을 모든 작품 중에 아직까진 지영이 네가 원탑이야."

"아직까진요?"

"나랑 다음에 또 같이할지 모르잖아? 호호."

"하하, 그러네요."

신은정의 넉살에 지영은 피식 웃으며 그도 그렇단 말로 대답했다. 이번엔 저 멀리서 김윤식이 손짓하는 게 보였다. 확인하러 가자는 의미가 담긴 손짓이었다. '네, 지금 갈게요!' 하고 소리치곤 바로 달려갔다.

"잘했다. 이거 참, 내가 못 따라가겠어. 허허."

"에이, 선배님. 너무 띄워주시면 나중에 떨어질 때 아파요."

"아니, 진짜다. 이건."

욕망과 가족애의 사이에서 끝까지 제대로 중심을 못 잡는 이중석 박사에게서 벗어난 김윤식은 그냥 푸근한 동네 아저씨 같았다. 실제 나이도 강상만과 거의 동년배라 큰아버지나 작은아버지라 불러도 크게 이상할 나이는 아니었다. 하지만 이런 모습을 보여주는 건 정말 몇 사람 안 된다는 송지원의 말도 있었다.

사람을 가리는 성격.

배우는 연기에 따라 대접하는 성격.

김윤식이 딱 그랬다.

"오, 왔나. 어디 한번 봐보자고."

박종찬 감독의 손짓에 얼른 다가가 영상을 확인하는 지영. 나쁘지 않았다. 지극히 절제된 사십구 호의 기억과 성격을 기본 베이스로 깔아놓고, 대본대로 중간중간 감정의 흔들림을 잘 배치해서 넣었다.

죄책감으로 인한 아주 짧은 흔들림.

그게 눈빛과 안면 근육의 미세한 경련으로 아주 잘 표현되어 있었다. 영화계의 초고수라 할 수 있는 둘은 그 미세한 움직임을 바로 잡아냈다.

"키야, 죽인다."

"허헛, 괴물은 괴물이구만."

하하.

박종찬 감독과 김윤식의 칭찬에 지영은 그냥 멋쩍은 웃음만 흘렸다. 칭찬은 고래도 춤추게 한다는 말이 있다. 지영도 이런 칭찬은 기분 나쁘지 않았다. 자, 이제 마지막 신만 남겨둔 상태다.

하지만 마지막 신이라고 한 장면만 따는 건 아니었다. 지영은 좀 다른 의미로 사용했다. 신이라는 게 원래 세분화해서 찍고, 연결하여 흐름을 만들지만 지영은 그냥 하나의 흐름이 전부 연결되는 모든 장면을 하나의 신으로 봤다.

즉, 마지막 신처럼 버스를 타고, 지하철을 타고, 마지막 하나를 찾아 가고, 미완으로 남을 뻔했던 스스로의 사명을 해결한 뒤, 엔딩. 이 전부를 지영은 하나의 신으로 봤다. 영화 초보이기도 하고 애초에 기억 서랍이라는 특수한 능력을 사용하는지라 큰 어려움은 없었다.

"자! 정리하고! 다음 장소로 움직이자!"

"네!"

박종찬 감독의 말에 조감독이 대답하며 얼른 스태프들을 지휘해 정리를 시작했고, 지영은 그걸 잠깐 보다가 밖으로 나왔다.

꾸벅! 송지원과 함께 온 임유나가 학교 끝나고 촬영장을 찾은 민아와 도란도란 얘기를 나누다가 지영을 발견하고는 일어나서 인사를 했다.

지영은 잠깐 멈칫했다가 이내 같이 인사를 했다. 지영이 멈칫한 이유야 별거 아니었다. 유민아처럼 임유나도 독특한 캐릭터였기 때문이었다. 임유나는 그날 이후, 지영에게 항상 존대와 공손한 행동으로 대했다. 예전엔 안 그랬기 때문에 왜 그러냐고 물었더니, 본인의 부모님이 생명의 은인에게는 절대 함부로 대하지 말라고 했다는 게 이유였다. 그래서 '아… 원래 예술 하는 사람들이 똘끼가 좀 있다더니. 이게 그런 건가?' 하는 생각까지 한 지영이었다. 어쨌든 지금 임유나의 허리 접는 폴더 인사도 그러한 이유 때문이다.

도도도.

민아가 달려왔다.

껑충!

"지영아!"

"왔어?"

"웅!"

덥석.

혹은 와락? 성큼성큼 달려온 민아가 지영에게 안겼다. 몇 달간 병원 치료를 받느라 지영과 함께하지 못했던 민아는 치료가 끝나자마자 그동안의 시간을 보상이라도 받으려는 것처럼 이렇게 만나기만 하면 안겼다. 하지만 그래도 엄청 좋아졌다. 딱 여기까지 하고, 예전처럼 떼를 쓰지는 않으니까 말이다.

"연기 연습은?"

"조금 이따가!"

해맑은 얼굴로 대답하고는 또 헤, 하고 웃는 민아. 치료가 끝난 민아는 케이블에서 야심차게 준비하는 가족 드라마에 캐스팅이 끝난 상태였다. 제목은 가제, '우리 집 오 남매'로 일상을 토대로 현 시대를 살아가는 아이들이 겪는 이야기를 담담하게 담아낼 다큐 같은 가족 드라마였다.

민아는 극 중 넷째 딸이고, 초등학교 6학년의 '민슬기' 역을 맡았다. 요즘 그 배역 때문에 다시 발음을 포함한 연기 연습에 들어간 상태였다. 그래서 학교가 끝나고 이렇게 잠깐 지영을 보고, 다시 회사로 가서 집중 트레이닝을 받는 민아였다.

"힘든 건 없어?"

"응! 없어! 히히, 지영이는?"

"나야, 멀쩡하지."

"우아! 역시 지영이!"

그래도 사람이 한 번에 바뀔 수는 없는 법. 아직은 역시 유민아였다. 잠시의 대화 뒤에 민아는 다른 여성 매니저의 손에 이끌려 촬영장을 떠났다. 후, 한바탕 돌풍이 훅 몰아치고 간 것 같았다.

'아, 돌풍. 이건 생각지 말자.'

고생한 걸 생각하면… 씁.

'준비 끝났습니다! 이동할게요!' 하는 스태프의 외침이 들리고, 지영은 다시 마음을 다잡았다. 드르륵, 반쯤 열리는 사십구 호의 기억. 그러자 강지영은 강지영이 아니게 되었다. 명령에만 복종했던 사십구 호.

그 상태로 버스 신.

다시 이동해서 지하철 신.

그리고… 대망의 마지막 신이 시작됐다.

*　　　*　　　*

"헉헉!"

실험체 케이(K)를 끌고 베란다로 나오기 무섭게 방 안에서 헉헉거리는 소리가 들려왔다. 제이는 알 수 있었다. 저 숨소리가 아버지 이중석의 목소리임을.

"후."

제이는 베란다 커튼 뒤에 숨어 자신의 배를 빤히 바라봤다. 아버지가 보낸 연구원을 상대하며 엎치락뒤치락 하다가 칼날에 그였다. 깊게 베이진 않았지만 혈흔이 적지 않게 배어 나왔다.

"허어… 억! 야! 준성아! 야, 인마 김준성! 어떻게 된 거야……!"

"제, 제이가……."

"정신 차리고! 너 이거 누가 그랬어!"

"제, 제이……."

안에서 대화가 들려왔다.

제이는 자신의 손을 빤히 바라봤다. 아직도 피가 덕지덕지 묻은 손. 동물 특유의 비릿한 피 냄새가 후각을 툭툭 건드렸다. 구름이 지나가고, 햇빛이 얼굴로 서서히 들어왔다. 포근함이 가득 차올랐다. 그렇게 멍한 눈빛으로 하늘을 올려다보다, 제이는 옆으로 훅 고개를 꺾었다.

"……."

"……."

여태껏 만났던 실험체와 같은 눈빛.

연구소에 기록되어 있지 않은 실험체가 하나 더 있었다. 어떻게 하나가 더 있게 된 건지는 중요하지 않았다. 있으면 폐기한다.

그뿐이었다.

"이, 인정이가……."

"어디! 어디야!"

"제……."

"야, 야! 준성아! 김준성! 정신 차려, 인마! 김준성!"

베란다 안, 거실에서 이중석 박사의 목소리가 계속해서 들려왔다. 그 목소리를 듣던 제이는 슬슬 끝낼 때가 왔음을 깨달았다. 다시 구름이 해를 가렸다. 따스하게, 어머니의 품에 있을 때처럼 포근함을 선사하던 해가 사라졌다. 제이는 움직이려던 손을 멈췄다.

"마지막은 따스한 햇살 아래서 마치고 싶어. 기다려 주라."

"응."

실험체 케이(K)는 제이의 말에 아무런 감정도 없이 그냥 답했다. 제이는 그런 아이를 빤히 바라봤다. 지금까지 봐온 실험체 중 가장 결함이 심했다. 모든 실험체들이 기본적으로 무표정했지만 케이(K)는 무척 심했다. 자폐증이 아닐까 싶을 정도였다. 안에서 이중석이 온 집 안을 뒤지는 소리가 들렸다. 우당탕탕! 집기에 걸려 넘어져 간간이 고통 섞인 신음도 흘러나왔다.

제이는 그런 희극 같은 소음들을 들으며 하늘로 시선을 던졌다.

구름이 거의 다 지나갔다.

빛이 마치 오염된 대지를 정화하듯이 천천히 내려와 제이의 얼굴을 밝혔다. 따스하고, 포근한 빛이었다.

"햇빛이다. 때가 됐어."

"……."

푹!

제이는 서슴없이 칼날을 케이(K)의 심장에 쑤셔 박았다. 짧게 요동치는 케이(K)의 육체. 쿨럭! 기침과 함께 케이(K)가 피를 토하자 제이는 칼을 놨다. 그런데 왜지? 후련해야 할 텐데. 따스한 햇살로 인해 느낀 포근함 때문일까?

'어머니가 보고 싶어.'

태내에서 느꼈던 그리고 태어나서, 그 외에도 자주 느꼈던 어머니의 미소와 품이 갑자기 너무나 그리워졌다. 마치 저주에 걸린 것처럼, 프로그램이 바이러스에 걸린 마지막 명령을 강제 실행시킨 것처럼 뇌리 가득 어머니의 그 따스한 미소와 포근한 품이 그리워졌다. 그렇게 어머니에 대한 생각으로 머릿속이 가득 찼을 때, 드르륵! 베란다 창문이 열렸다.

"제, 제이!"

이중석의 외침을 뒤로하고 제이는 베란다 아래를 힐끔 바라봤다. 2층. 뛰어내리기 불가능한 높이는 아니었다. 제이는 잠시 고민했다. 끝났다, 자신이 할 일은. 스스로 내린 그릇된지 옳은지 모를 결정에 대한 모든 일을 끝냈다. 원래라면 이제 자신 또한 폐기당해야 할 때.

'그렇게 정했는데, 어머니가 보고 싶어. 왜지?'

완성체, 진화종이라 그럴까? 이제 와서 의문을 품게 된 제이는 이 궁금증을 풀고 싶었다. 또 한 번 '진화'를 이루는 순간이고, 제이는 아쉽게도 이 사실을 자각하지 못했지만 본능적으로 움직였다. 휙! 이중석이 다가오기 전에 베란다에서 몸을 날린 제이는 수풀에 안착하자마자 달려 나갔다. 제이는 피가 묻은 겉옷을 벗어 던지고 지하철로 달렸다. 얇은 티 한 장을 입고 달려가는 제이의 모습을 주민들이 이상한 눈으로 바라보지만 그런 걸 신경 쓸 제이가 아니었다. 우연인지 필연인지, 가장 가까운 지하철 사물함에 혹시 몰라 구해놓은 옷과 여러 가지 변장 도구들이 있었다.

"헉헉."

한참을 달린 제이는 바로 옷과 변장 도구들이 담긴 가방을 꺼내 화장실로 들어갔다. 철컥! 입고 있던 옷을 벗어 던지고, 감청색 치마와 블라우스, 조끼, 그리고 치마와 같은 색의 하복 재킷을 걸친 다음, 화장 도구를 꺼냈다. 이런 때를 대비해 인터넷을 통해 화장법도 충분히 익혀뒀던 제이는 물티슈로 피부를 닦아내고, 스킨, 로션, 파운데이션 순서로 능숙하게 화장을 했다.

확실히 피부 톤이 변하니 이미지가 확 달라졌다.

'화장이란 이런 거구나. 이런 마법적 효과를 부여하는구나.'

그런 생각에 짧게 웃은 제이는 속눈썹도 능숙하게 붙였다. 그 다음 틴트로 입술 색에 변화를 주고, 마지막으로 가발을 꺼냈다. 쇼트커트 가발을 정성스럽게 쓴 제이는 마지막 점검을 한 뒤에 운동화로 갈아 신고 나머지 도구들을 가방에 모조리 담은 다음, 밖으로 나갔다. 끼익 소리가 들리자 무의식적으로 힐끔 뒤를 돌아봤던 열댓 명의 아저씨들과 청년들이 흠칫 굳는 게 보였다.

완벽한 여중생.

지금 제이의 모습이었다. 화장실에서 가방을 메고 총총 나온 제이는 다시 계단을 통해 위로 올라왔다. 휘휘, 저 끝에 공중전화 박스가 보였다.

완벽한 여중생의 모습인 제이의 모습은 중성적이면서도 풋풋한 여중생 특유의 귀여움이 고스란히 담겨 있었다. 지나가던 사람들이 힐끔 쳐다볼 정도로 예쁜 얼굴이기도 했다.

다행이다. 동전 몇 개가 주머니에 있었다.

삐삐삐삐.

전화를 받기 무섭게 건너편에서 힘을 잃고 다 쉬어 쩍쩍 갈라지는 목소리가 들려왔다.

—누구세요…….

"어머니."

—누, 제이? 제이니?

"네, 저예요."

—제이야! 어디야! 엄마가 얼마나 걱정했는데! 흑흑! 어디야?

어, 엄마가 바로 갈게!

제이는 그 목소리에서 알 수 있었다.

'아시는구나.'

자신이 동족이라 할 수 있는 실험체들을 폐기하고 다녔다는 것을. 하지만 어째선지 그런 자신에게 거부감이나 공포 같은 건 느끼지 않는 것 같았다. 오직 자신, 제이를 보고 싶어 하는 마음이 절절하게 느껴졌다. 제이는 그런 마음을 가져주는 어머니가… 보고 싶었다.

"어머니는 어디세요?"

—엄마가 갈게! 응? 제이야! 아무 데도 움직이지 말고! 거기서 기다려! 금방… 금방 갈 테니까……! 제이야! 흐으윽, 우리 제이……. 제발 아무 데도 가지 말고… 엄마 좀 기다려 줄래……? 응……?

울음기 섞인 다급한 목소리.

오직 아들만 생각하는 모성애의 극치가 보이고 있었다. 그 목소리를 듣고 제이는 왜 실험체 에이(A)가 마지막에 어머니를 찾았는지 어렴풋이 알 것 같았다. 동족이라고, 마지막에 느끼는 건 역시… 같았다.

"잠실역이에요."

—그, 금방 갈게……! 30분! 아, 아니 20분 안에 갈게! 엄마 금방 갈 테니까 어디에도 연락하지 마? 알았지! 아빠도 안 돼! 아무 데도 연락하지 말고! 그, 근처 카페 들어가서 엄마 갈 때까지… 조금만 기다려? 알았지? 우리 착한 제이… 엄마 갈 때까지 가만히 기다려 줄 거지? 그렇지?

"네, 그럴게요. 건너편에 천사 카페가 보여요. 거기 있을게요."

—그, 그래……! 금방……!

뚝. 동전이 없어 전화가 끊겼다.

그리고 처음으로 태어나서… 처음으로 화가 치밀었다. 더 듣고 싶었는데, 왜 안 들려주는 건데? 왜 이 타이밍에 엄마 목소리를 뺏어가는 건데?

화가 치민 제이는 순간 분노로 수화기를 내려치려다가, 뒤에서 빤히 자신을 바라보는 어떤 아저씨 때문에 그러지 못하고 그냥 내려놓은 뒤 공중전화를 나왔다.

저벅, 저벅저벅.

제이는 천천히 횡단보도를 향해 걸었다.

길을 건너기 위해 횡단보도 앞에서 대기하는 수많은 사람들 속으로 스며들었다. 가만히 기다리기를 수 분. 무사히 도로를 건너고, 카페에 들어갔던 제이는 중대한 문제를 깨달았다. 돈이 없었다. 원래는 챙겨놨는데, 화장실에서 급하게 나오면서 지갑을 떨어뜨린 것 같았다. 결국 카페 앞 가로수에 등을 기대고 한참을 기다리는 제이.

째깍, 째깍…….

손목에 찬 시계의 초침이 시끄럽고 소란스러운 와중에도 마치 심장박동처럼 제이의 머릿속을 울렸다.

'엄마가 오기까지. 십 분.'

20분이라 그러셨으니까. 앞으로 십 분, 구 분, 팔 분, 칠 분. 시간은 그렇게 잘도 흘렀다. 말했던 20분이 지나고 나서야 제이는 주변을 두리번거렸다. 그러다 아까 건너왔던 횡단보도에서 막 헐레벌떡 내리는 어머니의 모습을 확인할 수 있었다.

'어머니…….'

제이의 얼굴에 숨길 수 없는 미소가 감돌았다. 제이는 총총총, 여중생다운 걸음에서 터벅터벅, 본래의 걸음으로 바꿔 횡단보도로 향했다. 그리고 횡단보도에 도착했을 때, 제이는 굳어버렸다.

이중석 박사가, 아버지이자 창조자가 어떻게 알았는지 숨을 몰아쉬며 제이를 기다리고 있었다.

'어머니 폰, 해킹하셨구나.'

인맥이 있으니 어떻게든 됐을 거다. 제이는 가만히 서서 이중석 박사를 바라봤다. 그래도 핏줄이라고, 이중석 박사도 제이를 알아보고는 안타까운 눈빛으로 바라보고 있었다. 마주친 시선 속에 오고가는 대화들.

'왜 하필 지금 오셨어요? 조금만 더 있다가 오셔도 되는데.'

'제이야, 미안하다. 정말 미안해. 이 아비가… 너에게 몹쓸 짓을 했구나.'

'마지막은 어머니 품에서 장식해도 괜찮잖아요. 꼭 끝까지 이렇게 잔인하셔야 했나요.'

'미안하다. 이 아비가, 살아서 이 벌 다 받을게. 다음 생에는 평범한 아비와 자식으로 만나자…….'

휙휙, 제이와 이중석의 눈빛 대화 사이로 도로 가득 사람들이 지나다녔다. 삑! 띠리리. 띠리리. 파란 불로 바뀌었다. 제이는 무의식적으로 고개를 돌렸다. 다급한 얼굴로 사람들과 부딪치며 도로를 건너고 있는 어머니가 보였다.

그렇게 어머니를 보다가 다시 고개를 돌린 순간.

타앙……!

어느새 가깝게 다가온 이중석의 손에서 그릇된 자신의 욕망을 결자해지(結者解之)하자는 의미가 담긴 탄환 한 발이 쏘아졌다.

퍽!

그렇게 쏘아진 탄환은 정확히 가슴을 뚫었다.

정적과 고요가 잠시 내려앉았다가, 파삭! 깨져 나갔다.

"꺄아아아……!"

"으악! 뭐, 뭐야!"

갑작스럽게 터진 총성에 시민들이 놀라 바닥에 엎어지고, 제이와 이중석만 서 있었다.

"어? 아, 악! 제이야! 아, 안 돼! 제이야……!"

어머니의 목소리가 들렸다. 역시, 알아보셨다.

'아…….'

제이는 느꼈다.

탄환이 심장을 관통했음을. 군대도 안 갔다 온 이중석이 쏜 총알은 정확하게, 정말 정확하게 심장을 꿰뚫었음을. 심장이 뚫리며 육체의 제어 권한 또한 사라져 가고 있음을 제이는 느꼈다. 고개를 돌리고 싶었다. 그러나 당장 몸은 실 끊어진 인형처럼 주저앉는 걸 택했나 보다. 그 선택 때문에 고개가 푹 꺾이며 시야가 훅 가라앉았다.

털썩.

"악! 아, 아아악! 안 돼! 제이야! 안 돼! 아아아……! 으아아아!"

"아……."

어머니의 오열을 듣는 게 슬펐다. 이 순간 슬픔이란 감정을 깨닫게 되다니, 이게 무슨 운명의 장난일까. 일찍 깨닫게 해줬으면 계속 어머니의 아들로 남아 있을 수 있었을 텐데. 서운하다. 한스럽다.

이렇게 태어난 게 원망스럽다.

"어머……."

"그래그래! 어, 엄마야……. 응? 우리 제이……. 엄마 왔어. 엄마 좀 볼래? 엄마 보여? 엄마가 늦어서 미안해……."

"……."

대답 대신 고개만 끄덕이는 제이. 말할 힘이 없는 게 아니라, 식도를 타고 역류하는 피가 말을 막았다. 쿨럭! 피가 튀었다. 아, 실험체들이 심장이 찔렸을 때 이런 기분이었을까? 나른했다. 몸살에 걸렸을 때 이렇다던데.

"제이야……. 으으으, 으흐으……! 흐아! 엄마, 엄마 볼래? 우리 제이… 엄마 좀 봐주라… 응?"

"……."

"아으……! 으허, 으아! 안 돼! 이렇게 못 보내! 제이야! 안 돼……! 아아, 아아아! 살려주세요……. 제발 우리 제이… 어헝헝! 제발 살려주세요……. 우으으……!"

"……."

희미했다.

어머니가 뭐라고 말을 하는 것 같은데, 그 소리들이 사라져 가며 그저, '새끼를 잃은 짐승의 절규'만 들려왔다. 삐이이……. 이명(耳鳴)이 들리다가 이내 그것마저 사라졌다. 제이는 직감했다. 끝이구나. 마지막 순간이구나. 꿈틀, 어머니의 온기가, 피에 범벅이 된 손으로 뺨을 쓰다듬는 어머니의 손끝에 담긴 온기가, 눈물을 뚝뚝 흘리면서도 보내주는 한없이 자애로운 눈빛에 담긴 온기가 느껴졌다. 이제 와서… 너무나 절절하게.

제이는 희미해져 가는 의식 속에서 마지막에, 그 끝의 순간에 하고 싶었던 질문을 던졌다.

'어머니, 아버지… 나는… 사랑으로 태어난 아이입니까……?'

삐이이이…….

심장이 멈춤을 느꼈고, '으아아……! 안 돼……! 눈 떠! 제이야 제발! 제발……. 제발 눈 좀 떠……!' 어머니의 오열을 아스라이 들으며 제이는 더 이상 아무런 생각도 할 수 없었다. 심정지는 뇌조차 멈춰 버리니까, '답을 듣지 못해 아쉽다는 생각' 또한 할 수 없었다.

제이의 세상은 이렇게 끝났다.

아…….

삐이이…….

가라앉았던 이명이 다시금 살아났다. 시야가 흐릿했다. 망막에 찬 습기가 시야를 마구 흐렸다.

'아아…….'

마치 늪에 빠진 것처럼, 진흙이 살아 있는 생물체처럼 매달려 어딜 나가냐고 아우성을 치는 것처럼 온몸에 힘이 쭉 빠져 있었다. 지나친 감정 소모 때문이었다. 지영은 죽음을 경험했다. 등 뒤에서 동료의 칼날이 심장을 파고들었던 그날, 생명 활동 자체가 일시 정지 당했던 그날.

죽음의 기억이 뇌리를 장악하면서 무기력한 감각이 사지(四肢)를 지배했다. 뚝, 뚝. 송지원의 눈에서 떨어진 눈물이, 코에서 흘러내린 콧물이, 입에서 흘러내린 침이 볼을 적시는데도, 뜨끈 미지근한 사람의 타액이 기분 나쁠 법도 한데 지영은 불쾌함이라고는 조금도 느끼지 못했다. 조용했다.

촬영 때문에 통제한 도로가에서, 지영은 그렇게 누워 있었다.

"흐으, 흐으으……."

"으……."

아직 어머니 역에서 빠져나오지 못한 송지원의 울음소리가 들렸다. 지영도 그제야 미약한 신음을 흘렸다. 송지원은 역시 메소드 연기의 달인이었다. 아직도 혼탁한 감정의 늪에 빠져 허우적거리고 있었다. 두 눈빛에는 아직도 '제이'의 죽음을 부정하고 있었지만 자식을 잃은 어미의 절규를 목 놓아 지른지라 힘이 빠져 있었다. 불안하게 흔들리는 송지원의 상체.

"아……."

몇 사람의 탄식이 정적에 빠져 있던 촬영장을 흔들었다. 그제야 박종찬 감독이 '커, 컷!' 하고 소리를 지른 다음 자리에서 벌떡 일어났다. 위험하다. 컷 사인을 늦게 보낸 것도, 지금 배우가 감정의 소용돌이에 빠져 위태위태한 모습을 보이는 것도. 사인이 끝나자마자 김윤경이 총알처럼 튀어나갔다. 그 뒤를 서소정이 이어 달려갔다.

"지원아!"

"지영아!"

웃기게도 두 사람이 동시에 배우의 이름을 성만 빼고 불렀는데, 마치 한 사람을 부른 것 같은 착각을 일으켰다. 김윤경이 송지원의 겨드랑이에 손을 넣었다. 힘없이 손을 뻗어 지영의 볼을 멍한 눈빛으로 매만지고 있던 송지원이 타인의 간섭에 즉각적인 반응을 보였다. 접촉과 동시에 눈빛이 짐승처럼 변했다. 그래, 자식을 잃은 어미는 짐승이 된다.

"놔……!"

"지원아! 야, 송지원! 컷 사인 떴어!"

"놔아… 제, 제이… 아악!"

송지원은 거칠게 몸부림쳤다.

연기에 미친 공주님답게 컷 사인이 떴음에도 자신이 만든 세상에서 지영과, 아니, 제이와 어우러져 헤어나오질 못하고 있었다. 지영도 마찬가지였다. 죽음의 감각이 정신을 잠식했고, 육체의 통제권까지 빼앗겨 몸도 제대로 움직이질 않았고, 그로 인해 혀도 움직이지 않아 아직 말도 나오지 않는 상태.

그렇게 둘은 모자(母子)의 배역에서 빠져나오지 못하고 있었다.

"지원아, 야! 정신 차리라니까!"

"놔… 놔! 이거 놔! 아악!"

김윤경이 송지원을 힘으로 끌어냈다. 늘씬함과 다부짐을 동시에 가진 체형인 김윤경은 역시 힘도 좋았다. 조금씩 질질, 격렬하게 반항하는 송지원이 끌려 나오기 시작했다. 터벅터벅, 김윤식이 빠르게 걸어와 아직도 제이의 죽음에 정신이 돌아가 있는 송지원 앞에 앉았다.

"송지원이, 정신 차려!"

"으… 당신… 왜 죽였어……!"

"……."

아직도 김윤식이 극 중 남편인 이중석으로 보이나 보다.

솔직히 이 정도의 지나침은 '정신병'이다.

이건 심각할 정도로 문제가 있는 모습이었다. 그걸 잘 아는 김윤식은 양 손바닥으로 송지원의 뺨을 찍이 누르듯 때렸다.

짜작!

주변에 있던 사람들까지 움찔할 정도로 큰 소리였다.

"아……."

송지원이 탄성을 흘렸다.

그녀가 만들었던 환상이 깨져 나가는 소리였다.

"정신이 좀 드나?"

"선배님……."

"됐다. 정신 들왔네. 아이고……."

"제, 아……."

도리도리!

송지원은 고개를 마구 털었다. 아직 남은 '어머니'를 빼내려는 노력이었다. 배우이기에 안다. 배역에 취하는 건 좋지만 빠져나오지 못하는 건 정말 심각한 문제라는 걸. 정신을 차린 송지원이 지영을 찾았다.

서소정의 품에 죽은 듯이 눈을 감고 있는 지영. 순간 '왜 당신이……!'란 감정이 올라왔지만 그 역시 잘못됐다는 걸 안 송지원은 후우, 짧게 한숨을 내쉬었다. 걱정은 되지만 두 사람의 대화가 들려와서다.

지영은 송지원이 정신을 차릴 때쯤 거의 동시에 육체의 통제권이 돌아왔고, 무기력한 감각도 빠져나갔다. 하지만 너무 힘들어서 움직일 힘이 없었다.

"괜찮은 거 맞지?"

"네… 좀 지쳤어요. 아……."

"왜? 아파?"

"그냥 머리가 멍해요."

"그래? 병원 갈까?"

"아니요. 조금만, 조금만 이렇게 있을게요. 물 좀 갖다 주실래요? 목이 좀 마르네요. 아니, 많이 말라요."

"그, 그래. 내가 얼른 가져올게!"

서소정은 지영의 머리를 조심스럽게 놓고, 얼른 물을 가지러 달려갔다. 이번엔 너무 놀라 항상 손에 쥐고 있던 생수랑 수건도 내팽개치고 달려왔던 것이다. 그만큼 지영과 송지원의 모습은 위태해 보였다.

어떻게 아냐고?

분위기가 그랬다.

두 사람의 연기는 정말 그 정도였다.

도저히 말로 설명할 수 없이 위험한, 그런 연기였다.

"괜찮냐?"

"네……."

"어후, 미치겠다. 이건 정말, 허헛."

김윤식은 지영의 옆에 철퍼덕 앉고는 허탈한 웃음을 흘렸다. 그의 연기 인생은 결코 짧지 않다. 수많은 배역을 받아 연기했고, 그런 만큼 수많은 연기자들을 겪어봤다. 하지만 단언컨대 지영과 같은 연기자는 처음 봤다.

메소드 연기.

지금 여기 누워 있는 강지영과 송지원이 보여준 연기 방식을 일컫는 말이다.

'이 둘의 연기를 메소드 연기라 할 수 있을까?'

모르겠다.

김윤식은 맞다, 아니다 어떻게 정의 내릴 수가 없었다. 그도 메소드 연기를 펼치지만 이 정도는 아니었다. 복잡한 마음에 하아, 한숨을 내쉬는 순간 지영의 목소리가 날아들었다.

"괜찮았어요……?"

"그럼, 내 인생 최고의 연기를 봤다. 오늘 여기서. 너희 둘에게서."

"하하, 다행이네요……."

지영의 그 말이 끝나기 무섭게 뒤에 앉아서 목을 축이던 송지원의 헤헤, 하는 웃음소리도 같이 들려왔다. 김윤식은 피식 웃고 말았다.

"이제 촬영 다 끝났지?"

"네… 이번 신 재촬영만 안 한다면… 아마도요?"

"허헛. 걱정 마라. 이걸 재촬영하는 감독이라면 저기 앉아 있지도 못했을 테니까."

"하하하… 웃차."

힘을 좀 회복한 지영은 천천히 상체를 세워 바닥에 털썩 앉은 모양새를 만들었다. 지영은 엉망이 된 송지원을 바라보다 풋, 하고 웃었다.

"어, 너 지금 나 보고 웃었지!"

"네, 누나 꼴이… 하핫."

"으씨……."

지영이 웃은 것처럼 송지원의 꼴은 정말 말이 아니었다. 극 중 '어머니'는 정말 수수함의 극치를 달리는 여인으로 나온다. 집 안에서는 거의 화장을 하지 않고, 밖에 나갈 때야 기초화장 정도만 하는 정말 수수한 여인. 그런데 이번 신은 더 했다. 아들 걱정에 밤잠도 못 이루고 있어야 하니 스킨로션만 바르고, 그걸로도 모자라 피부에 대놓고 바람을 쏴 바싹 마르게 만들었다.

머리는?

산발이다.

복장은?

칙칙한 카디건에 발목까지 내려오는 펑퍼짐한 치마를 입고, 자식 걱정에 미친년처럼 달려왔어야 하니까 당연히 보기 좋은 꼴은 아니다. 연기를 위해서 그녀는 아름다움을 완전히 배제했다.

그래도 워낙 원판이 나쁘지 않긴 하지만 솔직히 먼지가 묻고, 눈물이 흘렀으니 꼴이 아주 그냥… 난장판이었다.

송지원은 지영이 놀렸는데도 얼굴을 굳이 숨길 생각이 없었다. 그렇다고 이제 와서 화장을 할 생각도 없어 보였다.

네추럴.

지금의 송지원을 가장 잘 표현할 수 있는 단어였다.

"우, 우와……."

짝짝짝짝짝짝.

근처에서 신을 지켜보던 시민들, 그리고 일일 단역 배우들, 스태프들까지 모두 갑자기 박수를 치기 시작했다. 그들은 숨 쉬는 것도 잊은 채 멍하니 떨리는 심장을 저도 모르게 움켜쥔 채 두 사람의 연기를 봤다.

그건 환상이었다.

여자들은 진짜 단 한 명도 빼놓지 않고 전부 울었다. 특히나 아이를 낳은 여자들은 입술을 꾹 깨물고 답답한 심장을 두들겼을 정도였다. 남자들이라고 다를 것도 없었다. 거의 전부가 볼을 가로지르는 눈물방울을 떨어뜨렸다. 그 정도로 대단했다. 그래서 두 배우의 혼신의 연기에 감탄과 감사의 의미로 보내는 박수였다.

"기분 나쁘지 않지?"

송지원이 싱긋 웃으면서 물었고, 지영은 그저 멋쩍은 웃음과 함께 고개만 끄덕였다. 이런 대접 못 받아본 건 아니었다. 심지어 살아 있었을 적에도 추앙받던 삶이 있었다. 그러나 그건 그때, 지금은 지금.

지금 느끼는 감정은… 기분 좋은 뿌듯함이었다. 지영은 천천히 자리에서 일어났다. 아직도 짝짝짝, 박수를 보내는 시민과 배우들, 그리고 스태프들을 향해 꾸벅 고개를 숙였다. 그리고 그 인사를 마지막으로 지영의 공식적인 촬영은 막을 내렸다.

*　　　　*　　　　*

물론 그렇다고 리틀 사이코패스가 완전히 끝난 건 아니었다. 당장 지영의 촬영이 끝난 날 저녁, 모든 스태프와 배우들이 모여 회식을 가졌다. 이날을 기다렸던 것처럼 보라매에서 아주 작정하고 팍팍 쐈다. 원래는 서소정에게 법카를 던져줬지만 우연히 근처에 있던 회사 사장 서종엽이 지영의 연기를 보고는 그냥 시원하게 회사 차원에서 쏴버렸다.

정리가 끝남과 동시에 시 외곽 펜션으로 모두 모아서 출발, 도착과 동시에 세팅된 음식들로 돌진했다.

지영도 음식을 퍼서 한쪽에 앉았다.

'음…….'

음식을 잔뜩 퍼서 가져오긴 했는데 먹어도 되나? 하는 고민이 뒤따라 왔다. 혹시 추가 촬영이 또 있을지 모르는 상황에 염분이 들어오면 얼굴은 당장 팅팅 부울 것이다. 적당량은 괜찮긴 하겠지만…….

'혀끝에 닿는 순간 제어가 풀릴 것 같은데…….'

지영은 소금 간을 한 음식을 최대한 자제해 왔다. 처음엔 저염식, 그리고 완전 무염식으로 식단을 꾸려왔다. 꾸역꾸역, 배역을 위해 최대한 몸을 만들었다. 그러다 보니 한번 혀에 소금 간이 된 음식이 닿게 되면… 어휴, 지영은 고개를 절레절레 저었다.

"됐어. 그냥 먹어. 신 작가님한테 오면서 내가 물어봤는데, 너 오늘 이후 촬영 분 아예 없대. 그러니까 마음 놓고 먹어."

"그래요?"

"그래, 그러니 배 터지게 먹으렴. 그래야 무럭무럭 자라지!"

옆으로 말끔하게 세안을 마친 송지원이 앉으며 한 말에 지영은 반색했다. 추가 촬영이 없다는 확답을 받았으니, 이제 정말 고삐를 풀고 먹어도 될 것이다. 시작은 죽이었다. 전복을 잔뜩 넣은 죽으로 일단 사르르, 속을 달래주는 지영.

짜르르…….

온몸에 전율이 일어났다.

거의 빠졌지만 아직 잔향이 희미하게 남은 사십구 호의 기억 또한 좋은지 지영의 전율에 합을 맞췄다.

"좋아?"

"네, 아… 살겠네요."

"후후."

지영이 몸을 떠는 걸 본 송지원이 한차례 물었다가, 이내 자신도 죽을 떠서 입으로 가져갔다. 그런데 지영처럼 송지원도 몸을 부르르 떨었다. 사실 송지원도 배역에 맞춰 다이어트를 했다. 극 초반엔 좀 마른 상태지만 극 후반엔 제이에 대한 걱정으로 푸석해진 피부에 잠도 제대로 못 자 퀭한 외모가 되어야 했기 때문이다. 그런 이미지를 풍기려면 다이어트는 필수였다.

"아… 좋다."

"좋아요?"

"응, 살겠다……."

지영과 똑같은 답을 하는 송지원이었다. 이후 송지원은 아직 분량이 남아 있어 죽만 공략했고, 지영은 정말 대식가의 기억이라도 연 사람처럼 먹어댔다. 무려 열 접시를 먹고 나서야 먹는 걸 멈췄다.

빵빵해진 배.

복근이 막고 있어 남산처럼 부풀진 않았지만 그래도 힘을 주지 않으면 올챙이처럼 톡 튀어나올 정도로 지영은 많이 먹었다. 그 뒤로는 펜션에 모인 사람들과 하하, 호호 떠들면서 즐거운 시간을 보냈고, 늦은 밤 집에 도착한 지영은 자신의 방에 들어와서야 실감했다.

'영화는 끝났어. 고생했지만…….'

뿌듯함이 있었다.

특히 현장에서 시민들과 배우, 스태프들에게 박수를 받았을 때, 그때는 정말 짜릿했다. 정말 말로 설명할 수 없는 희열이 분수처럼 솟아나 몸과 마음을 적셨다.

'연기라…….'

지영은 깨달았다.

자신은 아마 이번 생이 끝날 때까지 연기만큼은 놓지 못할 것 같다고. 그런 깨달음 속에 지영은 기분 좋은 미소를 짓고는 잠에 빠져들었다.

chapter13

전설의 서막

지영은 일주일간 다시 몸 만들기에 돌입했다. 앙상할 정도는 아니지만 그래도 심하게 말랐단 소리를 들을 만했던 몸은 충분한 영양소 섭취로 금방 원상태로 돌아가기 시작했다. 하지만 지영은 그래도 날렵한 상태에서 딱 멈췄다. 주변 사람들이 그 모습이 외모에 잘 어울린다는 소리를 하도 해서였다.

일주일이 더 지났을 때, 리틀 사이코패스의 모든 촬영이 종료됐다. 환호 속에 끝난 영화는 하루의 휴식 뒤, 편집 과정으로 넘어갔다. 언뜻 전해 들은 얘기로는 이번 작품은 박종찬 감독과 신은정 작가가 같이 심혈을 기울일 것이고, 기대해도 좋다는 소리를 들었다.

한 달.

시간은 훌쩍 지나 다시 맴맴 소리가 들리기 직전의 시기가 되었다. 지영은 현재, 매향유정(梅香流情)의 2권 마지막을 손보고 있었다. 신은정의 도움으로 매향유정은 다행히 출판을 할 수 있게 됐다. 솔직히 인맥을 이용한 편법이지만 지영에게 중요한 건 정도(正道)가 아닌 경험, 그 자체였다.

계약 문제는 임미정이 '또?' 하는 표정으로 진행해 줬다. 필명은 고민했다. 본명으로 갈까, 아니면 다른 작가들처럼 필명으로 갈까 하다가, '강지영'으로 그냥 가기로 했다. 로맨스 소설이고, 이름도 여성의 이름과 비슷하니 큰 무리는 없을 거란 얘기도 들었다. 물론 계약까지 전부 끝났지만 모든 게 술술 잘 풀리는 건 아니었다.

"음, 잘 안 풀리네."

방에 콕 처박혀 드륵, 드륵 마우스 휠을 굴리던 지영의 한마디. 마지막 부분이 영 마음에 들지 않았다. 장편소설은 그 많은 생 중에서도 처음 쓰는 지영이다. 별의별 명령을 다 받아봤지만 글에 관련된 건 이름난 문장가가 되어라, 정도가 전부였다.

'지식이 쌓인 기억은 많지만… 그걸 이용해서 쓰면 글이 너무 어려워지니까. 후우, 답답하네.'

기억은 많다.

공자와 동시대에 같이 학문을 쌓던 삶도 있었다. 그 이전에 고대 그리스에서 태어나 철학의 끝을 보란 삶도 있었다. 하지만 지영은 안다. 그러한 기억들이 한번 풀려 소설로 들어가는 순간 매향유정은 로맨스에서 전혀 다른 철학 장르로 갈아타게 될 것이라는 걸. 게다가 이 소설은 오직 오대십국 시대에 태어난 조현의 삶을 그린 소설이다. 그중에서도 중심은 매순과의 사랑 이야

기다.

물론 시대의 명령은 독자가 '이해'하지 못할 테니 뺐다.

'흠… 쓸쓸하게 죽어가야 할까, 아니면… 씁쓸하게 죽어가야 할까.'

원래라면 씁쓸하게다.

명령을 거부하지 못한 조현은 감정이 매우 마모됐고, 죽음에 이른 순간에서는 초라한 자신, 멍청한 선택을 한 자신을 씁쓸한 시각으로 되돌아보고 눈을 감았다. 하지만 지영은 이 정답을 엔딩으로 '채택'하고 싶지 않은 마음이 든 상태였다. 하지만 아련함을 살리려면 아무래도…….

"쓸쓸함이 좋겠지."

한평생 외로움도 함께 안고 살아야 했으니 말이다. 방향을 정해야 글은 움직인다. 지영은 일단 시작했다. 쓸쓸함으로 결정하자 마지막 조현의 죽음을 다루는 부분이 순식간에 글자로 채워졌다.

사람의 기억은 보통 오래되면 오래될수록 흐릿해지게 마련이다. 정말 강렬한 기억이 아닌 이상, 모두 그렇게 세월에 풍화되어 아련하게 추억으로 남는다. 하지만 지영은 아니었다.

모든 기억이 꼬박꼬박 채워져 있는 999개의 기억 서랍이 있다.

수많은 기억에 치여 미치지 말라고 이런 특별한 능력을 줬다. 이게 없었다면 아마 미쳤을 것이다. 어쨌든, 그런 기억 서랍 때문에 지영은 조현의 마지막을 너무나 명확하게 떠올렸다.

'매순…….'

기억이 들어서니 그녀가 그리웠다.

조현이 저돌적인 삶을 살았다면 아마 서랍을 열자마자 매순을 찾으러 나갔을 것이다. 하지만 자포자기의 삶을 억지로 살았던 조현이다. 요즘 말로 표현하면 솔직히 찌질하다 할 수도 있던 삶이고, 그의 기억이다.

그래서 크게 잔향이 남지는 않았다.

다만 생각날 뿐.

지영은 조현의 마지막 독백을 천천히 한 자, 한 자 입력했다. 상상으로 써낸 게 아니다. 조현이 정말 생의 마지막 순간에 매순을 그리며 흘려낸 독백이다. 스르륵, 서랍이 마지막 기억을 풀어내기 시작했다.

매화나무 아래 당신은 참 밝게 웃고 있었어.

미안해.

그때 당신 말을 들어주지 못해서.

이해해 달라는 이 말, 이미 너무 늦었지만.

그래도 해야 할 것 같네.

매순.

그대는 내가 이 삶에서 가장 사랑한 사람이야.

그대와 함께한 모든 순간이 내겐 너무나 눈부셨어.

그대와 함께 나눈 모든 말이 내 가슴 깊이, 고이 간직되어 있어.

그대가 매화나무 아래를 돌며 춤을 출 때, 나는 선녀가 온 줄 알았지.

아니, 눈을 씻고 다시 봐도 그대는 내게 선녀였어.

그런 당신을 나는 지켜주지 못했어.

나약했던 나를, 너무나 힘없던 나를 원망한다면 용서하지 마.

매순, 이제 내게 시간이 없어. 죽어서도 나는 당신 곁으로 갈 수 없겠지. 하지만 이것 하난 약속할게.

다음 생에 내가 그대를 다시 만나게 된다면, 그때는 내가 당신을 꼭…….

또르르.

눈물이 볼을 타고, 새하얀 셔츠에 진한 자국을 남겼다.

기억은 여기서 끝이었다.

이 이후로는 백지처럼 하얗고, 어둠처럼 까맣다. 숨이 끊어진 것이다. 마지막 말을 끝까지 내뱉지 못하고 쓸쓸하게 죽었다.

완(完)이란 단어를 넣는 순간, 조현의 세상은 끝났다. 지영은 의자에 깊숙히 등을 묻었다.

'후우…….'

마지막에 올라오려던 감정은 조현의 기억이 끝남과 동시에 서랍이 닫히면서 제자리에 머물 뿐, 더 이상 위로 올라가진 못했다. 근데 그 정도로도 지영은 눈물샘을 자극당했고, 또르르 한 줄기 굵은 눈물방울을 흘렸다.

기분이 나쁘지는 않았다.

오히려 잔향이 조금 남아, 아련함이 머릿속을 감돌 뿐이었다. 목이 말랐다. 써놓은 글을 저장한 뒤에 거실로 나와 시원한 물을 벌컥벌컥 마시고 나자 갈증이 가셨다. 이제 퇴고 작업을 할까 하다가, 지친 머리를 좀 쉬게 해주고 싶어 소파에 앉아 TV를 켜는 지영.

"타이밍 진짜……."

굿이다, 굿.

케이블의 연예가 소식 뉴스에 보라매의 아이돌 사업 소개를 하고 있었다. 송지원에게 듣기로는 이제 자체 선발진을 거쳐 딱 절반인 열 명을 추려냈다고 들었다. 물론 그중에 매순은 살아남았다는 소리도 들었다. 그렇게 살아남은 열 명은 말 그대로 데뷔조에 들었고, 보라매는 대대적인 마케팅에 들어간다고 했는데 그중 하나가 지금 저 뉴스다.

제각각의 신장.

다국적 외모.

16세부터 20세까지의 나이.

나이도 국가도, 신장도, 외모도, 매력 포인트도, 특기도 전혀 다른 열 명의 아이돌을 리포터가 한 명씩 돌아가면서 인터뷰하고 있었다. 일본 소녀, 프랑스 소녀, 영국 소녀 뒤에 매순이 나왔다.

완벽한 한국어로 자신을 소개하는 매순. 데뷔 팀에 들어서인지 한없이 기쁜 얼굴이었다. 지영은 피식, 한숨을 흘렸다. 그만 생각하기로 했던 예전의 다짐이 떠올라서였다.

'전생에서는 억울하게 죽었으니까 이번 생에서는 행복하게, 꽃길만 걷길 빌게.'

이 정도가 해줄 수 있는 전부였다.

지금의 자신은 강지영이지, 조현이 아니니까.

삑.

TV를 끈 지영은 다시 소파에서 일어났다. 그리고 방으로 들어와 주섬주섬 운동복으로 갈아입기 시작했다. 현재 시간은 저녁 여섯 시. 이제 일곱 시 타임 체육관에 갈 시간이었다. 요즘 지영은 전문 운동도 같이 배우고 있었다.

*　　　*　　　*

기술 시사회.

영화제작진들이 최종 완성된 편집본을 보는 것을 기술 시사회라고 한다. 지영이 매향유정 2권 최종 원고를 출판사에 보내고 다시 일주일이 지났을 때, 신은정 작가에게 연락이 왔다. 기술 시사회 날짜가 잡혔는데 시간 좀 되느냔 연락이었다. 지영이야 뭐, 요즘 바쁘지도 않아 흔쾌히 수락했다.

학교 집, 체육관, 집.

하루 일과가 요즘 이런 지영이라 오랜만에 리틀 사이코패스 제작진들을 만났다. 그리고 송지원과의 만남도 3주 만인가 그랬다. 그녀도 촬영이 끝난 뒤 바닥낸 체력을 보충하느라 집순이처럼 살았다. 그 덕분인가? 전보다 확실히 살이 올라 있었다. 그리고 미모도 훨씬, 훠얼씬……! 올라가 있었다. 부스스하고, 수수하던 송지원은 완전히 사라져 있었다.

게다가 잘 먹어서 그런가?

“와, 누나. 피부에서 아주 그냥 광이 나는대요?”

“후훗, 이 누나 미모가 이 정도야! 반하겠지?”

“어허, 누나. 큰일 날 소리. 철컹철컹하고 싶어요?”

"이 씨! 니가 먼저 장난쳐 놓고?"

"하하."

요즘은 이런 장난도 잘 쳤다.

그날, 송지원은 지영과 정신적으로 한없이 가까워졌다. 나중에 들어보니 그녀는 죽어가는 제이를 품에 안았지만 머릿속으로는 제이가 죽어가는 게 아닌, 지영이 죽어가는 걸로 '인식'한 뒤 거기에 푹 빠져들었다.

그것도 위험할 정도로.

반대로 지영은 사십구 호와 거기에서 재탄생된 제이의 캐릭터 속 '어머니'를 생각하는 감정이 풍부하게 생겨났고, 둘의 감정이 만나 정신적 교류를 이끌어냈다. 이는 아주 좋은 방향으로 흘렀고, 좋은 결과도 낳았다.

송지원은 이제 완전히 지영을 '동생'으로 생각했다. 독녀로 태어나 외로움을 타며 컸던 송지원이 지영을 동생으로 생각하는 건 어쩌면 당연한 일이었다. 반대로 지영은? 그녀를 '누나'라 생각했다. 물론 의남매다. 피를 나누지는 않았지만 더 가까운. 둘은 완전히 서로 믿고 의지할 수 있는 가족이자 동지가 된 상태였다.

"살 좀 올랐네? 이야, 역시 너는 이 정도는 되어야 보는 맛이 있어."

"적당히 먹으면서 관리하는 중이에요. 누나도 살 좀 올랐네요?"

"어디 여자한테 살 얘기를 해? 너너, 그러다 큰일 난다? 다른 여자애들한텐 그러면 안 돼!"

"제 또래들 아직 초딩이거든요. 그것도 이 학년. 그래봐야 잘 몰라요, 하하."

"아, 맞다… 너 아직 초딩이지. 뭐, 그래도 알고는 있어둬. 여자한테 나이 얘기, 살 얘기는 금지야, 금지! 여자가 먼저 꺼내도 직설적으로 말하는 순간… 호감은 바이바이, 사요나라! 한다고 생각해라?"

"네네, 잘 알고 있을게요."

그렇게 둘이 오랜만에 만나 장난기 가득 섞인 대화를 나누고 있는데 저 멀리서 조감독이 나오더니 '준비 끝났습니다! 모두 자리에 착석해 주세요!' 하고 크게 몇 번이나 외쳤다. 둘도 얼른 자리에 가서 착석했다. 주연배우 대우인가? 가장 앞줄이었다.

스르륵.

잡다한 장면이 지나가고, 영화 이야기가 시작됐다.

오만과 흥분에 찌든 눈으로 주사기를 들고 서 있는 이중석 박사. 박사는 곧 눈을 감고 있는 대리모에게 주사를 놨다. NGF(신경 성장 인자)유전자는 혈관을 통해 모체의 태내로 침투, 이제 모든 형태를 갖춘 아이의 배꼽에 달린 탯줄로 다시 침투했다. 그렇게 침투한 신경 성장 인자는 태아의 유전자를 변형, 개조하기 시작했다. 하지만 태아에게 직접적인 문제는 없었다. 다만 변했을 뿐이었다.

아이가 태어났다.

대리모는 돈을 받고, 젖먹이를 끝낼 때쯤 모두 연구소를 떠났다. 아이들은 성장했다. 2년, 아무런 문제도 없이 아이들, 아니, 실험체들은 쑥쑥 성장했다. 걷는 건 물론 벌써 언어 학습이 가능해졌다.

실험은 성공적이란 걸 확신한 이중석 박사는 임신한 자신의 아내에게 몰래 같은 주사를 놨다. 문제의 시작이었다.

성장한다.

이중석 박사가 일로 바쁠 때, 어머니는 지인의 추천으로 태아에게 좋다는 비타민 주사를 몰래 처방받았다. 변했던 유전자가 또 변화를 시작했다. 결함이 수복되어 가며 기존의 실험체보다 더 한 걸음 나아가 진화하여 완성체가 되었다. 그렇게 그 아이는 시기에 맞춰 세상으로 나왔다.

다만 아이는 울지 않았다.

그럼에도 스스로 호흡을 하고 있었다.

조막만 하던 아이, 아들 제이(J)는 배 속에서 나와 얼마 지나지 않아 언어를 깨우쳤고, 스스로가 이상하다는 걸 알게 됐다. 웃지 않는 아이. 걱정하는 엄마. 바쁜 이중석 박사. 집 안에서만 살던 제이는 어느 순간을 거점으로 지식을 탐구했다. 탐구하고, 또 탐구했다. 끝없이 보고, 읽고, 끝이 없는 두뇌에 저장했다.

쌓인 지식이 어느 기점을 넘던 순간, 제이는 자신이 잘못됐다는 걸 깨달았다. 그러던 차에 자신 말고, 다른 존재들을 만나게 됐다. 잘못됐다. 비틀렸다. 제이는 모종의 결단을 내렸다. 결단의 실행은 쌓아놓은 지식이 빛을 발했다. 해킹을 통해 모든 연구 자료를 열람했다.

스스로 판단하고, 스스로 심판을 내리기로 결심했다.

그렇게… 영화는 진행됐고, 러닝 타임 150분을 거쳐 엔딩 크래딧이 올라가기 시작했다. 영화는 끝났지만 누구 한 명 말을 하지 않았고, 일어나지 않았다. 욕망, 윤리 도덕, 모정, 인간의 추악한 본질과 인간만이 가질 수 있는 특별한 감정들이 맞물려 있다.

그리고 그 속에 경고가 있었다. 신의 영역에 도전하지 말라는. 이 자리에 모인 사람들은 영화가 보내는 온갖 감정적 메시지에 빠져 허우적거리고 있었다. 특히 지영이 부족하다 느낀 것. 그래서 나중에 신은정 작가와 상의 후에 넣은 반전의 묘수. 모정(母情)은 그야말로 신의 한 수였다. 어머니 역을 연기한 송지원마저 아랫입술을 짓씹으며 버티면서 봤을 정도였다. 지영은 정말 너무 어울리지 않지만 이런 생각을 하며 봤다.

'나는… 제이가 아닐까?'

속이 쓰린 생각이었다.

그렇게 대한민국은 물론 범세계적으로 길이 남을, 영화의 기술 시사회는 끝이 났다. 그리고 그 다음 날, 보라매 SNS를 통해 한 장의 사진이 투척됐다. 한 장의 스틸 컷. 송지원이 뭐라 형용할 수 없는 눈빛으로 지영의 볼을 쓰다듬는 사진이었다. 노 메이크업, 산발한 머리, 먼지와 눈물로 엉망이 된 얼굴. 그 와중에 구름 사이를 뚫고 가는 빛줄기가 지원의 주위를 희미하게 비치고 있었다.

이 한 장의 사진은 그야말로 대중의 기대치를 구름을 뚫고, 더 높은 하늘 위로 날려 버렸다. 그렇게 다시 시간이 흘렀다.

*　　　　*　　　　*

8월 1일 리틀 사이코패스가 개봉했다.

1주 차 스코어 220만.

2주 차 스코어 400만.

3주 차 스코어 510만.

4주 차 스코어 605만.

…….

8주 차 스코어 1,301만.

9주 차 스코어 1,405만.

…….

12주 차 스코어 1,700만.

13주 차 스코어 1,790만.

14주 차 스코어 1,850만.

14주.

약 14주 만에 기록을 세웠다. 리틀 사이코패스는 수많은 기록을 낳았다. 일단, 관람 등급은 정말 용을 썼지만 결국 19금 청소년관람불가 등급을 받았다. 하지만 청불 등급을 받았으면서도 리틀 사이코패스는 결국 14주 만에 부동의 1위였던 '명량해전'을 끌어내렸다. 학생층을 받지 않고 이 정도 스코어를 냈다는 건 정말로 대단한 일이었다. 게다가 주에 꾸준히 백만씩 들어왔다.

그리고 그건 지금도 깨지지 않고 있었다. 또한 무수히 많은 영화제에 초정을 받았고, 여기서 또 역대급 사건이 터졌다.

11월 말, 백룡 영화제에서 지영은 신인상과 조연상을 차지했다. 하지만 이는 리틀 사이코패스 하나로 받은 게 아닌 '제국인가, 사랑인가'와 나눠 받은 상이었다. '리틀 사이코패스'로 신인상을 받았고, 아주 짧은 순간을 나왔던 '제국인가, 사랑인가'에서 조연상을 받았다. 그리고 남우주연상 후보에도 올랐지만 상을 수상하진 못했다. 거의 모든 네티즌이 지영의 수상을 확실시했지만 영화제 내부 '관행'으로 인해 아직 '어린' 지영은 결국 조연상을 받았고, 영화제는 엄청난 욕을 얻어먹었다. 하지만 그렇다고 네티즌들은 주연상을 수상하지 못한 것에 큰 의미를 두지 않았다. 지영은 이미 이전에 세계 3대 영화제에 참가하면서 어마어마한 스타가 되어 있었기 때문이다.

백룡 영화제 이전, 이탈리아 베니스 영화제.

8월 30일부터 9월 9일까지 열리는 세계 3대 영화제 중 하나다.

칸, 베를린, 그리고 베니스.

리틀 사이코패스는 은사자상을 수상했다. 그리고 주연배우 강지영은 볼피 컵(Volpi Cup—Best Actor) 남우주연상을 수상하는, 그야말로 역대급 사건이 터졌다. 리틀 사이코패스는 엔딩 크레딧이 올라갈 때 무려 10분 이상의 박수갈채를 받았다. 영화제에 모인 모두가 '괴물' 강지영의 등장에 환호했다. 작품 '공각기동대'로 베니스를 찾았던 레이샤 요한슨이 '어머니' 역을 반드시 하고 싶다는 후문은 그리 놀라운 일도 아니었다. 그 외에도 베니스를 찾은 수많은 여배우들이 어머니 역을 꼭 하고 싶다는 인터뷰를 했으니까.

리틀 사이코패스에서 송지원이 보여준 연기는 순수한 연기자들의 마음에 불을 붙였다. 여배우라면 '모정' 연기는 빼놓을 수가 없었다. 인종차별은 아니지만 솔직히 헐리웃이나 유럽 쪽에서 연기를 하는 배우들은 아시아계 배우들을 얕보는 경향이 있었다. 하지만 김윤식, 송지원, 그리고 강지영은 그 틀에 박힌 시선을 모조리 깨뜨려 버렸다. 김윤식 역할을 탐내는 배우들도 많았다.

당연한 일이었다.

극 중 비중은 사실 제일 높으니까.

그의 오만과 후회를 담은 눈빛 연기는 정말 최고라는 찬사를 받았다. 하지만 재미있는 건 강지영 역할을 탐내는 이는 아무도 없었다. 영화제에 모인 이들의 입에서 가장 많이 나온 단어는 '미스터리'였다.

이제 고작 아홉 살인 아이가 도대체 어떻게 저런 연기를 펼치는지 이해가 안 가고, 미스터리하다. 이 말은 거의 모든 배우의 인터뷰에서 나왔다. 아홉 살에 저런 연기를 펼칠 배우를 이들은 지영 빼곤 그 누구도 생각할 수 없었다.

그렇기 때문에 강지영 역을 해보고 싶단 배우는 누구도 없었다. 그렇게 혜성처럼 등장한 '괴물' 강지영은 전 세계 영화인에게 아주 제대로 쇼크를 먹였고, 베니스 영화제 자체를 오직 강지영과 리틀 사이코패스 얘기로 덮어버렸다.

영화제 사상 최연소 수상자.

전례가 없던 일을 경험하고 한국으로 돌아온 강지영. 직후 세계에서 가장 핫한 인사로 떠오른 건 물론이다. 스타덤에 오른 정도가 아니었다. 그냥 말 그대로 대스타가 되어버렸다. 미국에서 활동하는 저명한 칼럼니스트가 '제이'와 '지영'을 비교한 기사를 내놓았을 정도였다. 그리고 그 기사는 굉장한 호응을 얻었다.

실제로 지영도 생각한 적이 있었다.

지영의 현재 모습 자체가 '제이'와 너무 흡사하다는 점을 말이다. 전파가 통하는 곳이라면, 이제는 지영을 모르는 이가 없을 정도가 됐다. 초대형 신인이란 말도 부족할 지경이었다. 하지만 지영은 역시 모습을 잘 드러내지 않았다. 시사회도 딱 한 번. 그마저도 입방아에 오를까 봐 인사만 하고 바로 퇴장했다.

인터뷰 한 번.

물론 보라매에서 섭외한 기자라 지영에게 불리한 내용의 질문은 아예 사전에 모두 커트당한 대본대로 진행했다. 하지만 지영은 기자에게 진심으로 궁금한 점을 물어보라는 기회를 줬고, 그 기자는 고심 끝에 딱 하나의 질문을 던졌다.

'어떻게 이 나이에 이런 연기가 가능하냐.'

지영은 이 질문에서 고심하다가 '그냥 된다'는 희대의 망언을 쏟고 말았다. 그런데 어쩌겠나. 사실인 걸. 진짜 그냥 하니까 되는 거다. 기억 서랍을 열고, 그 기억을 정신에 받아들여 하나의 캐릭터를 창조한다. 물론 뒷말은 하지 않았기 때문에 '망언'의 단어가 들어간 기사가 한동안 모든 포털 사이트를 잠식했을 정도였다.

그렇게 이제는 완전히 떠버린 지영은?

평온한 삶을 보내고 있었다. 하지만 리틀 사이코패스는 연일 기록을 갱신하고 있었다. 그의 평온한 삶이 마치 마음에 안 든다는 듯이, 쭉쭉 관객수를 채우고 있었다. 이때쯤, 아주 유명한 말이 탄생했다.

안 본 사람은 있어도, 한 번 본 사람은 없다.

당연히 리틀 사이코패스와 지영의 연기를 말함이었다.

*　　　*　　　*

개봉 15주 차에 들어선 어느 날, 역시 이날도 지영은 하교하자마자 서소정의 픽업으로 보라매에 와 있었다. 그리고 여느 날처럼 서소정의 투정을 듣고 있었다.

"으아… 죽겠어, 지영아. 응?"

서소정이 하루에도 수백 번 울리는 폰과 사무실로 걸려오는 전화에 아주 몸살을 앓았다. 직원을 하나 더 뽑았는데도 몰려오는 전화를 어떻게 감당할 수가 없었다. 물론 내부 전화이기도 했고, 외부 전화도 있었다.

"씨에프… 하나만 찍자. 응?"

"아시잖아요. 아직은 안 찍기로 한 거."

"돈 문제가 아니라… 광고주들 사이에 네가 너무 거만하단 소리가 나올 것 같아서 그래……. 그러니까 하나, 딱 하나만 찍자, 응?"

광고주들의 미움이라… 뭐, 크게 상관은 없었다. 지영이 어디 그런 걸 신경 쓸 위인인가? 하지만 서소정의 마음을 이해 못 하는 건 아니었다. 보라매에서도 특별 관리 대상이 바로 강지영이다. 현재 사무실에는 없지만 회사 내부에서 세 명, 외부에서 한 명을 더 뽑아 지영 언론 전담팀까지 만들었을 정도였다. 하지만 스케줄 관리는 온전히 서소정의 몫이다. 그녀는 정말 밀려오는 반협박? 전화에 아주 죽을 지경이었다.

제발 미팅 자리만 한번 만들어달라는 연락은 차라리 양반이었다.

'이 바닥에서 일 그만하고 싶어서 그래요?'

이런 정중하면서도 개 같은 내용의 전화는 서소정을 정말 질리게 만들었다.

지영이 CF를 거절하는 이유는 따로 있다. 이유는 두 분 부모님의 걱정 때문이었다. 이제는 아들이 너무 대단해졌다. 두 분은 그걸 확실하게 인지했다. 그래서 은근한 청탁과 대놓고 부탁하는 청탁이 장난 아니게 들어온다는 소리를 하셨다. 하지만 어디 그런 소리에 넘어가실 분이던가? 모조리 본인들 선에서 커트하고 있었지만 청탁도 어디 한두 번이어야지, 계속 듣다 보면 정말 지치게 마련이다. 하지만 두 분은 확실하게 알고 계셨다.

한번 들어주면 또 들어줘야 한다는 걸.

그게 온전한 지영의 선택이라고 해도, 아마 상대는 그렇게 나오지 않을 것이다. 대외적으로 모습을 드러내지 않으니 움직였다는 건 어떤 인맥의 힘이 동원됐을 거라 여길 것이고, 그 자체가 두 분을 더 피곤하게 만들 게 분명했다.

그래서 지영은 혹시라도 잡음이 생길 일 자체를 아예 사전에 끊어버렸다.

만약 CF를 하게 된다면, 정말 두 분의 피곤함을 감수할 만한 가치가 있는 것만 할 생각이었다. 하지만 지금까지 그런 CF는 들어온 게 없었다. 지영도 무턱대고 안 하는 건 아니라는 소리였다.

돈이 부족한 것도 아니었다.

리틀 사이코패스로 받을 예정인 개런티도 이미 어마어마하다. 그리고 본래 지영의 성격도 물욕이 거의 없는 편이다. 그래서 돈은 문제가 안 된다. 게다가 두 분 부모님도 확실히 능력이 있는 분들이다. 금전적인 부족함은 전혀 없었다. 이런 이유를 서소정에게 설명을 해줬지만 그녀도 그녀 나름대로 너무 힘들어서 투정을 부리고 있다는 걸 알고 있는 지영이었다. 지금은 그냥 웃으면서 거절하는 것밖엔 방법이 없었다.

"지원이는 물 들어올 때 노 젓겠다고… 장난 아니던데. 윤경이도 아주 좋아서 노래를 불러……."

"회사나 본인에게는 그게 최고니까요. 근데 지원 누나도 바짝 땡기고 나면 한동안 아주 푹 쉴걸요?"

"그래도 할 건 하고 쉬는 거잖아!"

빽! 하고 서소정이 투정을 부리자 할 일이 없어 살만 쪄가는 헤어 담당, 코디 담당 둘이 고개를 빼꼼 들어 올렸다가 다시 쏙 내렸다. 미어캣 같아 그 모습에 쿡쿡 지영이 웃자 서소정은 오늘도 포기하고 한숨을 내쉬었다.

"이건 오늘 들어온 제의들. 그냥 읽어나 봐……."

"네, 그럴게요. 저 보는 건 확실히 다 보고 있어요, 그래도?"

"네네, 어련하실까요!"

서소정은 한 뭉치의 서류를 지영의 앞에 놔두고 또 지이잉! 울리는 폰을 보며 한숨을 내쉬었다. 총총걸음으로 사라지는 서소정에게 슬쩍 고개를 숙여준 지영은 오늘 치 시나리오 대본, CF 대본들을 읽기 시작했다. 지영이라고 아무것도 안 하는 건 아니었다. 제의는 진짜 어마어마한 양으로 들어왔다.

국내뿐 아니라 국외에서 날아온 제의도 있었다.

헐리웃은 물론 발리우드, 홍콩, 유럽이나 일본까지. 정말 미쳤다고 해도 좋을 정도로 시나리오 대본과 각국의 CF 제의가 들어오고 있었다. 회사 차원에서 일단 막장은 거른다고 거르고 올리는 양이 하루 이 정도였다.

"이번에도 헐리웃, 흠……."

헐리웃을 공부하기는 했다.

대충 누가 유명하고, 어떤 스타일이 있고, 어떤 감독이 잘 찍고, 감독들의 성향, 이런 것들은 집에서 영화로 대충 다 파악했다. 시작부터 거장은 아니지만 확실히 이름 있는 감독이 보낸 시나리오 대본이었다.

"패스. 진부해……."

하지만 이렇듯, 지영의 마음을 끌진 못했다. 솔직히 천 번째 삶을 사는 지영에게 어떤 대본을 보내본들, 대부분 비슷하게라도 겪어봤을 테니 신선한 게 툭 튀어나올 리는 없었다. 그렇게 첫 번째 대본을 빼내는 순간 지영은 어라? 하는 표정이 됐다.

"흠……."

미블 엔터테인먼트(Mirvel Entertainment)에서 온 시나리오 대본이다. 이름만 들어도 아는 아이언, 캡틴 등등 수많은 상업 영화를 찍어 대박 터뜨린 회사다. 시원하게 터뜨리고 박살 내며 폭력의 말초신경을 제대로 자극하는 노선을 고집하는 영화들이다. 물론 그 안에 고민과 대립도 있다. 어쨌든, 진짜 대단한 회사이기는 했다. 만화는 안 봤지만 지영도 미블에서 내놓은 히어로 영화들은 거의 다 봤을 정도니까.

'나한테 제의할 캐릭터가 있던가?'

만약 지영을 섭외할 작정이라면 분명 동양계 출신 히어로나 악당일 가능성이 높다. 하지만 지영이 알기로는 미블에 그런 캐릭터는 없는 걸로 알고 있다. 물론 대외적으로 영화에 나온 캐릭터 한에서 말이다. 지영은 아직 만화까지 읽지는 않았다.

한글로 번역해서 보낸 제의를 천천히 읽어보는 지영. 요약하자면 하나다. 강지영이라는 연기자 자체를 모티브로, 아예 새로운 히어로를 창조해 내고 싶다. 물론 영화화는 물론 제의에 수락하면 곧 찍을 '인피니티 워'에도 출연을 제안한다는 소리였다. 다 읽은 지영은 왜? 하는 마음이 가장 먼저 들었다.

'완성된 대본이 있을 텐데, 이쯤이면? 아니면 화제성을 먼저 생각하자는 건가?'

내년 후반, 혹은 내후년에 개봉 예정인 인피니티 워다. 배우진도 이미 다 꾸렸을 거고, 자체 촬영 팀, 감독은 물론 배급사 투자사 등등 이미 모든 준비가 다 끝났을 영화다. 이런 판에 끼어들고 싶지 않았다.

'일단 보류… 음?'

하지만 툭, 요동치는 기억 서랍 하나 때문에 지영은 멈칫했다. 대본을 빼는 동작이 변했다. 보통 사람의 평범한 동작이 아닌, 물 흐르듯 유려하고 섬세함이 엿보이는 동작. 그 동작에 오히려 지영이 놀랐다.

'단순이 요동친 것만으로도 이런다고?'

그만큼 강렬한 기억이긴 하다.

히어로 영화의 제의를 받았던 걸로, 영웅(英雄)이라 불리던 기억이 꿈틀거렸다. 마치 공명(共鳴)하는 것처럼.

무사(武士).

척위준(拓衛準).

온 나라가 부정과 부패로 썩어 있던 시절, 온 백성을 위해 영웅처럼 살다간 이름 없는 무사의 기억이다. 한 자루의 창을 들고, 탐관오리와 악독한 지주를 벌하고, 그 재물을 궁핍한 백성들에게 베풀었던 척위준은 지영이 가진 기억 중 가장 독보적인 영웅의 행보를 걸었던 기억이기도 했다. 거기에 더해 가장 강력했던 무력을 몸에 지니기도 했었다.

히어로, 영웅.

다른 단어이나 같은 뜻을 가진 단어에 기억 서랍이 들썩거리는 게 사실은 그리 좋은 것만은 아니었다.

'척위준, 하고 싶어?'

슬그머니 묻는 지영.

기억 서랍은 꿈틀거리는 걸로 대답을 대신해 줬다. 피식 웃은 지영이 한쪽으로 따로 빼놓은 대본을 슬쩍 보는 순간, 서소정이 호들갑을 떨며 들어왔다.

"지영아! 이거! 이거 봐봐!"

"뭔데요?"

달려온 서소정이 패드를 지영 앞에 쏙 내밀었다. 그녀가 내민 패드에 처음으로 보이는 건 한 배우의 SNS였다. 초면인 배우는 아니었다. 베니스에서 사진도 같이 엄청 찍어댔었으니까. 게다가 통역을 동반한 식사 자리도 가졌던 헐리웃의 아주 유명한 여배우다.

레이샤 요한슨(Lasha Johansson): 헤이, 강지영? 컴 온! 헐리웃!

'

번역기'로 돌린 한글 문장들이 딱딱하게 적혀 있었다. 그리고 그녀가 남겨 놓은 말은 지영의 입가에 난감한 미소가 자리 잡게 만들었다.

chapter14

헐리웃 러브콜

저렇게 대놓고 날린 러브콜은 흠, 참 사람 곤란하게 만드는 일이었다.

그 밑에 적힌 댓글들의 반응은 굉장히 제각각이었다. 지영이 베니스 영화제 볼피 컵 남우주연상을 수상한 걸 모르는 이들도 꽤나 많다. 이유야 아직 리틀 사이코패스가 국내에서만 상영 중이기 때문이다. 이미 수출 계약은 대부분 끝났다. 홍콩, 일본, 발리웃, 헐리웃, 그 외에도 수많은 국가의 언어로 자막을 만드는 중이었고, 동시에 마케팅을 준비 중이었다.

하지만 타이밍을 보고 있었다.

전해 듣기로는 리틀 사이코패스의 국내 개봉이 끝나면 동시에 뻥! 하고 개봉을 시작할 거란 소리가 있었다. 기다리는 이유야 아직 자국 내에서 마케팅을 만족할 만큼 하고 싶다는 배급사들의 부탁 때문이었다. 영화에 마케팅은 절대적으로 필요했다. 거의 모든 상업 영화들은 정말 마케팅을 엄청나게 펼치고, 그런 다음에야 개봉을 한다. 리틀 사이코패스야 이미 촬영 단계에서부터 엄청난 화제를 몰고 다녔기 때문에 짧은 마케팅으로도 충분했지만 다른 영화들은 아니었다.

어쨌든 그러한 사정들 때문에 국외 개봉은 아직이었다. 그러니 지영의 연기를 아직 접하지 못한 이들은 자신들이 아끼는 배우가, 한낱 아시아의 어린 배우에게 러브콜을 보내는 게 마음에 들지 않는 것 같았다. 그리고 아예 악의적인 인종차별 댓글도 존재했다. 물론 아는 사람들은 적극적인 반응을 보였다.

들썩들썩. 척위준의 기억 서랍이 다시 요동쳤다.

'만나보고 싶어?'

지영은 척위준을 향해 물었다.

본인이나, 이미 예전의 삶이기 때문에 타인의 삶이기도 한 척위준은 다시 한번 서랍을 들썩이게 만드는 걸로 답을 대신 했다.

피식.

그 대답에 지영은 그냥 알 수 없는 웃음을 흘렸다.

"어쩔 거야? 응? 헐리웃이야!"

개봉만 하면 아주 엄청난 화제와 수익을 무조건 보장하는 헐리웃 흥행 보증 수표 중 하나가 바로 미블의 상업 영화다. 하지만 지영은 이 제안을 그리 깊게 생각하지 않았다. 예전에 송지원에게 말했던 것처럼 아직은 국내를 벗어나고 싶은 마음이 들지 않았기 때문이다.

서소정이 흥분한 이유야 충분히 이해가 갔다.

흥행 면에서는 정말 최고의 성적을 보이는 곳이 바로 미블 엔터테인먼트다. 그동안 미블에서 내놓은 영화를 보면 정말 성공하지 못한 영화가 하나도 없다고 말할 수 있을 정도였다. 그런 곳에서 지영의 캐릭터를 만들겠다고 한다. 하지만 지영은 예상할 수 있었다.

'제이의 캐릭터일 가능성이 높지. 제이가 아니라면 이건일 가능성도 있고.'

연기자 강지영을 모티브로 삼겠다고 했지만 그걸 누가 믿겠나. '연기자 캐릭터'가 히어로 영화에서 뭔 역할을 맡겠나? 그러니 천재 제이 아니면 폭군 이건이 거의 확실하다. 다시 사십구 호와 폭군 이건을 꺼내 연기한다?

지영은 그런 사실이 그리 달갑지 않았다. 솔직히 척위준의 기억이 아니었다면 분명히 거절했을 제안이었다. 미블에서도 분명 전례가 없던 일이긴 하나, 그 전례 없는 제안이 그리 내키지 않는 상황이란 소리다.

그것도 모르는 서소정이 다시금 물어왔다.

"할 거지? 응?"

"음……."

"음? 너 설마… 고민 중인 거야?"

"네, 뭐. 고민 정도는 할 수 있잖아요?"

"……."

서소정은 멍한 표정이 됐다.

그녀의 이런 반응이 이해가 가긴 한다. 누구는 하고 싶어도 못 하는 그런 제안이 왔다. 다른 곳도 아니고 미블! 미블 엔터테인먼트에서! 그렇다면 당연히 덥석! 물어야 정상인 게 보통 배우들의 입장이었다.

하지만 그거야 보통의 배우들 입장이고, 지영은 아쉽게도 아니었다. 이 캐릭터는 해보고 싶다! 이런 마음이 들지 않는 영화는 절대로 할 생각이 없었다.

벌컥!

사무실 문이 열리면서 요즘 대한민국에서 가장 핫한 여배우인 송지원이 입장하셨다.

"왔어요?"

"그래, 오셨다."

"오늘 스케줄은 다 끝난 거예요?"

"그럼, 다 끝났지. 후후."

샤랄라.

찰랑이는 머리를 우아하게 한번 넘겨준 송지원이 의미심장한 미소를 지었다.

"미블에서 제안 왔다며?"

"네, 제 일인데 누나 참 빠르네요?"

"그럼, 네 일은 거의 대부분 나한테도 들어와."

"왜요?"

"왜긴? 동생이 하는 일을 누나가 몰라서야 되겠어?"

"아……."

너무 당당해서 지영은 그냥 어이없는 웃음을 흘리고 말았다. 하지만 송지원의 저 관심이 악의에서 나오는 게 아닌, 오로지 선의에서 나오는 걸 아는지라 크게 불만은 없었다. 실제로 송지원은 지영을 정말 아꼈고, 그걸 모르는 사람은 이제 연예계에 거의 없다고 보면 되는 상황이었다.

"레이샤 고것이 글도 남겼더라?"

"누나, 질투해요?"

"아니, 그냥 올게 왔다는 느낌인데? 그때 그렇게 꼬리쳤잖아, 같이 한 작품하자고."

눈이 샐쭉하게 변하며 나온 송지원의 말에 지영은 눈을 가늘게 뜨면서 대답했다. 이어진 두 사람의 대화에 서소정이 에휴, 하고 한숨과 함께 다시 자리를 떴다.

"질투 맞는 것 같은데요?"

"아니야, 질투. 흥."

"맞는데요?"

"아니라니까! 흥!"

"……"

"……"

이후 잠시의 정적 뒤, 둘은 서로 피식 웃는 걸로 장난을 끝냈다. 자세를 바로 잡고 지영을 진지한 눈으로 보는 송지원. 그런 송지원의 행동에 지영도 자세를 바로 했다.

"어쩔 거야?"

"솔직히 말해 받아들이고 싶진 않아요."

"왜? 헐리웃인데? 그것도 미블에서 온 제안이고. 들어보니까 아예 너를 딴 캐릭터로 만든다고 하던데?"

"그래봐야 제이 아니면 숙 왕야랑 비슷한 캐릭터일 게 분명해요. 연기자인 강지영을 미블 만화에 넣어서 뭐 하겠어요? 히어로 만화인데?"

"아, 하긴 그렇기야 하겠다."

"누나라면 한 번 해본 캐릭터의 연기를 계속하고 싶어요?"

"시리즈물이라 좀 다르게 생각해야 되긴 하지만… 음, 별로 내키지 않긴 하네. 그래서 너는 안 하는 쪽으로 마음먹은 거고?"

지영은 대답 대신 천천히 고개를 끄덕… 이려고 했다. 덜컥, 덜컥! 하는 척위준의 기억 서랍만 아니었다면 말이다.

'하…….'

아까도 말했듯이 히어로에 반응하는 영웅의 기억. 영화로 볼 때는 괜찮았다. 하지만 직접적인 기회가 오자, 확실한 반응을 보였다. 마치 다시 한번 세상에 나오고 싶어 했던 폭군 이건의 기억 서랍처럼.

'왜 그러냐, 정말.'

그렇게 나오고 싶어? 하고 무의식중에 묻자 다시 덜컥이는 척위준의 기억 서랍. 지영은 고개를 절레절레 저었다. 그런 행동에 잠시 이상한 눈으로 보던 송지원이 아주 잠시간 유지되던 침묵을 깼다.

"왜?"

"아니에요. 후, 일단 이 제안은 좀 생각해 볼게요. 그래도 회사에 소속됐으니… 저도 뭔가 일은 해야겠죠?"

"풉, 그걸 말이라고 하니? 너니까 지금 위에서 가만히 있는 거지, 만약 다른 배우였으면 바로 고소 먹였다?"

"에이, 설마요?"

"보라매가 아무리 배우들을 위한다지만 그래도 상장된 어엿한 회사야. 주주들의 의견을 무시할 순 없지. 내가 중간에서 어느 정도 막고, 네 계약 조건이 그걸 허용하지 않았으니 망정이지, 아니었으면 넌 지금쯤 못해도 씨에프 열 개는 넘게 찍었을걸? 그게 아니라면 영화든 드라마든 뭐든 이미 계약했겠지."

"하하, 그건 좀 싫긴 하네요."

"좀은, 많이 싫어하면서."

"하하하."

송지원의 말은 정곡이었다.

지영은 지금 자신이 아무리 가장 핫한 배우라고 하더라도 일에 치여 살고 싶은 생각은 없었다.

조급할 게 없는 게 지금 상황이었다.

'매향유정으로 어느 정도 숨통은 트였으니까…….'

게다가 다른 것도 차근차근 준비하고 있었다. 매향유정은 먼저 인터넷 플랫폼에서 선공개됐는데, 나름 선방하고 있었다. 통장에 꾸준히 꽂히는 돈은 감히 지영의 나이대에 상상도 하지 못할 액수였다. 들어보니 로맨스 장르가 원래 시작과 동시에 바짝! 당기는 기질이 있다나 뭐라나. 작품 자체의 평도 좋았다.

매순에 대한 지고지순한 조현의 사랑이 잘 표현된 것 같아 지영도 기분이 좋았다. 하지만 덜컥, 덜컥!

'또, 또…….'

좋았던 기분이 다시 가라앉았다. 이 정도로 격렬하게 반응하는 걸 보면 아예 무시할 수 없다는 생각을 가지게도 됐다. 잠시 생각을 정리한 지영은 송지원을 딱 바라보며 입을 열었다.

"누나는 이제 한동안 쉴 거죠?"

"나야 뭐, 보통 한 작품 찍으면 일 년은 쉬거든. 이번처럼 연달아 찍은 게 이변이지."

"그러니까 쉰다는 얘기네요?"

"그렇겠지, 아마?"

"흠……."

"왜?"

"아뇨, 헐리웃. 만약 가게 되면 같이 가는 게 어쩔까 싶어서요."

"나? 미블에? 야, 너한테 끼워 팔려 가라고?"

"에이, 왜 이래요? 베니스의 여왕께서?"

"야! 난 수상 못 했거든?"

"그거야… 상대가 너무 셌을 뿐이고요. 대신 이번에 눈도장 제대로 찍었잖아요. 어쨌든 가면 같이 갈래요?"

"음……."

이번엔 송지원이 고개를 살짝 내리 깔며 생각에 잠겼다.

지영은 지금 덜컥이는 척위준을 어떻게든 달래줘야겠다고 생각했다. 이렇게 강렬하게 나올지는 예상도 못 해서 솔직히 좀 당황스럽기도 했다. 마치, '열어줘. 나를, 나를……!' 하는 기분이랄까? 패스할까 생각했던 제안이 지금 발목을 잡고 있었다. 생각을 어느 정도 끝냈는지 송지원이 고개를 다시 들었다.

"근데, 나 영어 잘 못하는데?"

"배우면 되죠."

"너도 같이?"

"아뇨, 전 할 줄 알아요."

"뭐? 영어? 야, 헐리웃이거든? 콩글리쉬 했다가는 비웃음 장난 아니게 받거든?"

"노노노, 현지인 수준으로."

"……."

지영은 송지원에게 말한 것처럼 실제로 현지인 수준으로 영어를 할 줄 알았다. 읽고 쓰는 건 물론 대화도 충분히 원활하게 가능한 수준이다. 이태리, 프랑스는 물론 그 외에도 수도 없이 많은 삶은 거의 모든 대륙에 걸쳐 있다. 딱, 일본만 빼고 말이다. 그래서 지영은 웬만한 국가의 언어는 전부 할 수 있었다. 물론 옛날의 기억에서 나오는 발음이라 지금과 비교하기에는 조금 문제가 있긴 하지만 그거야 조금만 부딪쳐서 대화하다 보면 금방 다잡을 자신도 있었다.

어쨌든 그런 특권 아닌 특권이지만 지영은 이걸 특권이라고 생각해 본 적이 없었다. 오히려 저주의 산물이라 생각하고 있었다. 영원한 안식을 얻지 못하는 대신 얻은 일종의 부산물? 지영에겐 중고생이 들었으면 딱 멱살 잡기 좋은, 딱 그 정도였다. 송지원도 뭔가를 기억했는지 아, 하는 표정이 됐다.

"내가 잠깐 잊었네… 너 베니스에서도 현지어로 인터뷰했다는 걸."

"후후후, 제가 연기 말고 다른 쪽에서도 좀 천재긴 해요."

"재수 없어."

"그래서 어때요? 할 맘이 생기긴 생겨요?"

"뭐, 봐서 결정하자, 그건. 아직 확정된 건 없으니까."

"그래요. 그럼 이건 나중에 따로 얘기해요."

사실 지영이 송지원에게 이런 제안을 한 건 우연히 미블의 스틸 샷? 아니, 만화 속 캐릭터를 정리해 놓은 걸 본 적이 있어서였다. 거기에 한국 영웅이 있었다. 국가에 소속된 특수 요원인데, 실제로는 구미호? 그런 신령한 캐릭터였다. 액션도 수준급인 송지원에게는 딱 맞는 캐릭터라 할 수 있었다.

우당탕!

갑자기 일어난 소란에 두 사람의 고개가 쏙 돌아갔다. 서소정이었다. 그녀가 이번에도 급한 얼굴로 막 뛰어들어 와 패드를 내밀었다. 동시에 패드로 고개를 내민 지영과 송지원의 표정은 기사의 전문을 읽는 순간 요상하게 변해 버리고 말았다.

〈캡틴, 블랙 맘바의 한국행?〉

〈레이샤 요한슨, 척 에반스 갑작스러운 한국 방문, 왜?〉

〈미블 엔터테인먼트 동시 한국행〉

대충 이런 기사들이다.

왜 이 타이밍에 갑자기 이런 기사가?

서소정이 이어서 다시 레이샤 요한슨의 SNS를 다시 보여줬다. 아주 간단한 한 문장, 아니, 두 문장이 적혀 있었다.

레이샤 요한슨(Lasha Johansson): 내일 봐, 강지영.

그런 심플한 한글에 송지원은 피식 웃더니 결국.

"아따, 이 여자. 가슴만큼 행동도 화끈화끈하네?"

성희롱에 가까운 언사를 쏟아냈다.

미블 엔터 직원들과 레이샤, 그리고 본명보다 캡틴으로 불리는 척 에반스의 갑작스러운 한국행은 사실 그 의미를 유추할 소스가 충분히 많았다. 아니, 미블에서 보내온 제안서와 레이샤의 SNS면 솔직히 거의 답은 나왔다고 봐야 했다.

"이건 뭐, 대놓고 너 보러 온다고 하는 거랑 똑같네, 뭐."

"그렇죠? 그렇죠? 오! 레이샤를 실물로 볼 줄이야……!"

"팬?"

"네!"

송지원과 서소정의 뭐, 별 영양가 없는 대화에 지영은 쓰게 웃었다. 송지원이 말한 것처럼 레이샤는 대놓고 지영을 만나러 온다고 광고를 넘치게 해놓은 상태였다. 댓글들을 보니 이미 네티즌들도 알아차린 것 같았다. 강지영을 향한 러브콜, 그리고 채 하루가 가기도 전에 다시 한국행 티켓을 들고 찍은 사진과 이따 보잔 말까지. 이 정도까지 했는데도 모르는 게 오히려 바보였다.

지잉!

서소정의 폰이 울렸고, 메시지를 확인한 그녀는 바로 활짝 웃었다.

"지금 미블에서 메일 왔대요! 보라매와 영화 관련 미팅을 가지고 싶다는 공식 요청 메일이래요!"

"호오, 아주 작정하고 나오는데?"

확실히 강지영이 리틀 사이코패스에서 보여준 존재감은 상상,

그 이상이었다. 게다가 베니스 영화제에서 당당히 남우주연상까지 쥔, 모두가 인정하는 연기 천재였다. 아예 새로운 캐릭터의 창조까지 염두에 두고 있다는 제안까지 이미 온 마당이다. 이건 뭐 작정하고 미블 코믹스의 히어로로 영입하겠다는 소리나 진배없었다.

독립성, 폐쇄성이 좀 짙은 DS 코믹스와는 다르게 흥행을 위해서라면 뭐든 한다는 말이 있는 미블이니, 이해가 안 가는 건 아니었다.

하지만 이런 미블의 행보 때문에 인터넷은 기름에 물을 한 바가지 쏟은 것처럼 튀기 시작했다. 당연히 대부분이 강지영이라면 가도 충분하다는 의견이 지배적이었다. 하지만 소수의 반대 의견도 있었다.

미블에서 지영을 영입하고 제대로 신을 안 주는 건 아닌가 하는 걱정이었다. 실제로 미블은 그러한 전적이 많았다.

김수연이란 배우가 영입됐지만 나오는 신은 정말 손에 꼽을 정도로 적었다. 중화권에서 캐스팅된 여배우도 역시 마찬가지였다. 그럴 거면 왜 영입했냐는 말까지 나돌 정도였다.

그 소수 의견은 나름 신빙성이 있는 의견이었다. 때문에 괜히 강지영의 필모에 흠집만 남기는 게 아닌가 하는 걱정 어린 의견들은 묻히지 않고 제대로 조명을 받았다. 바로바로 기사까지 나올 정도였다. 하지만 기대와 걱정을 한 몸에 받고 있는 지영 본인은 덤덤한 상태였다.

"이건 뭐, 고민할 시간도 안 주네요."

"그치? 하여간 얘들은 무슨 번갯불에 콩 구워 먹듯 일처리를 하는지 몰라. 좀 느긋한 맛이 없어요."

지영과 송지원의 푸념처럼 이번 행보는 너무나 갑작스럽고, 빨랐다. 최소한 미리 언질이라도 줬어야 뭔 준비를 하겠는데, 아예 출발한 다음, 공식 메일을 보냈다. 미블이 아니었으면 예의 없다고 욕 처먹어도 할 말이 없을 일처리였다.

지영은 일단 대본을 챙겼다.

"뭐, 아직 시간 있으니까 누나도 생각 한번 해봐요. 이렇게 된 마당이니 기왕이면 좋은 쪽으로."

"고작 하루?"

"하하, 좋은 게 좋은 거라고… 마인드 컨트롤해요. 서로……."

"푸핫! 그래, 알았어."

"그럼 저는 오늘은 이만 갈게요."

"그래, 조심히 가고."

"네, 누나도요."

지영은 꾸벅 사무실 사람들에게 인사를 하고는 밖으로 나왔다. 서소정과 함께 엘리베이터를 타고 지하로 내려갔다. 띠잉, 지이잉. 문이 열리자 앞에 서 있는 열 명의 소녀들. 아직 팀명도 없어 보라매 걸스라 불리는 걸 그룹 팀이다. 맨 뒤에 이국적인 외모를 가진 매순이 보였지만 지영은 이번엔 눈길도 주지 않았다. 그녀들은 지영을 선망 어린 눈으로 바라봤다. 나이 때문에 영화를 본 사람은 소수지만 인터넷엔 지영에 대한 기사가 하루에도 수십 개씩 올라온다.

'성공을 꿈꾸는 소녀들.'

아이돌(Idol). 우상(偶像).

타인의 시선에 우상으로 우뚝 서고 싶은 소녀들의 시선으로 보기에 지영은 확실히 부러운 존재였다. 쭈뼛거리면서 길을 터는 소녀들 사이로 슥 지나가니, 짙은 화장품 냄새와 그 사이로 희미하게 시큼한 땀 냄새가 섞여 지영의 코로 훅 들어왔다. 여러모로 자극적인 냄새에 인상이 슬쩍 찌푸려졌지만 바로 폈다. 괜히 티를 내서 무안을 주고픈 마음은 없었다.

그렇게 소녀들을 지나 이제는 흔히 스타크래프트 밴이라 불리는 차에 올라타는 지영.

"집으로 바로 갈 거지?"

운전석에 앉은 서소정이 묻자 지영은 '네' 하고 짧게 답했다. 집까지는 한 시간 만에 도착했다. 퇴근길이었는데도 이 정도면 꽉 막힌 서울 도심에서 빨리 도착한 거나 다름없었다.

"고마워요, 누나. 운전 조심하시고, 내일 봬요"

"그래, 내일도 학교로 가면 되지?"

"네."

"알았으! 그럼 들어가!"

"네."

서소정이 떠나고 비밀번호를 누르고 집으로 들어가니 어쩐 일로 오늘은 두 분 다 일찍 퇴근해 계셨다. 매콤하고, 달달한, 맵단맵단한 음식 냄새가 문을 열자마자 바로 맡아졌다.

"저 왔어요!"

"아들! 어서 와!"

주방에서 들려오는 임미정의 목소리. 쫄래쫄래 주방으로 가보니 이제는 만삭인 임미정이 앞치마를 두르고 고기를 볶고 있었다. 지영이 가장 좋아하는 음식 중 하나인 제육볶음이었다.

"몸도 불편하시면서, 그냥 시키지 그러셨어요?"

"아빠도 일찍 퇴근해서 얼른 차렸지. 오랜만이잖니."

"아, 그렇긴 하네요. 근데 아버지는요?"

"운동 가셨어. 슬슬 들어오실 때 됐으니까 너도 씻고 와."

"네, 그럴게요."

어머니가 가족을 사랑하는 마음으로 차린 음식이다. 그리고 오랜만에 아버지 강상만이 야근을 안 하고 정시 퇴근을 했다. 일주일에 많아야 한 번이고, 기본은 거의 10일에 한 번 꼴로 정시 퇴근을 하신다. 바쁠 때는 뭐… 아예 검찰청에서 살 때도 있었다.

옷을 갈아입고 손발을 씻고 밖으로 나오자 타이밍 좋게 강상만도 딱 현관문을 열고 들어서고 있었다.

"오셨어요?"

"그래, 지금 들어왔냐?"

"네, 씻고 나오는 참이에요."

"그래, 저녁 먹자, 그럼."

"네."

전형적인 무뚝뚝한 아버지.

하지만 자식 사랑은 또 끔찍하시다.

저녁은 금방 차려졌다.

제육볶음, 감자채볶음, 계란찜, 계란말이, 감자국까지. 한식을 좋아하는 부자를 위한 밥상이었다. 좋아하는 메뉴라 기대감에 살짝 빠져 있는 지영이 수저에 손도 대지 않았는데, 강상만의 목소리가 먼저 들려왔다.

"갈 생각이냐?"

"…미국이요?"

"그래."

아마도 기사를 읽으신 것 같았다.

임미정도 힐끔힐끔거리는 게, 지영의 대답을 기다리는 것 같았다.

"아직 모르겠어요. 결정은 안 내렸어요."

거짓말.

이미 요동치는 기억 서랍 때문에 반 이상은 결정을 내린 상태지만 두 분 눈빛 때문에 거짓말을 한 지영이다.

"그러냐. 알았다."

"결정되면 말씀드릴게요."

"그래, 밥 먹자."

그제야 수저를 드는 강상만. 그렇다고 두 분 다 밝은 눈빛은 아니었다. 하지만 간다고 하면 더 서운해하실 게 분명해서 더 이상 얘기를 할 수는 없었다. 이제 지영의 키는 어느새 155에 가깝다. 그래도 강상만과 임미정에게는 눈에 넣어도 아프지 않을 '아들'일 뿐이었다. 원래 그런 법이었다. 나이 서른 먹어도 부모에게는 그저 애처럼 보일 뿐이다. 그런 아들이 이제 고작 아홉 살인데, 미국으로 영화를 찍으러 훌쩍 떠난다면 마음이 텅 비듯이 허전해질 게 분명했다.

그렇게 텅 빈 공간을 채우는 건 먼 타국에 있을 아들에 대한 걱정이 될 것이다.

'킁, 예상은 했지만…….'

생각보다 더 서운해하실 것 같아 지영의 마음도 좋질 않았다. 그래도 저녁은 배불리 먹었다. 감정에 따라 먹는 둥 마는 둥 하면 더욱 서운해하실 게 분명하니까. 두 분이 잠든 새벽, 지영은 조용히 마당으로 나왔다.

손에는 연습용으로 목공소에서 잔뜩 주문해 놨던 목검과 목창이 들려 있었다. 저녁때 두 분의 눈빛이 마음에 걸려 잠이 오질 않아 달밤에 체조라도 하러 나온 지영이었다. 하지만 몸을 몇 번 풀다 말고 벤치에 앉은 지영은 하, 짧은 한숨을 내쉬었다.

'척위준.'

속으로 그의 이름을 부르자 서랍이 확실하게 공명을 일으켰다. 우웅, 우웅. 이런 건 대답이라고 봐도 좋으리라.

하아.

"그렇게 미련을 못 버리겠어, 척위준?"

지영은 이번엔 소리 내어 물었다.

우웅, 우웅, 덜컥, 덜컥!

반응이 확실하게 왔다.

한 자아에서 태어난 기억들이니, 척위준은 분명 고려 중후기를 살았던 본인이 맞다. 하지만 다시 태어나면서 다른 이름, 다른 외모, 그리고 다른 삶을 살면서 지영은 본인이 죽고 나면 그 기억을 타인의 기억처럼 인지했다.

'폭군 이건은 생에 전부 풀지 못한 광기가 남아 미련으로 변했지. 반대로 너는 도탄에 빠진 백성을 전부 구하지 못한 한이 미련으로 변한 거겠지. 이해해. 죽기 전에 내가 느낀 감정이니까.'

지영은 그런 척위준의 마음을 이해했다.

이렇게 강하게 반응했던 기억은 지금까지 이건과 척위준이 전부다. 사십구 호는 감정을 느끼지 못하게 된 상태에서 죽었기에 미련이란 게 너무나 희미했고, 조현은 평생을 살며 미련을 떨쳐내고, 그저 씁쓸한 감정에서 죽어갔다. 그렇기 때문에 그 두 기억은 이건과 척위준처럼 날뛰지 않았다.

지영은 씁쓸한 미소를 베어 물었다.

이유는 하나.

'나도 참 한 많은 인생들을 살았구나.'

네 개 중 두 개가 벌써 이렇다. 하지만 이게 끝이 아니다. 아마 수도 없이 더 있을 것이다. 못해도, 정말 못해도 몇 백 단위일 거다. 대충 추려봐도 행복하게 삶을 끝낸 게 채 반도 되질 않으니 말이다.

지영은 목창을 손에 쥐었다.

우웅.

다시금 공명하듯, 기억 서랍이 반응했다. 한 번쯤은 괜찮겠단 생각에 이번엔 천천히 열어봤다.

후욱!

마치 파도처럼 쏟아져 나온 척위준의 기억이, 그 당시에 살았던 자신의 기억이 뇌리를 지배해 갔다.

힘썼다.

민생을 위해.

선대께서 군부의 무신(武神)으로 삶을 살았다면.

당대의 나는 백성의 영웅(英雄)으로 살겠다고 다짐했다.

그리고 실제로 영웅의 삶을, 길을 걸었다.

정도(正道)의 기치 아래 수하를 이끌었고, 백성의 삶을 보살폈다. 죄를 지은 탐관오리들을 벌했고, 그 재물을 빼앗아 궁핍한 민초에게 건넸다. 생이 끊어지던 그 순간까지 오직 그 하나만을 위해 살았다.

척위준(拓衛準)의 삶은 그랬다.

'지독할 정도로 일방통행으로 걸어간 삶.'

지금의 지영이 느끼는 감정이었다. 물론 어리석다. 혹은 너무 우직했다 같은 감정도 들었다. 하지만 지금의 삶에서 느끼는 감정이었다. 한숨과 함께 목창을 들고, 중단에 올리며 자세를 잡는 지영.

기억이 말해줬다.

이렇게 하라고.

"흡!"

슉!

목창이 어둠을 톡 찔렀고, 그 어둠이 마치 팡! 하고 터져 나가는 것 같은 '착시'를 일으켰다. 이어 가상의 상대가 든 무기를 심상으로 떠올리고 란, 나, 찰을 연이어 펼쳤다. 잡아채고, 감고, 튕기고.

슉!

이어서 다시 찌르기.

소음이 심하게 일어날까 봐 진각을 밟지 않았음에도 어둠이 팡! 팡! 팡! 연달아 내지른 찌르기에 공기가 터져 나갔다. 짧은 창술을 펼친 뒤 다시 자세를 거두는 지영.

머릿속 충만한 척위준의 기억이 기꺼워하는 게 느껴졌다.

피식.

'그 정도로 좋냐?'

그래, 이 정도다.

단순히 기억 서랍을 열고, 한차례 창술을 펼쳐봤을 정도인데도 이렇게 충만한 감정이 느껴졌다. 이러니 이제는 확실하게 결정을 내릴 수 있었다.

"그래, 까짓것, 두 분에게 죄송하긴 하지만… 하자."

하자고.

지영은 충만한 달빛 아래, 헐리웃에서 날아온 제안을 받아들이기로 결정했다. 아아, 물론 도장을 찍는 건 지영이 생각하는 확실한 조건을 미블에서 받아들인 뒤가 될 예정이었다.

다음 날, 학교가 끝난 지영은 서소정과 함께 다시 보라매로 향했다.

"위쪽에서 미블의 본사 방문 요청을 승인한 모양이야. 오늘 일곱 시에 본사에서 보기로 했어."

"그럴 거라 생각했어요. 혹시 따로 내려온 게 있나요?"

"뭐, 당연히 있겠지?"

"절 설득하라는 내용이겠네요?"

"그래, 그렇지만 뭐… 난 배우가 최우선이니까! 지영이 하고 싶은 대로 해."

"어제는 그렇게 방방 뛰었으면서 지금 이렇게 갑자기 태도가 변해도 되는 거예요?"

"후훗."

이제는 완전히 친해진 서소정이 신호에 차를 세우고는 지영을 향해 검지를 휘휘 흔들었다.

"원래 여자는 이런 법이야."

"이럴 때만 여자래……."

"넘어가! 어쨌든 어제는 내가 맡은 배우가 헐리웃의 캐스팅을 받아서 너무 놀라 그런 거야. 본심은 알지? 누나는 배우가 제일 먼저! 작품은 그다음! 회사도 그다다음!"

"네네, 알죠."

서소정의 이런 성격을 잘 알기에 보라매에 올 때 굳이 서소정을 매니저로 붙여달라는 조건을 걸었던 거다. 그리고 그때의 선택을 후회할 만한 일은 아직 일어나지 않았다. CF 건만 빼고. CF는 아직 배우의 이미지 컨설팅을 위해 포기하지 않고 있었다. 하지만 오늘은 중요한 만남이 있는 자리이기에 CF 얘기는 꺼내지 않는 서소정이었다.

'슬쩍 말해줄까?'

어제의 결심을? 하고 생각하던 지영은 이내 속으로 고개를 저었다. 나중을 위한 즐거움으로 남겨두는 게 더욱 좋을 것 같았다. 놀란 서소정의 얼굴, 이내 기뻐하는 모습? 일종의 깜짝 선물이다. 지금 서소정은 지영이 거절할 거라고 예상하고 있으니까.

잘 생각해 봐, 란 임팩트 있는 한마디 후 서소정은 별다른 말을 꺼내지 않았다. 그렇게 회사에 도착한 지영은 이제는 집만큼 익숙하고 편한 자신의 사무실로 향했다. 오늘은 전과는 다르게 사무실이 분주했다.

일단 책상 위에 널려 있는 수많은 옷들은.

"아……."

지영을 흠칫 놀라게 한 다음, 석화 마법이라도 걸린 것처럼 딱딱하게 굳게 만들었다. 지영이 선호하는 심플한 흰색, 검은색 셔츠와 라운드 티셔츠, 요즘 유행한다는 종류의 니트에 스웨터까지 많아도 엄청 많았다.

"이게 좋을까?"

"노노, 언니. 지영이는 이런 화려한 건 잘 안 어울려. 알잖아?"

"그렇지? 그럼 이건?"

"그것도 노노. 얘는 심플해도 너무 심플해. 딱 포인트 줄 만한 건 안 구해왔어?"

"아, 있어! 그럼 이건?"

"오! 그거 좋다!"

스타일리스트와 코디가 지영이 온 것도 모르고 다시 몸을 돌려 돌아가고 싶은 말을 연신 꺼내고 있었다. 하나로 정해진다고 해도, 그건 순위일 뿐이다. 그 외에도 몇 번이나 계속 갈아입어야 할 게 분명했다.

"어! 왔다! 지영아, 안녕!"

머그컵을 들고 일어나던 메이크업 담당 이성은이 지영을 반갑게 바라보며 손을 흔들고 있었다. 그동안 지영의 전담이었는데 할 게 없어서 그런가, 세 사람은 아주 열일하고 있었다. 그리고 지영은 그게 부담스러웠다.

"저 화장실 좀……."

"어딜!"

와다다!

코디 한정연이 벼락처럼 달려와 지영의 목깃을 덥석 잡았다.

"크응……."

바람 빠지는 지영의 한숨에 서소정이 난감하게 웃었다. 지영이 이런 걸 참 못 견디는 걸 알지만 이건 어쩔 수 없는 일이었다. 오늘 같이 중요한 자리에 대충 입고 참석한다는 건, 그 자체로 실례가 되는 일이니 말이다.

후후후.

새롭게 합류한 지영, 민아 전담 스타일리스트 유민주가 허리에 손을 척 올려놓고 웃는데 지영은 그게 마치 마녀의 웃음처럼 음산하게 느껴졌다. 그녀의 얼굴에는 숨길 수 없는 기대감이 있었다.

좀 늦게 합류해서 민아만 맡아봤지, 지영을 스타일링해 본 적은 없었기 때문이다.

"에휴."

포기는 빨랐다.

어차피 지영도 예상은 하고 있던 일이었다.

결국 한 시간 가까이 마네킹이 되고 나서야 오늘 입을 의상이 결정됐다. 진이 쭉 빠진 지영이 소파에 엎어지자 서소정이 슬그머니 나타났다.

"힘들어도 좀 참아. 열네 시간 날아온 미블 사람들도 벌써 일어나 준비 중일 테니까."

"네……."

알게 뭐람.

…하는 마음이 되었지만 그래도 서소정의 말이 맞았다. 어제 저녁 여덟 시쯤 출발했다고 들었다. 뉴욕에서 출발했으니 최소 열네 시간을 날아 오전 열 시쯤 도착했을 거고, 수속이니 뭐니 하면 시간은 더 걸렸을 거다. 그리고 몇 시간 쉬지도 못하고 오늘 방문 준비를, 아니, 실제로는 지영을 만날 준비를 하고 있을 거고.

그걸 생각하면 이 정도 수고쯤이야 수고도 아니었다.

"이거, 오늘 오는 두 사람의 간략한 프로필. 일단 숙지는 해 놔."

"네, 미팅인데 별걸 다 숙지해야 되네요……."

"그쪽은 아예 너에 대해 탈탈 털고 왔을 걸?"

"탈탈 털어봐야 제가 나올 게 있나요? 고작 두 작품인데. 게다가 제국, 사랑은 몇 분 출연하지도 않았고요."

"그러니까 더 탈탈 털었겠지?"

"아하, 그리고 아무것도 안 나왔으니 더 멘붕했겠네요?"

"그렇지! 너를 영입하고는 싶은데, 조사해도 뭐가 나오는 게 있어야 이런 저런 제시를 할 건데, 없으니까 그저 리스트를 쫙 짜서 설득하는 수밖에 없잖아. 근데 요게 또 웃기기도 하지만 네가 지금 그런 위치에 있는 거야. 미블에서 이렇게까지 해서라도 꼭 영입하고 싶은 히어로의 위치."

"재밌네요. 영화 한 편에 이런 대접이."

"호호, 받아들여. 지금 넌 전 세계가 주목하는 영화배우니까."

"그래야죠."

지영이 그 말을 하는 순간, 꺅! 하는 소리와 함께 이성이 벌떡 일어났다. 왜 하는 표정으로 모두의 시선이 모이자, 그녀가 양팔을 번쩍 들며 외쳤다.

"이천만 돌파!"

"헐? 리틀 사이코패스?"

"네!"

이성은의 말에 서소정이 눈을 동그랗게 뜨고 되묻자, 이성은이 냉큼 고개를 끄덕이며 대답했다. 지영도 벌써? 하는 표정이 되었다. 이제 15주 차다. 100일이 좀 넘은 시점에서 달성한, 정말 어마어마한 스코어에 와아! 하고 사무실 가득 환호성이 울렸다.

리틀 사이코패스 이전 부동의 1위였던 '명량해전'도 100일 조금 넘어서 1,760만 정도의 스코어를 냈다. 하지만 그건 최종 스코어였다.

그런데 리틀 사이코패스는 1,760만은 이미 넘었고, 비슷한 시점에 모두가 불가능이라 말했던 2,000만을 찍었다. 이건 한국 영화계에 길이 남을 대사건이었다. 게다가 아직 개봉일도 남았으니 아직 더 스코어를 올릴 가능성도 있었다. 그렇게 생각하니, 이게 확실히 대박이긴 대박이었다.

'근데 너무 높다. 다음에 떨어질 때 좀 아프겠는데?'

남들은 환호 중이지만 지영은 이런 쓸데없는 생각을 하면서 오후의 시간은 째깍째깍, 정해진 속도에 맞춰 부지런히 흘러갔다. 그리고 마침내 오후 일곱 시가 됐다.

*　　　*　　　*

벌컥! 열린 문을 통해 제일 앞에 서서 들어오는 레이샤 요한슨은 정말 강렬한 인상의 여인이었다. 착 달라붙는 청바지에 강렬한 붉은색의 스웨터, 그리고 붉은색과 정반대되는 푸른색의 롱코트를 입고 나타났다.

정확한 시간에 딱 나타난 레이샤 요한슨은 들어서자마자 지영을 보고 환하게 웃었다. 그리고 그 뒤를 따라 들어서는 캡틴 척 에반스. 그는 영화와 정말 똑같이 생겼다. 딱 봐도 '어, 캡틴이다!' 할 정도로 말이다. 위엄, 그리고 믿음을 아예 얼굴과 몸 전체에 써놓은 것 같았다. 현재까지 나온 미블의 세계관의 한 축을 담당하는 히어로 역을 맡은 사람이니 저런 모습도 충분히 이해가 가능했다.

둘이 들어오고, 경호원으로 보이는 사람 둘과 통역으로 보이는 젊은 여성도 같이 들어왔다. 지금 이 자리는 레이샤의 요청으로 미팅 전 배우들끼리 먼저 만나는 자리였다. 그래서 보라매 쪽은 지영과 송지원, 김윤식, 그리고 마찬가지로 통역사만 자리하고 있었다.

레이샤와 척, 그리고 통역사만 지영의 건너편에 앉고 정장을 입은 경호원 둘은 세 사람의 뒤에 딱 뒷짐을 지고 섰다. 그 모습이 상당히 위협적이었는지 송지원이 살짝 움츠러들었다.

"하이."

그런 분위기를 깨려함인지, 레이샤가 손바닥을 흔들며 먼저 인사를 했다.

"반가워요, 레이샤."

"오랜만이야, 지영. 얼마만이지?"

"그때 베니스에서 봤던 때가 마지막이니까, 대충 계산해 봐요."

"호호, 귀찮아, 그런 건."

영어로 진행되는 둘의 대화를 양측의 통역사가 빠르게 각자의 고용주들에게 알려줬다. 척은 지영의 유창한 영어 실력에 좀 놀란 모습이었다. 김윤식도 마찬가지고, 송지원은 그냥 고개를 절레절레 흔들었다.

이제는 진짜 친해질 만큼 친해졌다고 생각했고, 그만큼 뭐가 더 나와도 놀라지 않을 자신이 있었지만 막상 유창한 영어 실력을 보자 그냥 체념 상태가 됐다. 그런 사람들의 놀람은 뒤로한 채, 두 사람의 대화는 계속 진행됐다.

"맞다. 축하해, 이천만. 한국에서는 엄청난 스코어라며?"

"힘든 일이긴 해요. 수십 년 역사 동안 깨지지 않았던 기록이니까. 인사는 고맙게 받을게요."

"후후, 이건 선물."

누가 들고 왔지? 경호원인가?

레이샤가 테이블 아래에서 길쭉한 종이 가방 하나를 꺼냈다. 가방의 겉모양을 보니 딱 봐도 뭔지 알 것 같았다.

경호원이 움직여 선물을 지영의 앞에 조심히 가져다 놓고 갔다. 힐끔, 시선을 가방으로 돌렸던 지영은 피식 웃고 말았다.

"오피스 원(Opus One)."

빈티지 2006. 고가의 레드와인이었다. 이쪽에 관심이 있는 건 아니지만 와인에 대해 문외한은 아니었다. 지금 당장 미국에서 살았던 삶의 서랍을 열어도 와인에 대한 지식이 줄줄줄 흘러나올 것이다.

“알아?”

“대충은요. 아, 전 아직 어려서 음주는 안 해요.”

“호호, 놀랐네. 척, 당신은 선물 안 줘?”

레이샤의 도도한 얼굴에서 나온 짓궂은 말에 척은 고개를 설레설레 저었다. 그러곤 품에서 작은 봉투를 하나 꺼내 지영의 앞으로 밀었다. 지영은 자리에서 일어나 그 봉투를 받고, 품에 넣었다.

뭐가 들어 있을지 모르지만 선물을 받은 자리에서 바로 개봉하는 건 어느 나라나 예의가 아닌 경우가 꽤나 많았다.

‘설마 돈은 아니겠지?’

지영은 그런 쓸데없는 생각을 했다가 바로 쓰레기통에 집어넣었다. 서소정이 줬던 프로필, 그 하단에 신사라고 적혀 있던 척 에반스다. 그런 그가 돈을 봉투에 넣어 선물했을 가능성은 한없이 제로에 가까웠다. 이번엔 에반스가 상체를 스윽 내밀었다.

“반갑네, 척 에반스야.”

“반가워요, 캡틴. 그런데 이제 이쪽 소개 좀 해도 될까요? 레이샤가 너무 급하게 대화를 걸어 우리 일행에게 무례를 저지른 것 같은데요.”

“이런, 내가 대신 사과하지.”

“별말씀을. 이쪽은 미즈(Ms) 지원 송, 이쪽은 미스터 윤식 김.”

그런 지영의 소개에 척과 레이샤가 자리에서 일어나 가볍게 인사를 받았다. 그러고는 분명한 발음으로 자신의 이름을 또박또박 소개했다. 송지원은 그런 두 사람의 인사에 조금 허둥거리다가 받았고, 김윤식은 연륜의 힘이 역시 작용했는지 부드럽게 그 인사를 받고는 자신을 다시 소개했다. 그리고 지영은 입술을 다시 열려다, 참았다. 소개하고 싶은 사람이 한 명 더 있었다.

비록 영화이나, 히어로라 불리는 척 에반스를 보고 격렬한 공명을 일으키는 인물이 있었다. 당연히 척위준이었다. 하지만 여기서 척위준을 소개했다간 정신병자 소리 듣기에 딱 좋았다. 입술이 근질거렸지만 지영은 애써 척위준을 다독였다.

'참아. 제대로 만나게 해줄 날이 분명 있을 테니까.'

그런 지영의 마음에 진정을 찾았는지 들썩이던 서랍이 잠잠해졌다. 참으로 사람 곤란하게 하는 기억 서랍이다. 지영이 다시 고개를 들자 많이 참았다는 표정으로 레이샤가 다시 입을 열었다.

"잘 지냈지?"

"그건 처음에 물었어야죠."

"후후, 지영이라면 너무 잘 지냈을 것 같아서 깜빡했지 뭐야?"

"칭찬으로 들을게요. 레이샤는?"

"나야 물론 잘 지냈지. 정신없이 바빴지만 말이야, 후후후."

왜 끝에 의미심장한 웃음이 들어간 건지, 그리고 왜 정신없이 바빴는지 물어달라는 어조와 눈빛이었지만 지영은 넘어가지 않았다. 그리고 아메리카인답게, 척이 바로 본론을 툭 꺼내 들었다.

"우리가 이 먼 땅까지 왜 왔는지는 알지?"

"날 보러?"

"정답. 대단해. 내가 지금 대체 몇 살이랑 얘기를 하는 건지 헷갈릴 지경이야. 레이샤가 그렇게 얘기했지만 믿지 않았거든.

심지어 자막도 없는 리틀 사이코패스를 봤을 때도 이렇게 놀라지 않았는데… 지영, 당신의 모습은 참으로 신기하고, 믿을 수가 없군."

"나는 제이가 아니에요. 있는 대로, 지금 캡틴이 보고 있는 그대로 받아들여 줬으면 좋겠는데요?"

"물론! 선입견을 가지고 볼 생각은 없었어. 하지만 대단한 건 대단한 거지. 신기한 것도 신기한 거고, 미스터리한 건 또 미스터리한 게 아닐까? 그 모든 걸 어떻게 느끼던 내 자유. 그건 상관없지?"

"물론이죠."

시원시원하게 자신의 감정을 딱 드러낸다.

캡틴의 성격이 아닌 척 에반스 자체의 성격 같았다. 그리고 저쪽이 본론을 꺼냈다면, 이쪽도 슬슬 본론을 꺼낼 때가 됐다는 마음이 들었다. 힐끔, 송지원과 김윤식을 보던 지영이 캡틴처럼 상체를 슥 내밀어 턱을 손등에 괴고는 느긋한 어조로 말을 이었다.

"자, 이쪽도 본론으로 들어가 볼까요?"

"좋지."

레이샤와 척이 동시에 답했다.

"이렇게 배우들끼리 먼저 보자고 한 이유는요? 아니, 날 먼저 보자고 한 이유가 뭐죠? 솔직하게 말해줬으면 좋겠는데요."

"하, 하하핫."

캡틴은 졌다는 표정으로 후련하게 웃음을 터뜨리고는 항복의 표시처럼 두 손을 번쩍 들어올렸다.

지영이 생각하기에 아무리 봐도 미팅 전에 자신을 보자고 할 이유가 없었다. 차라리 미팅을 먼저 끝내고 자리를 가지는 게 훨씬 편하다. 왜? 미팅까지 남은 시간은 두 시간. 대화가 중간에 잘리는 것보단 다 끝내고 시간에 구애받지 않는 대화를 나누는 게 훨씬 더 유익하기 때문이다.

그런 걸 레이샤가 모를 리가 없었다. 그런데도 레이샤는 먼저 만나자고 했다. 그렇다면 분명 이유가 있을 것이라 생각했다. 숨겨진 의도? 지영은 그런 게 있으리라 대화 시작 전부터 느끼고 있었다.

"못 당하겠군."

"캡틴?"

"솔직히 내가 먼저 보자고 했지. 그리고 레이샤가 요청했고. 이유는 하나. 미블에 어울리는 배우일지 캡틴인 내가 먼저 보자는 마음이 있었어."

캡틴 척 에반스.

미블에서 그의 영향력은… 말하자면 너무 길어 입이 아플 정도다. 아메리카, 혹은 그 외의 국가에 사는 모든 영화인들이 척 에반스가 아닌 캡틴은 상상조차도 안 하고 있었다. 만약 지금 척 에반스가 빠진다면? 미블은 아마… 엄청난 주식 손해를 입을 게 분명했다. 그리고 수억의 미블 영화팬에게 쌍욕을 얻어먹어야 할 것이다.

그러니 척 에반스, 그리고 현재까지의 미블 영화 세계관에서 대립각을 지는 또 한 명의 히어로인 알버트 주니어의 영향력은 미블에서 감히 무시할 수 없는 수준이었다.

좋아.

이해가 갔다.

하지만 인정은 하지 않았다.

이런 건 또 지영이 아주 잘한다.

"캡틴, 한마디 해도 될까요?"

"물론."

"당신이 대단한 배우인 건 알아요. 수많은 어린이들 마음에 히어로로 자리 잡았고, 아니, 존재 자체가 히어로인 것도 인정해요."

"음……."

"하지만 그렇다고, 그 누구도 당신에게 나에 대한 판단권을 주지 않았어요. 이런 건 기분이 나빠요, 캡틴."

"……."

분위기가 일순간 확! 싸늘해졌다.

뜨악한 표정으로 통역들이 지영을 돌아봤다가 이내 더듬더듬 통역했고, 이어서 송지원과 김윤식의 고개가 휙! 지영에게 돌아갔다. 하지만 지영은 꼼짝도 하지 않고 척 에반스를 바라보고 있었다.

좀 전의 말처럼 척 에반스는 지영을 '탐색', '판단'하길 원했다. 하지만 지영과 잠시 대화하면서 탐색을 포기했다. 왜? 그럴 필요가 없어졌기 때문이다. 즉, 인정한다는 뜻이었다. 물론 척에게도 이유가 있었다. 그는 능력이 되지 않는 배우가 히어로 팀에 들어오는 걸 원치 않았다. 게다가 리틀 사이코패스에서 엄청난 연기를 보여줬지만 프로필상 이제 겨우 열 살. 미국 나이로는 아홉 살이다. 그 혹독한 환경에서 제대로 연기를 보여줄 수 있을까? 척은 솔직히 이 부분에서는 고개를 저었다.

수를 셀 수 없는 사람들이 문을 두들기다 포기하고 돌아가고, 겨우 들어온 사람들도 지쳐 떨어져 나가고, 이 악물고 버티다 인생을 망치는 이들까지 있는 곳이 바로 헐리웃이다.

척 에반스 또한 마찬가지다. 그도 이 악물고 헐리웃에서 살아남았다. 그리고 인생 역전은 한 방이라는 말처럼 정말 천운이 따라 캡틴 역을 맡았다. 그래서 작품에 대한 애착이 정말 굉장했다.

그러나 그건 척 에반스의 생각이다.

캡틴의 생각일 뿐이란 말이다.

지영의 생각이 아니라는 소리란 말이다.

"나에게 이런 제안을 먼저 한 건 내가 아니라 미블입니다, 캡틴. 그리고 나는 애초에 이런 자리가 불편해요. 굳이 이 나이에 먼 타향 땅으로 건너가 고생하고 싶은 마음도 없고요."

"안 해도 그만이란 소린가?"

"물론. 난 끌리지 않는 작품은 하지 않아요."

"……"

"그리고 이런 대접을 받고는 더더욱."

척 에반스가 지영의 생각을 읽으려 눈을 가늘게 좁힌 채 눈싸움을 걸었다. 피식. 그걸 지영은 대놓고 비웃었다. 의도적인 비웃음이었다. 물론 다 이유가 있는. 불쾌했는지 눈을 찌푸리는 캡틴에게 지영은 한마디를 더 던졌다.

"캡틴, 나를 다른 배우들과 똑같이 취급하지 마요."

이건 기 싸움이었다.

이제는 많이 열렸다고는 하지만 솔직히 헐리웃은 그들만의 리그다. 앞서 말했듯이 동양계 배우가 넘어가 제대로 성공한 케이스는 극히 드물다. 몇이나 될까?

리 샤오룽? 청룽? 리롄제?

다 중화권 배우다. 한 세대를 풍미하긴 했지만 그래봐야 극소수다. 일본 쪽은 거의 없고, 한국계는 요즘 한창 열심히 문을 두들기는 이병현 정도가 전부였다. 그런 척박한 땅에 가서 작품을 찍어봐야, 제대로 신도 안 주면 정말 쪽박만 차는 거다. 배우들의 시기나 대놓고 하는 무시, 인종차별 등 이런 건 말도 못 한다.

직접 살아봤기에 이런 사실을 지영은 확실하게 알고 있었다. 고작 캡틴이 인정했다고 상황이 확 변하는 건 절대로 아니란 소리였다.

그러니 할 때, 확실하게 해놓고 가야 한다.

난 해도 그만 안 해도 그만이라고.

나를 영입하려고 왔으면 그만큼의 성의를 보이라고.

이건 자존심이기도 했다.

나이를 가늠할 수 없는 삶을 살아왔던 지영 본인의 절대 굽힐 수 없는 자존심. 척 에반스도 이제 지영의 속내를 가늠했는지, 상체를 천천히 폈다. 기 싸움이라고 인식하자마자 근 십 년을 히어로로 살아온 척 에반스의 기세가 변하기 시작했다.

레이샤는 그런 캡틴의 기세 변화에 흥미로운 미소를 짓는 걸로 대신 했다. 김윤식도 덤덤하게 둘을 바라봤다. 연륜으로 지금 지영이 기 싸움을 걸었다는 걸 눈치챘다. 물론 이유야 어렴풋이 파악한 정도고. 송지원은 그냥 에휴, 하고 내쉰 한숨과 함께 지금까지도 그랬지만 더욱더 방관자 모드로 들어섰다.

"오만하군."

한마디 툭, 들어온 캡틴의 말에 지영은 또 피식 웃고 말았다.

오만하다?

더 오만해 주랴?

드르륵, 턱.

순식간에 끝까지 뽑혀 나온 척위준의 기억 서랍.

영웅으로 살았던 그의 기억이 지영의 뇌리에 안착하자마자 눈빛, 미소가 변했다. 날이 서 있던 기세도 변했다.

이제는 강지영이되, 강지영이 아니다.

척위준이되, 강지영이다.

어렵고 아리송한 설명이지만, 지금의 지영은 딱 그런 상태다.

"캡틴."

"……."

"예의를 차려요."

"……."

"나를 더 이상 자극하지 말고."

우웅…….

기억 서랍을 열고 나온 척위준의 기세가 지영을 매개로 삼아, 천 년을 넘어 드디어 세상에 강림했다. 폭군의 기세와는 다르다. 사십구 호의 은밀함과도 다르다. 척위준의 기세는, 그 자체로 영웅의 기도다.

공명정대(公明正大).

만백성(萬百姓)을 향한 정.

무(武)에 대한 끝없는 소망.

그게 척위준의 기세에 구석구석 자리 잡은 감정들이다.

"……."

"……."

현실 속의 히어로와 과거의 영웅이 부딪쳤다.

팽팽하게 부딪친 서로의 시선은 한 치의 양보도 없었다. 그렇게 시작된 기 싸움은 끝날 낌새조차 보이지 않았지만 이걸 시간 낭비라고 생각하는 사람은 있었다.

쿡쿡쿡!

숨죽여 웃은 레이샤, 그녀가 그 주인공이었다.

"캡틴, 이제 그만 받아들여."

"……."

"지영은 존재 자체가 미스터리하다니까? 그래서 내가 보통 또래의 꼬마들로 생각하는 오판은 하지 말라고 했잖아."

"후."

스읍.

레이샤의 말에 척 에반스는 눈을 한 차례 끔뻑이고는 상체를 뒤로 뺐다. 그리고 다시 두 손을 번쩍 들었다. 항복의 표시였다.

"무례를 사과하지."

"좋아요. 받아들일게요. 그리고 저도 좀 전의 무례를 사과할게요. 미안합니다, 캡틴."

"하하핫."

척 에반스는 웃는 걸로 지영의 사과를 받았다. 웃음을 터뜨린

후 척의 얼굴에는 불쾌함이라곤 조금도 없었다. 앙금을 남겨두는 스타일은 아닌 것 같아 사람들이 안도의 한숨을 내쉴 때, 지영은 천천히 서랍을 닫았다.

'아쉬워하지 마. 오늘은 그냥 짧은 외출이라 생각해.'

탁.

완전히 서랍이 닫히자 이제는 잔향처럼 남은 기세만 지영의 몸에 남았다. 그걸 또 신기하게 보는 척 에반스.

"마치 제이를 보는 것 같군."

"리틀 사이코패스?"

"봐보라고. 똑같잖아? 제이가 지영이고, 지영이 제이고. 두 사람의 차이를 나는 거의 못 느끼겠어, 하하하."

척의 웃음에 지영은 쓴웃음을 지었다.

농담인 걸 알지만 지영에게는 저게 그리 농담처럼 들리지 않았다.

"이런, 내 농담이 과했나?"

"아니, 그 정도는 아니었어요."

"다행이군. 이봐, 지영. 하나 물어보고 싶은 게 있는데."

"물론이죠."

"제안, 받을 거지?"

"음……."

척 에반스의 말에 지영은 잠시 고심하는 표정을 지었다. 사실 사전 미팅? 이 자리는 아마 그런 개념일 거다. 그렇지만 이 사전 미팅에서 이미 제안을 거절할지 말지, 실질적인 일들이 처리될 거다. 이후에 있을 정식 미팅에서는 그저 캐릭터 상의나 연재 방향, 영화를 찍을 시기 등등을 가볍게 논의하는 게 될 거다.

그러고 나서 정식 사인.

원래는 이렇게 안 하는데, 미블의 특수한 배우 상황 때문에 이렇게 됐다.

"네, 받을 생각이에요."

"오오……!"

지영의 대답에 척이 아닌, 레이샤가 '예쓰!' 하는 제스처를 취했다. 그녀는 정말 지영과 함께 연기를 하고 싶었나 보다. 아니면 그 외의 위험한 성향을 가지고 있던가. 후자는 아마도 아닐 거다. 어엿하게 남자 친구가 있으니 말이다.

"생각해 둔 건 있어? 미블 쪽에서는 아예 너를 대상으로 새롭게 캐릭터를 만든다는 의견으로 좁혀졌거든."

"근데 제가 그렇게 흥행성이 있을까요?"

"훗, 이제 와서 겸손한 척해봐야 안 먹혀!"

"하하, 그냥 물어본 거예요. 이쪽과 그쪽은 또 다르니까."

"미블이야. 흥행을 위해서라면 법의 테두리 안에서 어떤 방식도 취하는. 흥행이 안 될 것 같으면, 되게 만드는 곳이란 소리지. 그러니 걱정 마."

"그건 그렇죠. 따로 생각해 둔 걸 묻는 건 캐릭터죠?"

"물론 저기, 저… 미즈 송은 구미호 역할이 갈 거야."

척의 시선에 꿔다 놓은 보릿자루처럼 있던 송지원이 자세를 얼른 바로 잡았다. 통역이 해주는 말을 듣고, 심심하던 눈빛을 바로 진지한 눈빛으로 되바꾸는 송지원.

"그건 결정된 건가요?"

송지원의 말을 통역이 다시 척에게 보냈고, 척은 고개를 끄덕이며 그 질문에 다시 대답했다.

"물론 내부적으로는 결정이 났지. 미즈 송, 그대가 수락만 하면 구미호는 당신의 캐릭터가 될 거야."

"구미호라… 영화 빼고는 미블의 만화를 본 적은 없는데, 오늘부터라도 읽어봐야겠네요."

"이미 본사에서 한글 번역본을 만들고 있어. 조만간 소포로 날아올 테니 쓸데없이 돈을 쓰지 않는 걸 추천하지."

"그거 고맙네요."

척의 시선이 이번에 다시 김윤식에게 향했다.

그가 입을 열려는 찰나, 김윤식이 먼저 입을 열었다.

"나는 거절이라 전해주세요. 한국에서만 집중하고 싶다고."

김윤식의 거절 의사에 통역은 물론 송지원과 지영이 눈을 농그랗게 떴으나, 이내 다시 가라앉았다. 잊고 있었다. 대학로 극장가에서 시작한 김윤식은 한국 영화계에 남다른 애정을 가진 배우다.

그런 그가 미국행?

송지원은 물론 그의 팬들조차 상상도 할 수 없는 결정이다, 그건. 통역이 김윤식의 의견을 전해주자 척 에반스는 천천히 고개를 끄덕였다. 김윤식의 눈빛을 통해 명백한 거절 의사를 읽은 탓일 거다.

불쑥, 레이샤가 입을 열었다.

"제이나, 그 숙 왕야? 같은 캐릭터는 싫지?"

"당연하죠, 이미 했던 연기라 다시 하는 건 별로예요. 대신 추천하고 싶은 캐릭터는 있어요."

"추천할 캐릭터?"

"아니, 캐릭터라고 하기보단 신 히어로 설정이라고 봐야겠네."

"후후후."

기대되는걸?

…하고 말을 끝맺는 레이샤. 지영은 천천히 자리에서 일어났다. 그리고 오늘 특별히 챙겨 와 회의실 벽에 세워뒀던 목검을 쥐었다. 다들 음? 하는 표정들이나. 레이샤와 척, 그리고 김윤식과 송지원까지 또 무슨 짓을 하려고? 하는 감정들이 다분히 쌓인 눈빛들이다. 지영은 익숙한 그런 눈빛들을 한 몸에 받으며, 가방에서 사과를 꺼냈다. 그리고 그 사과를 송지원에게 건넸다.

"왜?"

"신호하면 던져요."

"아, 어, 알았어."

뒷걸음으로 몇 발자국 물러난 지영은 레이샤와 척을 보며 말했다.

"지금 보여줄 건 고려의 영웅이에요."

그 말을 끝내고 나서 바로 눈을 감는 지영.

후우.

짧은 한숨과 함께 다시 눈을 떴을 때는 완전하게 기억 서랍이 열렸고, 강지영이자 척위준이 되었다.

'보여주자, 척위준. 그 시절 만백성의 영웅이었던 너와 나를.'

마음을 다잡고 눈빛 신호를 송지원에게 보냈고, 송지원은 부웅, 사과를 아래에서 위로 띄워 올렸다.

사과가 두둥실 떠오르는 그 순간 지영의 온몸에 자리 잡은 근육이 압축을 시작했다. 우뚝, 그리고 멈추는 순간, 폭발적인 분사를 시작했다.

쉬익!

쉭!

순식간에 그어진 열십자.

그리고 네 조각 난 사과.

"……."

"……."

"……."

아무리 목검에 날을 좀 세워뒀다지만 이건 해도 해도 너무하는 게 아닐까? 눈으로 보고도 믿기지 않은 신기(神技)에 송지원과 레이샤, 척과 김윤식의 턱이 쩍 벌어졌다. 그리고 잠시 뒤에 흘러나온 레이샤의 한마디.

"U, unbelievable……."

모두의 감정을 완벽하게 대변하는 단어였다.

chapter15

무신의 후예

이후 미팅에서 정식 계약이 성사됐다.

계약 내용의 주는 강지영만을 위한 새로운 캐릭터의 창조였다. 미블 코믹스의 외전, 사이드 스토리를 통해 대중에게 먼저 선보일 것이고, 캐릭터 설정 또한 지영이 보여준 신기의 검술이 가장 잘 어울리는 방향으로 정했다.

미블에서 찍을 예정인 인피니티 워에서는 등장하지 않고, 엔딩 크레딧 다음에 나올 예고편을 통해 등장할 예정이었다. 지영과 송지원이 주연으로 나오는 가제 '무신의 후예'의 영화화는 그 다음에 이루어질 예정이었다.

그렇게 계약서에 도장을 쾅! 하고 찍고 난 다음은 일사천리로 모든 게 이루어졌다. 미블의 대표로 온 이와 지영이 악수하는 사진, 캡틴과 악수하는 사진, 그리고 레이샤가 지영에게 볼 뽀뽀를 날리는 사진까지.

그날 보라매와 미블 공식 홈페이지를 통해 공개됐고, 엄청난 이슈를 끌었다. High risk high return의 헐리웃이냐! 안전한 한국에서 배우로 남느냐! 이런 주제로 갑론을박을 벌이던 네티즌들은 모두 합죽이가 됐다. 계약서의 조항 하나가 공개됐기 때문이다.

공개된 조항의 내용은 이랬다.

—강지영, 송지원 주연의 가제 '무신의 후예'를 지금부터 약 3년 안에 촬영을 시작한다.

주연? 주연?

미블의 주연?

동양계도 아닌, 한국인 히어로의 탄생을 알리는 조항이었다.

갑론을박이 끝날 수밖에 없는 조항이었다.

그리고 열광했다.

아직도 식지 않은 리틀 사이코패스.

2,100만을 조금 넘는 시점에서 막을 내렸고, 동시에 판권을 사간 해외 각국에서 개봉을 시작했다. 17년, 베니스 영화제의 주역이었던 강지영은 그렇게 세계인들의 뇌리에 깊숙이 박혀 들어갔다. 강렬함을 넘어선, 정말 말도 안 되는 연기력을 가진 천재의 등장에 환호와 한숨이 흘러나왔다. 전자야 영화 자체를 사랑하는 관객들과 영화인들이고, 그 뒤에 나온 한숨은 왜 자신들의 나라에서 태어나지 않았냐에 대한 아쉬움의 한숨이었다.

시민권을 주자!

자국으로 데리고 오자!

…하는 말들도 있었지만 워낙에 말도 안 되는 말이라 그냥 파묻혔다.

그렇게 해외에서도 개봉된 리틀 사이코패스는 정말 어마어마한 수익을 올렸다. 천문학적? 그렇게 말해도 충분할 정도로 수익이 났고, 그에 따라 지영이 받은 개런티도 어마어마했다. 지영은 이 돈을 당연히 부모님께 드렸지만 두 분은 지영의 돈을 일절 쓰지 않았다. 통장에 고이 모셔두기만 하던 이 돈을 어떻게 쓸까 하다가, 요즘 가장 활발하게 활동하는 서랍 주인의 삶을 따라 베풀기로 결정했다.

장학 재단까지 아니고, 지영이 직접 실태를 확인한 청소년, 소녀 가장들에게 쓰기로 했다. 몇 십억 단위의 돈이지만 쓰는 건 금방이었다. 물론 혹시 모를 일을 대비해 항상 여분으로 일정한 금액은 맞춰 놨다.

남모르게 한 선행이고, 보라매에서도 이걸 아는 이는 극소수라 아직은 대중에게 알려지진 않았다. 결정적으로 지영이 '아직은' 티를 내고 싶지 않았다.

그렇게 해가 지나고, 계절이 변했다. 봄에서 여름, 여름에서 가을, 가을에서 겨울이 다시 지나면서 한 해가 후딱 가버렸다. 물론 아무것도 안 한 건 아니었다. 하나의 소설을 더 준비하기 시작했고, 그 해에 태권도 전국 소년 체전에서 아주 당당히, 그리고 너무나 쉽게 금메달을 거머쥐었다. 이 또한 이슈가 됐지만 리틀 사이코패스보단 약해서 금방 시들었다.

그렇게 아홉 살이었던 지영은 열한 살이 되었다. 초등학교 4학년. 그동안 신장이 또 어마무시하게 컸다. 160 중반에 다다라, 이제 좀 크다는 성인 여성들과 비슷했다. 하지만 신기하게도 얼굴은 거의 변하지 않았다.

중성적인 느낌이 가득해 가발을 씌우면 여자로 보이고, 가발을 다시 벗으면 남자로 보이는 얼굴이 또 누나들의 심장을 쿡! 하고 찔렀다. 체형도 오밀조밀하게 근육을 키운지라, 옷을 입으면 그냥 호리호리하게 보였다. 물론 어깨부터 내려오는 역삼각을 본 사람은 헉! 하고 심장을 부여잡게 할 정도지만 이걸 본 사람은 극소수였다.

그렇게 지영은 무럭무럭 자랐고, 그렇게 다시 해가 지났다.

5학년.

지영이 5학년으로 올라간 3월 2일, 드디어 막바지 촬영에 돌입한 '인피니티 워'의 예고편 촬영이 시작됐다.

* * *

후우.

지영은 전신 거울 앞에 서서 이리저리 돌아봤다.

"흠, 나쁘지 않네."

센스가 상당히 듬뿍 들어간 의상이다. 지금 입고 있는 건 미블에서 지영의 사이즈를 측정해 따로 제작한 '갑주'이자, 슈트였다. 경번갑(鏡幡甲)을 현대식으로 재해석한 지영의 슈트는 굉장히 세련된 느낌이었다.

고려의 전통적인 '갑주'의 형을 완벽하게 살렸고, 태극(太極)의 문양도 예술적으로 가슴에 박아 넣었다. 지영은 힐끔, 한쪽에 고이 모셔둔 장군검과 기창에도 시선을 줬다. 지영의 요구대로 자료 조사를 제대로 했는지 형태만큼은 완벽했다. 실제로 그 시절 쓰던 것과 그리 다르지 않을 정도였다.

검과 창을 보자 척위준의 기억이 아릿한 향수라도 느끼는지 매우 기꺼워하고 있었다.

좌라락.

캐릭터에 맞춰 머리를 하얗게 탈색한 송지원이 들어왔다. 그녀의 몸은 매우 많이 달라져 있었다. 리틀 사이코패스에서 '어머니' 역을 맡을 때는 수척하고 초췌한 모습을 보여야 했기 때문에 식단 조절을 했지만, 지금은 특수요원이자 신령한 존재인 '구미호' 역을 위해 고강도 트레이닝을 했다. 그 결과 체중은 10kg 가까이 늘었지만 몸은 그만큼 늘어난 근육 때문에 건강미로 아주 철철 넘쳤다. 특히 액션 스쿨에 다니면서, 아니, 합숙을 하면서 성격도 좀 변해 굉장히 걸걸해졌다.

"오, 멋있는데."

지금처럼.

예전이면 멋있는데? 이럴 걸 지금은 그냥 멋있는데, 하고 뚝 끊었다. 부산에 며칠 가 있다 보면 돌아와서도 부산 사투리를 저도 모르게 쓰는 것처럼 근 1년 가까운 합숙으로 인해 송지원은 누나가 아닌, '형'이 되어버렸다.

"그래요?"

"응, 잘 어울린다야."

"고마워요."

슥슥.

물집이 잡히고, 터지고, 까지고, 찢어지기를 반복한 손으로 지영의 머리를 헝클고는 남는 의자에 앉는 송지원.

"후우."

한숨과 함께 눈을 번뜩이는 송지원.

거울로 보이는 그녀의 눈빛은 꽤나 여러 가지 감정을 담고 있었다. 지난 2년. 송지원에게는 정말 인고의 시간이었다. 말했듯이 송지원의 액션 연기 실력도 그리 나쁜 편은 아니다. 아니, 수준급이다. 하지만 미블의 영화에서 나오는 액션 신은 그녀가 여태껏 연기했던 액션을 그저 어린애 장난 정도로 취급하게 만들 정도로 난도가 높다.

아니, 그냥 과격하다고 해도 될 것이다.

실제로 레이샤 요한슨도 엄청 다쳤다. 기사에는 제대로 안 나왔지만 그녀의 말을 들어보면 들었다가 내려찍는 신에서는 아예 기절도 했다고 했다. 그것도 매트에 떨어졌는데 말이다. 물론 체력 저하와 여러 가지 요소들 때문에 기절까지 갔던 거지만 그래도 수년간 액션을 찍었던 레이샤가 기절할 정도면, 신의 난도는 정말 극악이다.

그래서 미블에서는 송지원에게 하드 코어한 트레이닝을 요구했고, 그 요구를 충실히 따라 만들어진 게 지금의 송지원이다. 그런 지금의 송지원은…….

'날이 아주…….'

바짝 서 있다.

괴로움, 외로움, 수면욕, 식욕 등등 이 모든 걸 스스로 절제하면서 스스로를 담금질했다. 그런 고통과 인내의 시간을 견뎌내면 저런 모습이 안 나오는 게 오히려 이상한 일이었다. 그래서 지영은 그런 송지원이 조금 걱정도 됐다.

"누나, 괜찮아요?"

"응, 괜찮아. 지금 아주 산뜻한 기분이야."

"음……."

"왜, 내가 사고라도 칠까 봐?"

"그런 걱정은 안 하는데요. 누나 지금 너무 날이 서 있는 것 같거든요."

"노노, 괜찮아, 진짜. 오늘 신 때문에 일부러 만든 감정이니까. 신만 찍으면 괜찮을 거야."

"네, 그럼 그렇게 믿을게요."

"……."

송지원은 대답 없이 그냥 눈을 감았다. 배우의 업. 메소드 연기를 아주 심도 깊게 펼치는 송지원이라 저런 모습이 이해가 갔다. 현재 송지원의 의상은 블랙 바지 정장 차림이었다. 오늘 같이 찍을 신에서는 '구미호'가 아닌 국가정보원 '정미수'로 나올 예정이기 때문이었다. 그녀는 벌써 자신을 송지원이 아닌 정미수로 만들고 있었다. 페이스가 빠르긴 하지만 어차피 예고편이라, 촬영 시간 자체가 길지 않아 다행이었다.

촤락.

서소정이 들어와 송지원을 힐끔 봤다가 움찔하고는 슬그머니 지영에게 다가와 작은 목소리로 소곤거렸다.

"준비됐지?"

"네, 스텐바이?"

"곧 할 것 같아."

"나갈게요."

"응."

서소정이 나가고, 지영은 다시 한번 거울 앞에 섰다. 살랑. 오늘을 위해 어깨까지 내려오도록 기른 머리카락이 찰랑거렸다. 그런 머리카락을 손으로 모아 새하얀 천으로 질끈 묶는 지영. 머리를 묶자 한쪽에서 숨죽이고 있던 이성은이 얼른 다가와 앞머리를 만져줬다. 그리고 장군검과 기창을 들고 밖으로 나갔다.

밖은 분주했다.

넓은 들판.

오늘은 고려 '무신의 후예'를 제거하러 온 닌자(忍者)와 대치하고, 그 팽팽한 대립에 '구미호'를 쫓아온 코드명 '블랙 맘바'와 만나는 장면이다. 그리고 깨진 대립 구도에서 전투 신이 이어진다.

총 5분 간 쓰일 '무신의 후예' 예고편이다.

하!

하압!

한쪽에서 블랙 맘바, 레이샤가 액션 팀 배우들과 합을 맞추고 있었다. 지영은 그런 레이샤의 움직임을 눈으로 좇았다. 레이샤는 전형적인 서구형 체형이다. 흔히 글래머라 부르는 체구에 아주 딱 들어가는 탓에 사실 좀 둔중한 체형이라고 볼 수도 있다. 하지만 송지원처럼 피나는 관리로 몸을 아주 제대로 만들어왔다.

쉭!

깔끔하게 돌려 찬 발차기 소리에 우웅, 참고 또 참고 있던 척위준이 다시 움직였다. 그동안 액션 신 연습으로 겨우 달래놓은 척위준이 레이샤를 보자 다시금 반응했다. 쉭! 쉭! 쉭! 깔끔한 삼연격 뒤, 허리에서 총을 뽑는 제스처를 취하는 레이샤. 갑자기 눈앞에 들이밀어진 총구에 놀란 닌자가 움찔하자 으쓱하는 표정을 지은 레이샤 빵, 하고 손가락으로 건 액션을 취했다. 그러자 닌자가 휘릭 몸을 뒤로 뒤집으며 쓰러졌다.

그걸로 합은 끝.

"잘하네."

"경력이 다르니까요."

어느새 나와 지영의 옆에서 지켜보던 송지원이 한 말에 지영은 그냥 고개를 끄덕이며 수긍했다. '캡틴', '아이언 슈트,' 그리고 모든 히어로가 출동하는 시리즈까지 다 합치면 그녀의 액션 경력은 엄청나게 굵다.

투박한 서양식 액션은 아직 송지원이 레이샤를 따라갈 레벨이 못 됐다. 그런 탓에 송지원 특유의 호승심이 나왔다. 액션이라지만 저것도 연기. 결국 비슷한 연배의 여배우에게 연기만큼은 지고 싶지 않아 하는 특유의 기질이 나온 거다.

휘유, 짝짝!

몇 번 더 찬찬히 합을 맞추던 레이샤가 다 끝났는지 박수를 두어 번 치며 연습을 끝냈다. 그러곤 물을 마시다 지영을 발견하곤 성큼성큼 걸어왔다.

"어땠어?"

"멋있었어요."

"그게 끝? 실망인데! 이 레이샤의 액션을 실제로 보고 그 정도 감상평이라니!"

으쓱.

지영은 레이샤의 투덜거림에 그냥 어깨만 으쓱이는 걸로 답을 대신했다.

액션?

척위준이 듣고 웃겠다.

선대의 무신처럼 대규모 전장에서 칼을 휘두르진 않았지만 그래도 그는 피와 살이 튀는 소규모 전장을 수없이 겪은 이다. 적게는 수십, 많게는 수백, 북의 도적놈들을 소탕할 때도 있었고, 남해나 동해에서 왜구를 상대로 칼질을 했던 때도 있었다.

그런 삶을 살았던 지영인데, 저 정도 액션이 눈에 찰 리가 없었다. 지영의 눈에 차려면 적어도 그와 비슷한 정도는 펼칠 수 있어야 할 것이다. 그것도 실제 사람의 살을 바르고, 뼈를 바르는.

우둑, 우둑.

송지원이 스트레칭을 시작하자 감독들이 다가왔다. 이미 몇 차례 미팅을 가졌던 안센 루소와 조지 루소였다.

"준비 오케이?"

"……."

지영은 대답 대신 고개만 끄덕였다.

준비? 이미 척위준의 서랍은 반쯤 열어놓은 상태였다. 이제는 완벽하게 몸에 동화시키기만 하면 된다. 물론 그건 서랍을 완전히 열면 저절로 동화될 것이다.

잠시 뒤, 배우 스텐바이 사인이 떨어졌다.

그리고 제자리에 가서 서는 지영.

바람이 나부끼는 평야로 스물의 복면인들이 섰다. 그 건너편으로 갑주 스타일 슈트를 입은 지영이 등엔 창을 메고, 손에 검을 쥐고 섰다. 수풀 사이로 정장 차림의 '요원' 정미수 역의 송지원이 자리 잡았고, 레이샤는 송지원보다 좀 더 멀찍한 곳에 자리 잡았다.

휘이잉.

모든 배우가 자리를 잡는 순간 고요가 내려앉았고, 동시에 기억 서랍이 완전히 열렸다.

'자, 시작하자.'

그 시절, 너와 내가 그렇게 싫어하던… 왜놈들이다.

거친 황야의 마적 떼와 바다의 왜적들은 지영의 삶에 적잖은 영향을 끼쳤다. 부정과 부패로 얼룩진 조정도 문제였지만 북과 동, 남, 서까지. 사방에서 민초들을 괴롭히던 마적과 왜적도 정말 만만찮은 문제였다.

조정은 관심이 없었다.

백성이 어떻게 되든, 죽든 살든 자신들이 가진 것을 지키기 바빴고, 그 안에서 벌어지는 다툼에서 이기는 데 온 정신이 쏠려 있었다.

조정의 기능이 정지하는 순간 죽어나가는 건 백성들이었다. 그래서 척위준은 선조처럼 군부의 길을 걷지 않았다. 오직 백성,

그 하나만 보는 정도의 길을 걷겠다고 다짐했다. 그 결과 잊혀졌으나 분명히 존재했던 영웅 척위준이 탄생했다.

'빌어먹을 도적들.'

지영의 기억에 왜구들은 딱 그 정도다.

실제로 지영은 일본과 악연이 깊다. 척위준뿐만이 아니라 일제 침탈 시기도 그랬고, 그 이전에도 몇 번씩이나 부딪쳤다. 당연히 지녔던 무력으로 해결했지만 그건 그때뿐, 전체적으로 좋아지진 않았다.

침탈의 역사를 가진 자들.

그것도 하나도 아닌, 수없이 많은 역사에서 그들은 항상 피해자가 아닌 가해자였다. 지영은 그런 가해자들이 너무나 싫었다.

"후우……."

닌자.

이번에 동양에서 기지개를 켠 악의 세력에 넣은 설정이었다. 물론 일본만 넣었다가는 논란거리가 될 수 있으니, 중국과 한국의 설정도 조금 들어간다고 들었다. '캡틴' 시리즈에는 악의 집단 히드라가 있다. 이는 분명 제이 차 세계 대전 당시 독일 정권의 모습이었다. 그래서 동양의 악의 집단엔 마찬가지로 제이 차 세계 당시 일본을 모티브로 잡았다고 들었다. 미블다운 선택이었다.

"레디, 큐!"

사인이 떨어졌다.

스르릉.

후웅!

바람 때문에 휘날리는 건지, 아니면 척위준이 검을 뽑으며 뿜어낸 기세 때문에 휘날린 건지, 머리카락이 산불 맞은 망아지처럼 날뛰기 시작했다.

'십, 구, 팔… 둘, 하나.'

파바박!

약속되었던 십 초 이후, 지영은 지면을 박차고 내달렸다. 쉬익! 가장 앞에 있던 닌자가 지영의 전면으로 달려왔고, 그 양옆의 닌자들은 지영의 양측을 노리고 빙 돌아왔다. 촤아악! 지면에 미끄러지듯이 멈춘 지영.

슈악!

조금 나와 있던 장군검이 벼락처럼 뽑혀 나왔다.

흔히 발검이라 하는 기술이었다.

서걱!

들리지 않았어야 할 소리가 나더니 앞에 있던 닌자가 벌러덩 뒤로 넘어졌다. 그 모습에 지영의 안색이 바로 변했다.

"엔지! 컷!"

감독의 사인에 지영은 급히 액션 배우에게 다가갔다. 감정 조절을 못했던 건지, 너무 진심으로 그었다.

"괜찮아요?"

"와……."

복면을 벗고 나풀거리는 앞섶을 보던 배우가 헛웃음을 흘렸다. 미블에서 제작한 지영의 장군검은 진검이 아니었다. 모조품이고, 소품이라고 봐도 좋을 것이다. 물론 시각적인 효과 때문에 날을 좀 갈아놓긴 했지만 그렇다고 천으로 만든 닌자복을 잘라

버릴 정도는 아니었다. 그런데 지영은 그런 검으로 천을 갈라 버렸다.

만약 합이 제대로 안 맞아 배우가 좀 더 다가왔다면? 앞섶이 아닌 가슴살이 갈렸을 수도 있었다.

"뭐야, 진짜 벤 거야? 저런 모조 검으로?"

"이건 뭐… 목숨 걸어야겠잖아?"

"보고도 안 믿긴다, 진짜……."

놀라 다가온 다른 배우들이 약 10㎝가량 베인 앞섶을 보며 기가 질린 목소리로 한 마디씩 흘렸다. 아이고… 지영은 난감했다. 어느 정도 예상은 했지만 이거 잘못하면 진짜 사람 잡게 생겼다.

"죄송합니다. 제가 너무 액션을 취했어요."

"아니지… 아이고, 타이밍은 완벽했어. 내가 한 발자국 빨리 뻗은 게 잘못이지."

"아니에요, 선배님."

철퍼덕 앉아 자신의 앞섶을 보며 헐헐 웃는 배우는 지영과 나름 친했다. 송지원만 액션 스쿨에서 거의 살다시피 한 게 아니다. 지영도 시간이 날 때면 가서 연습하고, 합을 맞췄다. 당연히 그 시간만큼 다른 액션 배우들과도 친해졌다.

특히 좀 전에 합을 맞춘 이강석과는 제일 친했다.

"헤이, 괜찮겠어?"

"오케이, 노 프라블럼!"

얀센 감독의 말에 이강석이 다부진 눈빛으로 고개를 끄덕였다. 그의 경력은 20년이다. 이런 일 가지고 문제를 일으킨다는 것은 정말 말도 안 되는 일이었고, 스스로가 절대로 용납할 수 없는 일이기도 했다.

일단 옷이 베였기에 얼른 갈아입으러 이강석이 소품실로 향한 동안, 지영은 다시 한번 자세를 잡고 연습을 했다.

'좀 느리게. 힘도 좀 빼고.'

쉭!

바람을 가르는 예리한 소리.

몇 번을 반복해 보던 지영은 혀를 찼다.

이것 참……. 잘못하면 아무런 죄 없는 사람을 베게 생겼다. 드디어 자신의 무력을 내보이는 척위준이 흥분한 상태라도 됐는지, 거침없는 발검을 날려 버렸다. 영웅이라 불렸고, 공명정대한 길을 걸었지만 척위준은 적에겐 자비를 베풀지 않기로 유명했다. 영웅행을 막 시작하던 때에 자신이 살려줬던 어린 왜구가 다음에 또 약탈을 일삼고 있는 걸 봤기 때문이다.

그때 그 어린 왜구의 얼굴은…….

'악마였지.'

처음에 척위준에게 잡혔을 때는 그렇게 살려달라고 빌었으면서, 눈물을 그렁그렁 매달고 손바닥이 닳도록 빌었으면서. 다시 만났을 땐 악마의 얼굴을 하고 있었다. 누가 강제로 시켜서가 아닌, 본인 스스로가 가진 욕망과 광기에 사로잡혀 마을 사람들을 해치고 있었다. 그래서 두 번째에는 빌기도 전에 목을 날려 버렸다. 그 이후로는 절대로 적은 살려두지 않았다. 살려둔 적은 회개는커녕, 오히려 백성을 해친다는 것을 알았기 때문이다.

그래서 그 자비 없는 마음이, 이번 발검에 잔뜩 실렸다. 지영은 알 수 있었다. 척위준은 진짜로 베려 했음을.

'진정해, 척위준. 이제 시작인데…….'

들썩.

알았다는 건가?

"사고는 내가 아니라 네가 쳤는데?"

송지원이 피식 웃으며 다가와 한 말에 지영은 그냥 머리를 긁적이곤 난감한 웃음을 흘렸다. 그녀 말처럼 지영은 송지원을 걱정했다. 혹시 사고라도 칠까 봐 말이다. 그런데 사고는 정작 자신이 쳐버렸다.

누가 누굴 걱정하냐는 송지원의 눈빛 공격에 지영은 슬쩍 고개를 돌렸다.

킬킬, 저 멀리서 레이샤가 입을 가리고 웃고 있었다. 그것 또한 자신을 놀리는 게 분명한지라, 지영은 그냥 한숨을 포옥, 내쉬었다. 그리고 속으로 작게 중얼거렸다.

'적당히 하자. 여긴 전장이 아니야, 척위준.'

아무래도 척위준의 삶 또한 강렬했던지라 이번엔 사십구 호보다도 강하게 영향력이 행사되고 있었다. 지영의 타이밍은 분명히 맞았는데, 뽑는 순간 척위준은 '적당한' 게 싫었는지 발을 조금 더 길게 디디게 만들었고, 그 작은 영향력이 지금의 작은 사고를 만들었다.

이강석은 금방 옷을 갈아입고 나왔다.

그가 나오자 다시 '배우 위치로!' 사인이 떨어졌고, 지영은 다시금 닫아놨던 기억 서랍을 천천히 열었다.

*　　　　*　　　　*

빌어먹을 종자들.

싫다, 조정이. 저 왜구들을 토벌하지 않는 게. 저 악적들에게서 백성을 지키지 않는 게. 사리사욕에 사로 잡혀 서로 아귀다툼을 벌이는 조정이 싫다.

그래서 검을 쥐었다.

오직 백성을 위해 쓰겠노라 다짐하며.

그리고 그 다짐을 끝까지 관철시키는 삶을 살았다.

'천 년의 세월을 넘어 다시 이 땅에 내려섰건만… 상황은 변하지 않았음인가.'

척위준은 앞을 가로막고 '무신의 후예'인 자신을 해치려는 자들을 바라봤다. 새까만 복면, 검은 닌자복 일통. 그 시절에서도 종종 만나봤던 자들이다. 실제로 어떻게 알았는지 자신의 본거지까지 침입한 적도 있는 정보 취득, 은신, 암살의 달인들. 아니, 오직 그것 하나를 목적으로 키워진 존재들.

따지고 보면 저들도 불쌍히 생각해야 마땅하다만, 척위준은 흔들리지 않았다.

'불쌍해하지 않으리. 내 이 땅의 평화와 만백성의 안위를 위해서라면.'

모조리 죽여주마.

파바박!

지면을 박찬 척위준은 가장 가까운 적을 향해 쇄도했다. 그러자 우두머리로 보이는 자가 마주 달려왔다.

촤라락!

"흡!"

쉬익!

벼락처럼 터진 발검.

그러나 적은 역시 만만치가 않다.

우두머리 닌자가 상체를 급히 당겨 피한 순간, 양옆에서 졸개들이 달려들었다.

깡!

까강!

금속을 덧댄 장갑의 등으로 단검을 튕겨내고, 반대쪽에서 날아오는 건 검을 회수해 막았다.

"죽어."

소곤거리듯 작게 들어온 한 단어.

익숙한 왜어(倭語)였다.

그리고 수없이 들어봤던 단어였다. 하나 저 말을 뱉은 자들은 그 단어가 가진 뜻을 실행하지 못했다. 오히려 목숨을 잃고 싸늘한 주검이 되어 들짐승의 밥으로 버려졌을 뿐이다.

쉭!

목젖을 찔러오는 검을 고개만 당겨 피한 척위준은 몸을 붕 띄웠다. 빠각! 깔끔한 돌려차기가 우두머리를 뛰어넘어 머리로 내려서려던 졸개의 턱을 그대로 후려 갈겼다. 발끝에 남은 느낌은 한 가지 정보를 전달해 줬다.

즉사.

턱이 깨지는 건 물론 발차기에 담겨 있던 힘에 목뼈가 휙 돌아가며 한 바퀴를 돌아 제자리로 돌아왔다. 그러니 즉사다. 목이 한 바퀴를 강제로 돌고 살아남을 수 있다면 졸개로 남을 이유 따위는 없을 테니까.

깡!

까강!

깡!

세 방위에서 들어오는 공격을 손등으로 툭툭 쳐내고, 두 걸음 뒤로 물러난 그는 검을 역으로 슬쩍 찔러 넣었다. 역동작에 걸린 검이 푹! 명치를 뚫고 들어갔다. 파박. 퍽! 이번엔 두 걸음 다가갔다가, 그대로 발로 차며 검을 뽑았다.

푸슉!

솟구치는 붉은 선혈은 그의 눈빛을 더욱더 침잠해 가게 만들었다. 악인의 피다. 백성을 해치는 악마들의 피다. 그러니 저 피를 흐르게 만든 나는 결코 자책하지 않으리.

빠각!

우두머리 너머, 새하얀 머리를 휘날리며 정체불명의 여인이 난입했다.

제길!

누구냐!

보통 말이 없는 자들일진데, 세월의 흐름이 이들의 기본 속성을 바꾸어 놓았던가? 욕설과 정체를 묻는 질문들이 나왔으나 정체불명의 여인은 그저 묵묵부답, 팔과 발을 휘두를 뿐이었다.

'오오… 아름다운 선이구나.'

척위준은 넌자들을 쓰러뜨리는 여인의 공격에 감탄했다. 적의

적은 아군이라. 정체는 모르나 닌자들을 때려잡고 있으니 지금 이 순간만큼은 아군이라 생각하고, 칭찬해도 좋으리라. 흡!

우두머리가 이번엔 송곳처럼 생긴 검을 찔러왔다.

"흥!"

이따위 공격으로 이 몸에… 손댈 수 있을 성싶은가!

깡! 장군검으로 검을 쳐내기 무섭게 이번에도 양쪽에서 적이 달려들었다. 그리고 하난 외곽으로 넓게 돌아 후미를 점하려 움직였다. 절로 조소가 흘러나오는 장면이었다.

'우습구나.'

일 대 다수의 대결에서 포위는 죽음으로 향하는 지름길임을 그는 너무 잘 알았다. 몸을 돌려 뺀 다음, 그대로 내달리며 어깨로 우측의 졸개를 들이받았다. 큽! 억눌린 신음과 함께 졸개의 몸이 붕 떠서 뒤로 날아가니 외곽으로 돌던 졸개의 모습이 눈에 딱 들어왔다.

"놈……."

같잖은 수를 쓰는구나.

파바바박!

내달리던 졸개가 놀라 흠칫 하는 순간, 이미 지척까지 도달한 그는 자세를 잡아가고 있었다. 발검에 용이한 검은 아니나, 그래도 이들은 이 한 수를 막을 실력이 없었다. 졸개는 졸개. 수준 이하의 적에게 주어지는 호칭이다.

깡!

서걱!

궤적을 막아온 꼬챙이 검을 그대로 부순 뒤, 허리를 양단해 버리는 장군검. 새빨간 선혈이 참으로 아름답게 피어올랐다.
상체를 돌려 세웠더니,
합!
또 수풀에서 정체불명의 여인이 튀어나왔다.
이번에는 붉은 기를 머금은 찬란한 금발 머리카락이 눈에 띄었다. 몸에 착 달라붙는 검은색 복장 또한 머리카락만큼이나 인상적이었다.
하나 잠깐 살펴봤을 뿐, 한눈을 팔진 않았다. 전투 중에 한눈을 팔기엔 그가 쌓은 경험이 너무나 깊다.
쉭!
깡!
우두머리의 섬을 손등으로 쳐내고, 옆을 잡으려 애를 쓰는 졸개의 가슴에 돌려차기를 먹였다.
으적! 섬뜩한 소리가 들림과 동시에 졸개의 몸이 붕 떠서 저만치 날아가 버렸다. 날아간 몸은 어깨에 채여 끙끙거리며 일어서던 다른 졸개 위로 정확히 떨어졌다.
정체불명의 아군 둘이 난입한 덕분에 이제 맡을 적은 우두머리 하나. 휙휙, 양옆을 살펴보는 눈동자.
'이 나에게서 도망칠 수 있을 성싶으냐.'
악적에겐 죽음뿐이다.
쉬악!
'신령한 설화'의 기운을 받아 '고속'으로 이동한 그는 흠칫하는 우두머리의 목을 잡았다. 우드득! 그대로 들어 올렸더니 울대가 박살 나는 소리가 들렸다. 놈의 눈빛이 변했다. 애원하는 눈빛.

그때, 처음으로 실수했던 때 보았던 눈빛.

들어줄 리가 있나…….

너를 살려두면 또 이 땅의 백성을 해칠 것이 빤하거늘.

두둑!

뚝!

울대째 뜯어버려 생을 갈취하는 순간, 타앙……! 기괴한 소리가 평야 가득 울려 퍼졌다. 피를 콸콸 쏟고 있는 우두머리 닌자를 휙 던지는 순간, 전장이 다시 시야에 담겼다. 닌자들은 다 쓰러졌다. 살아 있는 자들은 없는지 생의 기운이 느껴지지 않았다. 예민한 청각이 잡아낸 '박동' 소리 또한 대지에 발을 디디고 서 있는 세 사람의 것밖에 느껴지지 않았다.

척척척.

붉은 기를 머금은 금발에 민망한 복장을 한 여인이 척척 다가왔다. 다섯 보 거리까지 다가와 위아래를 한 차례 훑어보더니, 경계심과 호기심이 섞인 눈빛으로 입을 열었다.

"Who are you……?"

*　　　*　　　*

5월. 드디어 수많은 관심 속에서 인피니티 워의 예고편이 풀렸다. 5분이 좀 안 되는 예고편은 미블 영화팬에게 엄청난 극찬을 받았다. 단순히 예고편이었는데도 말이다. 특히 한국의 팬들은 아예 환호했다. 예고편 말미에 지영이 드디어 모습을 보인 것이다. 물론 그건 낚시에 가깝지만… 그래도 상관없었다. 인피니티 워가 개봉하고 나면 슬슬 '무신의 후예' 촬영 준비를 시작한다는 미블 홈페이지의 공식 공지가 있었기 때문이다.

그리고 하나 더 좋은 소식.

사이드 스토리, '무신의 후예'가 드디어 만화로 모습을 드러냈다. 미블 전용 세계관이 아닌 '동양의 전쟁'을 통해 발간한 '무신의 후예'는 엄청난 판매고를 올렸다. 물론 이제 스토리 시작 부분이라 아직 다 '성장'한 무신의 모습은 나오지 않았지만, 그래도 한국팬들은 충분한 만족감을 얻었다.

발간된 동양의 전쟁에서는 드디어 무신의 정체가 나왔다.

'무신의 후예'의 주인공 이름은 척위준. 이 이름에서 수많은 사람이 바로 알아차렸다. 베일에 싸여 있던 무신의 존재가 드러난 순간이었다.

고려 무신 척준경.

일간에서는 소드 마스터 '척'이라고 불리는 고려 중기의 무장이었고, 그가 올린 전공들은 말도 안 되는 것들이 엄청 많았기 때문에 지금은 무신(武臣)이 아닌, 무신(武神)이라 불렸다. 그래서 제목이 '무신의 후예'고, 주인공의 이름도 척 씨 성의 위준이었다.

게다가 특이한 설정 하나가 덧입혀져 있었다.

애기 장수.

한국의 설화였다.

어렸을 적부터 힘이 장수만큼 세다고 하여 붙은 이름이 애기장수이고, 이 설정이 척위준의 캐릭터에 덧입혀져 있었다. 그런데 많은 사람이 헐, 하고 웃어버렸다. 미블이 한국의 설화를 차

용한 것만 해도 재미난 일인데 그 설정이 무신의 설정을 딴 척위준에 붙어버렸다.

무적의 히어로?

일반적으로 알고 있는 태생적 신력까지 더해진다면 무신의 존재는 그야말로 완벽해지는 게 아니냐는 말이 나돌았다. 하지만 반대의 의견도 있었다. 애기 장수의 신력이 다 성장하고 나서 사라지는 건지에 대한 얘기는 아직 없지만, 만약 미블이 제대로 조사를 했다면 애기 장수 설화가 결코 좋은 뜻의 설화만이 아님을 알 것이다. 그리고 그에 따른 제재 같은 게 분명 존재할 거라는 의견이었다.

하지만 이것 하나에서는 거의 통일된 의견이 나왔다.

제세주(濟世主).

힘든 세상 속에서 태어나 세상을 구제하는 거룩한 사람이라는 설이 설화에 분명히 적혀 있기 때문이다. 그래서 단발성 히어로가 아닌, 제대로 미블 세계관까지 관여할 히어로가 될 것 같다는 의견도 많은 지지를 얻었다.

제대로 된 의견이었다.

관계자들 중 몇몇 사람은 안다. 그 의견을 들은 집필진들이 뜨끔했다는 후문을 말이다. 그런 기대 속에서 드디어 6월 중순 인피니티 워가 전 세계 동시 개봉했고, 어마어마한 숫자의 관객을 동원하기 시작했다.

천만은 우습게도 10분 만에 인터넷 예매로 넘겨 버렸고, 반나절이 채 지나기도 전에 손익분기점을 넘어버렸다는 말까지 나왔다. 물론 한국 팬들은 척위준이 예고편에서만 나온다는 사실에 실망을 품었지만 개봉과 동시에 올라온 미블의 공지에 그 실망은 빠르게 가라앉았다.

세상이 인피니티 워로 시끌시끌할 때, 미블 제작진은 조용히 '무신의 후예' 배우 오디션을 준비하기 시작했다.

*　　　　*　　　　*

"아……."

지영은 막 서소정이 보여준 기사를 보고 짧은 한숨을 내쉬었다. 그래, 오래 안 알려지긴 했다.

기사에는 두 가지 타이틀이 걸려 있었다.

〈괴물 배우 강지영, 소설가 데뷔?〉

〈강지영, 소년 소녀 가장 정기적 후원〉

이런 타이틀이었다.

"뭐, 그래도 아쉬울 건 없나."

지영이 정말로 숨기고자 했다면 본명으로 기부를 하지도 않았을 것이다. 그저 언제고 드러나도 상관없다는 듯이 그냥 본명으로 기부자 이름과 필명을 본명으로 정했다. 지영은 애초에 뭔가를 했다고 드러내서 어필하는 성격이 아니었다.

척위준의 삶도 그랬다.

그는 자신의 이름으로 백성을 보살폈지만 그걸 굳이 의도적으로 널리 알리지는 않았다. 그저 알아서 퍼지게 내버려 두었고,

나중에야 고려 땅 전체에 퍼져 영웅으로 불렸을 뿐이다.

"그래도 이 정도면 오래가긴 한 거야. 애초에 필명이 그랬고, 기부도 네 이름으로 했으니까."

"하긴, 그렇긴 해요. 뭐 나쁜 소리는 없죠?"

"있겠니? 소설 쪽이야 오히려 새로운 재능을 봤다고 다들 난리야. 매향유정? 그거 제법 잘됐잖아. 평도 좋았고. 벌써 영화화하자는 말까지 나돌던데?"

"기부는요?"

"요즘은 이미지 세탁 하려고 기부를 많이 하잖아? 그런 거에 비하면 넌 굳이 알리지 않았으니 오히려 다들 잘했다며 좋아하는 추세야. 대체 없는 게 뭐냐며, 진정한 엄친아의 탄생이라던데? 김유나 선수처럼 숭배하는 곳도 있더라, 호호홋!"

"아야."

서소정의 말에 지영은 바로 수긍했다. 이미지가 좋지 않은 연예인들이 세탁을 위해 가장 많이 쓰는 게 기부와 봉사다. 물론 소수에 불과하지만 요즘은 꽤나 늘어난 추세였다. 실제로 지영의 기사가 뜬 지 얼마 되지도 않아 몇몇 이미지 안 좋은 배우들이 기부를 했다가 융단 폭격을 맞고 있다는 기사도 나왔다.

"진짜 마음이 천사 같은 사람들이 꼭 이런 애들 때문에 욕을 먹어요, 쯧쯧."

"원래 저런 사람이에요?"

지영이 보는 기사에 한 아이돌 그룹 출신 배우의 사진이 떠 있었다. 서소정은 힐끔 그를 보곤 다시 한번 혀를 찼다.

"최악이지."

"그 정도인가요?"

"성추문에 대마, 팬 폭행에, 말도 마. 억만금을 준다고 해도 걔는 맡기 싫어."

"쓰레기네요."

"응, 쓰레기지."

지영은 패드를 내려놨다.

어차피 양쪽 다 언제고 대중에게 알려질 것을 계산하고 있었기에 이런 기사는 지영에게 큰 의미가 없었다. 그냥 처음에 잠깐 놀랐을 뿐, 지금은 그냥 무덤덤한 상태였다. 우득, 우득, 소파에서 일어나 스트레칭을 하는 지영.

그런 지영을 빤히 보던 서소정이 샘난다는 표정으로 말을 던졌다.

"넌 무슨 키가 대나무처럼 쭉쭉 크니? 또 큰 것 같은네?"

"그래요? 요즘은 안 재봐서요."

"컸어. 분명 컸어, 쳇."

서소정의 키는 160 초반이다. 그런 자신의 키가 마음에 들지 않는지 지영의 키가 크는 게 눈으로 보일 때면 지금처럼 툴툴거리곤 했다.

"잘 클 때니까요. 그래도 전 양반이죠. 민아 봐요, 민아."

"아……."

지영의 말에 서소정은 시무룩해졌다.

예전 드라마로 제대로 대박을 친 민아는 요즘 자신이 직접 고른 영화 촬영 중이다. 그것도 독특하게 여중생과 여중생의 로맨스 이야기. 금단의 사랑까진 아니지만 아직까진 한국 사회에서 그리 인정받지 못하는 성소수자들의 이야기를 담은 영화를 찍는 중이었다. 그런 민아의 지금 키는?

170이다.

자이언트 베이비?

이미 그것도 뛰어넘은 지 오래다.

"걔는 무슨 성장 마법이라도 받은 거니? 민아 부모님 보니까 그리 안 크시던데. 걔는 왜 그리 쭉쭉 커?"

"외가 쪽이 원래 크다던데요?"

"그래?"

"네, 외가 쪽 자식들은 다들 배구 아님 농구 선수 출신이래요."

"아……."

그런 민아의 외가 중 이상하게 작은 사람이 태어났으니, 그게 바로 민아 어머니다. 하지만 유전자가 어디로 도망간 건 아닌지, 민아는 외가의 유전자 버프를 제대로 받아 아직도 쭉쭉 성장 중이시다.

그런 성장의 결과, 상대 여중생 배우는 동안과 귀요미의 아이콘이라는 박보연이었다. 그녀의 나이 90년생. 민아는? 말을 말자, 박보연이 불쌍해지니까……. 어쨌든 그런 민아는 지영보다 훨씬 성장이 빨랐다.

"에구, 됐다, 지금 키에 만족해야지."

"하하하."

"슬슬 시간 된 것 같은데?"

"네, 가요."

지영은 짐을 챙겨 일어났다. 서소정이 먼저 움직이자 그녀의 뒤를 따라 졸졸졸, 지영의 '팀'이 움직였다. 지하로 내려가 벤에 오른 뒤, 목적지로 출발했다. 오늘 지영이 팬 사인회를 열 곳은… 은정 백화점이다. 백화점 하나만 있고, 다른 사업은 일절 하지 않는 곳이지만 오너 일가의 양심적인 운영 덕분에 그나마 근근이 살아남은 곳이기도 하다.

지영이 그런 작은 규모의 백화점에서 역사적인 첫 사인회를 여는 이유는 분명하게 있었다.

'정은정.'

지영이 독립운동가 시절, 대한민국 국민이라면 거의 대부분이 아는 유 씨 성의 열사와 함께 민족의 독립을 위해 힘썼다. 그리고 그 시절, 같이했던 동지가 있었으니, 그녀의 이름이 바로 정은정이었다.

둘과는 다르게 상당한 자산가의 딸로 태어난 그녀는 몸이 그리 건강하지 못해 함께 깃발을 들고 싸우진 못했다. 그 대신 자금을 댔다. 하지만 그러한 그녀의 선택 때문에 한성(漢城)에 상당히 많은 점포를 냈던 집안은 조금씩 무너져 갔고, 나중에는 걸려서 그마저도 끊겼다. 이후에는 결국 순사들에게 잡혀 투옥까지 갔고, '유관순' 열사와 함께 모진 고문 끝에 생을 마감했다.

병약했으나 그만큼 차분하고, 단아한 미(美)를 가졌던 정은정.

은정 백화점은 그녀의 한 살 터울 여동생이 남은 재산으로 겨우겨우 사업을 일으켜 키운 곳이다. 그래서 이름도 은정 백화점. 친우의 이름을 땄던 곳인데 지영은 이걸 얼마 전에 우연히 알게 됐다. 한 역사 프로그램에서 독립운동 시절을 다뤘고, 그때 투사로 뛰었던 이들 말고 은밀히 그들을 지원했던 이들을 재조명하는 과정에서 은정 백화점이 나왔다. 그걸 본 지영은 너무 놀랐다가, 바로 서소정에게 알아봐 달라고 부탁했다.

친우(親友).

정은정과 그 당시 지영의 관계였다.

알아보니 기울기 일보 직전의 백화점이다. 그걸 알아다 준 서소정이 한 말이 지영의 가슴을 굉장히 아프게 했다.

'대형 기업이 세운 백화점 사이에서 지금까지 버틴 것도 용한 정도?'

그래서 돕기로 결정했다.

뭘, 어떻게 해야 내가 은정이의 가족을 도울 수 있을까? 지금 지영이 가진 돈으로는 무너져 가는 백화점을 살리기엔 턱없이 부족했다. 아니, 그랬다간 오히려 밑 깨진 독에 물 붓기가 될 것이다. 그보다 좀 더 근본적인 도움이 필요했다.

현 은정 백화점의 상황을 완전히 뒤집을 수 있는 회심의 한 방.

지영은 그걸 팬 사인회로 정했지만 이게 또 단순한 팬 사인회는 아니었다. 이미 회사와 얘기는 끝냈고, 그 한 방을 제대로 준비해 왔다. 서울의 중심부도 아니고, 테두리 지역이라 할 수 있는 도봉구에 위치해 있었다.

길이 막혀 1시간 30분을 달려 도착한 은정 백화점은 일단 외관은 깨끗했다. 도착하기 10분 전에 서소정이 미리 연락을 해둔 터라 은정 백화점 정문에 임원들이 나와 있었다. 솔직히 이런 건 지영의 스타일이 아니지만 오늘만큼은 어쩔 수 없었다. 자신이 이곳에 왔다는 것을, 그것도 공식적인 방문이라는 것을 누군가는 반드시 봐야 하고, 그게 사진으로 찍혀 SNS에 퍼져야 했다.

첫 번째 도움인 셈이다.

공식 활동을 정말 극도로 자제하는 지영이 방문한 백화점. 이런 정도만 퍼져도 아마 당장 은정 백화점으로 출발할 사람이 대한민국엔 수두룩할 것이다. 최소한 서울만 해도 엄청날 것이다. 그리고 그건 당연히 매출 상승으로 이루어질 것이다. 너무 자신을 과대평가한 것 아니냐고?

아니다. 현재 지영이 서 있는 위치는 정말 그럴 정도의 파급력을 갖추고 있었다.

"어서 오십시오! 저희 은정 백화점을 찾아주셔서 정말 감사합니다!"

절박하긴 한가 보다.

40대 중년쯤 되어 보이는 여성이 지영이 내리자마자 허리를 냅다 숙이며 인사했다. 이런 건… 싫다.

특히, 친우의 가족이 이러는 건 더더욱.

"이러지 마시고 일어나세요. 이러시면 제가 너무 부담스러워요."

"아……."

그러나 그녀는 쉽게 일어나지 못했다.

말했지만 절박한 심정이 그녀를 이렇게 몰아가고 있을 거다. 입술을 꾹 깨문 다른 운영진들이 보였다. 얼굴들이 다들 비슷한 걸 보니 가족 경영이 분명해 보였다. 이것 또한 문제이긴 하겠지만, 정은정의 핏줄 속에 깃든 정의의 DNA를 지영은 안다. 그래서 큰 걱정거리로 다가오진 않았다. 지영의 눈빛에 서소정이 얼른 나섰다.

"들어가서 얘기하시죠. 네?"

"그, 그게… 사람들이……."

"많이 왔나요?"

"아니요……. 오히려 홍보를 해도 믿어주질 않는 상황입니다……."

"아아, 하긴……."

여태껏 정말 극히 제한된 스케줄만 뛴 지영이다. 방송? 영화 촬영 때 빼고는 카메라 앞에 서본 적도 정말 몇 번 없었다. 인터뷰? 이것 또한 두 번 정도가 전부였다. 리틀 사이코패스 때도 무대 인사 몇 번을 빼면 거의 없었다.

조용히 학교에 다니고 있지만 그것도 보라매가 사력을 다해 기자들이 지영을 귀찮게 하지 못하게 케어하고 있었다.

그러니 솔직히 아는 사람보단 모르는 사람이 더 많은 은정 백화점에서 홍보를 한다고 한들, 그걸 대중들이 믿을 리가 없었다. 보라매에서 나섰으면 믿었겠지만 지영은 굳이 그렇게 하지 않았다.

'눈에 빤히 보이는 것 말고, 극적인 효과가 이곳엔 필요해.'

그게 지영의 생각이었다.

길을 가다 벤을 보고 섰다가, 지영인 걸 보고는 카메라를 광속으로 터치 중인 아가씨 셋을 보라매가 고용한 경호원들이 가만히 내버려 두는 것도 모두 그런 의도에서 나온 묵인이다.

삼삼오오, 사람들이 모였다.

"저거, 강지영 아냐?"

"에이, 설마!"

"맞는데? 강지… 어어, 맞는데? 맞잖아, 강지영!"

"어머, 어떡해!"

"사진! 사진 찍자, 사진!"

"폰, 폰, 폰!"

아가씨들은 역시 금방 알아봤다. 아니, 알아보라고 일부러 몸을 완전히 돌려 사진까지 잔뜩 찍혀줬다. 꾸벅, 인사까지 해줬다. 아니, 그걸로도 모자라 직접 다가가 같이 사진도 몇 방 박아줬다. 이제 SNS를 통해 강지영이 지금, 현 시간에 은정 백화점에 있다는 정보가 순식간에 퍼져 나갈 것이다.

"이제 들어갈까요?"

"네, 네네……."

그렇게 백화점 안으로 향하는 지영. 회전문을 통해 안으로 들어가기 전, 지영은 청명하게 갠 하늘을 잠시 올려다봤다. 친우 정은정의 미소처럼 개운한 하늘이었다.

'은정아, 이번엔 그때처럼 실패하지 않고 잘 도와볼게.'

둘을 구하려 했지만 결국은 실패했다. 이번 생에는 그런 실패 따위는 하지 않겠다는 다짐을 가슴에 안은 채 지영은 백화점 안으로 들어섰다.

하지만 청명한 하늘만큼 앞날도 밝진 않을 거라고 신이 소곤거린 것 같은데, 언제나 그렇듯 지영은 듣지 못했다.

회의실에 도착해 가볍게 인사를 나눈 뒤, 지영의 눈짓에 서소정은 준비해 온 서류를 쭈욱 백화점 대표 정미진에게 내밀었다. 그녀는 서류를 개봉하고 한참 동안 서류를 살펴봤다. 시시각각 변하는 그녀의 표정에 다른 이들이 궁금해 미치겠단 표정을 지었지만 그녀는 차분하게 끝까지 서류를 살폈다.

'닮았구나.'

예상해 보기에 아마 그녀는 정은정의 동생인 정은진의 손녀딸이 아닌가 싶었다. 한 살 터울이면서도 똑 닮았던 정은정, 정은진의 특징들이 두 세대를 건너뛰고도 고스란히 정미진에게 있었다. 다만 아직 40대 중반이면 관리만 잘했어도 연예인 뺨치는 살결을 유지했을 텐데, 경영난 때문에 그러진 못했는지 우리네 평범한 엄마들과 너무 비슷했다.

'후우…….'

이미 들었으니 떵떵거리고 잘살고 있길 바란 건 아니었다. 하지만 독립을 위해 힘썼고, 모진 고문 끝에 죽은 친우의 조카딸이 그래도 평범하게 살고 있길 바랐다. 서소정에게 듣기로는 이런 경영난에도 백화점 설립부터 해오던 고아원 운영과 기타 저소득층에게 해오던 지원도 끊질 않고 있었다.

그런 고집 또한 정은정을 너무 닮았다.

친우의 가족이 운영하는 백화점이라 그런 게 아니라, 이런 우직한 성품을 가진 기업들이 잘되어야 하는데 그러질 못하는 현실이 지영은 참 안타까웠다.

"이게 참……."

다 읽었는지 난감하면서도, 어딘가 들뜬 어조로 입을 연 정미진 때문에 지영은 상념에서 깨어났다. 어린 지영이 직접 왔지만 여기서 지영을 무시할 수 있는 사람은 아무도 없었다. 리틀 사이코패스, 그리고 '무신의 후예'로 직접 밟아 다진 지영의 위치는 솔직히 대한민국에서는 벌써 탑 수준이니까.

"보라매에서도 승인이 난 건가요?"

"물론입니다. 일단 직접 온 건 지영 군의 의사이고, 체결을 맺으면 회사 법무 팀이 직접 와서 계약을 체결할 겁니다."

서소정의 단단한 말.

사실 서소정은 이제 매니저가 아닌 팀장이다.

지영의 전담 팀을 이끄는 팀장.

그런 그녀는 충분히 이 자리에 설 직위가 됐고, 그럴 능력도 갖추고 있었다. 서소정은 지영 앞에서는 툴툴대긴 하지만 따로 사람을 만날 때는 지금처럼 딱 팀장에 맞는 모습을 보여줬다. 이래서 지영은 서소정에게 믿음이 갔다.

"이걸 사람 수에 맞게 복사해 와."

"네!"

좋은 일이란 걸 감지했는지, 30대 중반쯤으로 보이는 사내가 바로 서류를 받아 회의실을 뛰어나갔다.

"잘 봤어요. 그런데 제안해 주신 내용이 사실… 저희 은정 백화점에 너무 유리해 의심이 가요. 하지만 보라매가 이런 일로 사기를 칠 엔터도 아니고, 강지영 배우까지 대동해서 그럴 일은 더더욱 없겠지요. 제안은 더 고민할 가치도 없겠어요. 감사합니다."

말이야 길지만 그냥 받아들이겠다는 소리였다.

지영이 친우를 생각하며 작게 미소 지을 때쯤, 정미진이 다시 입을 열었다. 이번엔 서소정이 아닌, 지영을 향한 채였다.

“그런데 왜 이런 제안을 해주셨는지 알 수 있을까요?”

그래, 궁금하긴 할 것이다.

경영에 지치고, 포기하고 싶을 때쯤 갑자기 하늘에서 황금 동아줄이 흘러내려 왔다. 잡기만 하면 백화점을 막고 있던 구름과 안개가 걷히고, 무지개가 수놓은 길 위를 걷게 될 것이다. 지영이 직접 넣어달라고 한 몇 가지 조건들은 그런 생각이 들게끔 했다.

“임은이.”

지영이 하나의 이름을 대자, 잠시 머리 위에 물음표를 띄웠던 정미진의 얼굴이 급격하게 굳었다. 생각났나 보다.

그래, 임은이.

유관순 열사와 정은정과 함께 처절한 삶을 살았을 때의 이름이 임은이였다. 여성으로 태어났고, 친구를 구하러 서대문 구치소에 잠입했다가, 마지막 순간에 걸려 친구들과 함께 모진 고문 끝에 끝났던 삶. 이가 부득부득 갈리는 삶이다. 그런 삶의 주인공 이름이 임은이다.

정미진은 그 사실을 어느 정도는 아는 것 같았다. 그래서 그녀는 경악 어린 표정 뒤에 더듬더듬 입을 열었다.

“어… 어? 어, 어떻게 그 이름을……?”

“외가예요.”

“아…….”

거짓말이다.

어머니 임미정의 성 씨가 임씨가 맞지만 실제로는 아무런 연관도 없다. 그저 이 상황을 가장 빠르게 이해시킬 수 있는 대답이었기에 선택한 거짓말이었다. 그리고 그 거짓말은 정말 완벽하게 먹혀들어 갔다. 벌써 수긍한 표정이 된 정미진의 얼굴이 그 증거였다.

"어머니께 들었어요. 이모할머님께는 절친한 두 분의 친구가 있으셨다고요."

"네, 우리 모두가 아는 그분과 저희 어머니 집안 어르신이죠."

"맞아요."

대놓고 구라를 치는 지영이다.

하지만 정미진은 아예 눈치를 못 챘나 보다. 그러나 이건 당연한 일이었다. 정은정의 일화는 지금에 와서 드디어 세상에 밝혀졌지만 아쉽게도 임은이의 삶은 아는 사람이 거의 없었다. 당시 문헌에 남은 것도 없고, 기록에 남은 것도 없었다.

그럴 수밖에 없는 게… 임은이는 무호적자였다. 물론 그녀의 생을 기억하는 사람이 아무도 없다고 단언할 수 없긴 하지만 현재까지는 임은이의 존재를 아는 사람은 극히 드물었다. 그렇기 때문에 증명할 길도 막막한 상태였다.

"지영아."

"네?"

서소정이 작게 부르고는 폰을 보여줬다.

대한민국에서 가장 많은 층이 사용하는 SNS에 이미 지영의 이야기가 파다하다. 지금 당장 출발했다는 사람들도 수두룩하고, 수업 끝나면 바로 온다는 사람들도 장난 아니었다. 포털 사이트 연예란에는 벌써 기사가 우수수 올라오고 있었다.

지금쯤 기자들은 절호의 찬스를 맞았으니, 이미 차를 타고 출발했을 것이다. 지영이 굳이 기자를 대동하지 않은 이유가 여기에 있었다. 어차피 이들이 '자연스럽게' 기사를 써줄 테니까. 그런 반응을 확인한 지영이 웃으며 정미진에게 말했다.

"경호업체에 연락 안 하셔도 되겠어요?"

"네?"

"앞으로 한 시간이면, 사람들이 엄청 몰릴 거예요."

"아……."

사업하는 사람이다.

빠르게 그 뜻을 알아차린 그녀는 얼른 어딘가로 전화를 걸어 지시를 내렸다. 사람이 몰리는 건 좋은 일이나, 자칫 잘못하면 대형사고로 번진다. 은정 백화점은 매분기마다 시설 관리 검사를 받아 건물 자체에서 큰일이 벌어지진 않겠지만 '인재(人災)'는 언제 어디서나 예상치 못한 타이밍에 일어나는 법이다.

슬쩍 지영은 자리에서 일어나 창가로 갔다. 역시 벌써 차가 줄줄이 들어서고 있었다. 걸어온 사람들도 우르르 은정 백화점 내부로 뛰다시피 들어오고 있었다. 지영이 원하는 대로 아주 잘 흘러가고 있었다.

다시 자리에 앉은 지영은 이제는 차분하게 신색을 회복한 정미진에게 조심스럽게 물었다.

"혹시 할머님께서는……."

"편하게 가셨다고 들었어요."

"……."

그래도 다행이란 생각이 들었다.

'은정아, 그래도 은진이는 천수를 누렸다는구나.'

확실히 은정 백화점의 창업자이자 친우의 동생인 정은진은 그 시절, 억울하고 허망하게 삶을 마감한 세 사람에 비하면 그래도 나은 삶을 살았다 할 수 있었다. 지영이 아련해하는 표정 때문일까? 정미진이 궁금한 표정을 지었지만 캐묻진 않았다.

참으로 신기한 게 지영의 지금 체형은 솔직히 잘 성장한 중학교 2, 3학년 정도다. 하지만 외모는 이상하게 중성적이어서 나이를 가늠하기에는 참으로 아리송한 외모였다.

그러나 어차피 프로필상 지영의 나이는 전부 알려져 있다. 그럼 애처럼 지영을 대할 사람이 있을 법도 하건만 지금까지 정말 그를 애처럼 대한 사람은 거의 없었다. 아니, 한 명도 없었다.

그런 마음을 먹고 와도, 지영과 대화를 하면 할수록 오히려 성인으로 대하는 경우가 대부분이었다. 물론 그런 이유는 지영이 눈빛, 자세, 말투, 그리고 분위기를 의도적으로 무겁게 만들었기 때문이다. 지금 정미진도, 은정 백화점의 운영진도 마찬가지였다. 이런 자리에 어울리지 않는 지영이 있음에도, 찍소리도 못하고 있었다.

잠시 기다리길 10분, 정미진에게 팬 사인회 준비가 끝났다는 연락이 왔고, 그 말을 전해 들은 지영은 두말없이 자리에서 일어났다. 일어나기 무섭게 쿵쿵 가슴이 두근거렸다. 임은이의 기억 서랍이 콩콩, 고맙다고 전해온 인사에 반응했나 보다.

'걱정 마.'

다 잘될 테니까.

아래로 내려가는 지영의 얼굴에는 아마, 태어나 처음으로 가장 기분 좋아 보이는 미소가 걸려 있었다.

*　　　　*　　　　*

"꺄아아아!"

급히 섭외한 MC가 도착한 뒤에야 지영의 첫 사인회가 시작됐고, 지영이 등장하자 엄청난 함성이 뒤따라왔다. 유리창이 웅웅, 진동을 일으킬 정도로 엄청난 함성이었다. 스크린에서나 본 지영이다.

공식 활동을 너무 안 하다 보니, '존재하는 배우는 맞음? 누가 만들어낸 상상 속 배우 아님?' 이런 우스갯소리까지 있을 정도로 신비한 존재가 강지영이란 '세계적인' 배우다. 보통 이런 자리에 처음 나오면 좀 놀랄 만도 하지만 지영에게 그런 건 없었다. 이런 경험이야 이미 수두룩하기 때문이다. 그래서 아주 편안한 얼굴이다. 아니, 살짝 상기되어 있긴 했다. 지영만이 아는 이유 때문에 말이다.

소란이 좀처럼 가라앉질 않자 지영은 손가락을 입가에 살짝 가져다 댔다. 마치 초등학생을 가르치는 선생님처럼. 그런데 거짓말처럼 그 동작 하나에 '와! 꺄아아!' 하던 함성이 우뚝 멎었다. 옆에서 지켜보던 서소정은 물론 정미진과 경호원들까지 헐, 하고 놀랄 장면이었다.

그런 팬들을 잠시 가만히 보던 지영이 마이크를 입에 댔다.

"안녕하세요."

"꺄아아!"

"우와!"

다시 엄청난 함성. 다시 지영이 손을 입에 가져다 대자 함성은 다시 우뚝 멎었다.

"오랜만에 하는 활동이에요. 팬 사인회는 처음이라 조금 걱정이 많았어요. 아무도 안 오면 어쩌나… 하하. 근데 진짜 제가 여기서 팬 사인회 여는 걸 안 믿으셨다면서요?"

"네!"

일동 합창.

"진짜였어요. 여러분들이 안 믿으셔서 제가 직접 모습을 드러내 홍보까지 하게 됐네요. 물론 괜찮아요. 좋은 의미로 하는 일인데 그런 걸로 귀찮아할 성격은 아니거든요, 하하."

"미안해요!"

"죄송해요!"

등등의 사과가 다시 이어졌다.

"이곳은 저와 어떤 인연으로 묶여 있는 곳이에요. 그리고 그 인연은 결코 가볍지 않죠. 하지만 너무 늦게 알아서, 이제야 이곳에 오게 됐어요. 그게 너무 미안하네요."

"우우!"

"그러지 마요!"

"우리가 자주 올게요!"

이건 뭐…….

어른인가, 앤가.

도무지 분간이 안 가는 대답들이다.

스타 앞에 선 팬의 모습은 동심으로 돌려놓는 건가? 팬들의 이런 모습이 서소정이야 익숙하니 그냥 덤덤했지만 은정 백화점의 직원들은 결코 그런 얼굴이 아니었다. 저 나이에 저리 능숙하게 사람을 다룬다. 그것만 해도 참 신기한 일이었다.

그런 시선을 뒤통수로 받으며 지영은 다시 입을 열었다.

말이 길었다.

이제 본론으로 넘어갈 때였다.

"감사합니다. 여러분들을 믿을게요. 그럼 사인회를 시작해 볼까요?"

"네!"

우웅.

대답 때문에 진짜 유리창이 깨지겠다. 한 사람도 아니고 먼저 안으로 들어선 수백 명의 대답은 한데 뭉쳐 귀가 먹먹할 정도의 고음으로 변했다. 하지만 그걸 기분 나빠하는 사람은 없었다.

다른 사람도 아니고, 지영이 앞에 있으니까.

그렇게 시작된 사인회.

지영은 일일이 악수를 해주고, 사인을 해주고, 사진을 찍어줬다. 그러면서 시종일관 미소를 잃지 않았다.

그런 모습들은 어느새 도착한 각 신문사 연예부 기자들의 카메라에 차곡차곡 담겼다. 그리고 바로 회사로 전송. 그 다음은 기사에 박혀 다시 널리 퍼져 나갔다. SNS를 보니 아직도 팬들이 은정 백화점으로 향하고 있었다.

추산 불가.

하지만 지영은 오늘 진짜 웬만하면 끝을 볼 작정이었다.

대충할 것 같았으면 아예 이렇게 일을 벌이지도 않았을 거다.

그렇게 한 시간, 두 시간.

지영은 화장실을 잠깐 갔다 온 걸 빼면 정말 물도 마시지 않고 팬들을 대했다. 물론 물 흐르듯 순조롭진 않았다. 일부 극성 팬들이 지영에게 무례한 행동을 했다. 하지만 그런 팬은 금방 경호원들에게 제지당했고, 정중하게 백화점 밖으로 내보냈다. 그러한 일은 모두 은정 백화점에서 고용한 경호업체에서 담당했는데, 지영은 당장 내색은 안 했지만 속으로 반가움에 또 웃고 말았다.

경호업체 회사 대표가 직접 나와 지휘하고 있었는데, 그 사람의 얼굴이 또 임은이의 기억 속에 있던 몇몇 독립을 목적으로 세운 무장 단체의 지인들과 너무 닮았다. 그래서 화장실에 가며 이름을 슬쩍 물어봤더니 역시나 그 지인들의 후손이었다.

하긴, 이해할 수 있는 일이었다.

은정 백화점은 독립운동가에게 자금을 댔던 집안에서 일으킨 백화점이니 말이다. 그때부터 서로 연이 닿았으니 지금도 서로 연락하며 돕는 사이가 되는 것도 이상한 일은 아니었다.

네 시간, 다섯 시간이 순식간에 지났다.

드디어 마지막 커트라인을 정했고, 남은 백여 명만 더 사인을 해주면 된다는 서소정의 말에 고개를 끄덕인 지영은 꼬르륵거리는 배고픔도 참았다.

'오늘은 이 정도만 할게. 하지만 걱정 마. 내가 여긴 꼭 지켜볼 테니까. 그때의 임은이는 널 구하지 못했지만 지금의 나는 그럴 능력이 될 것 같아.'

속으로 '정은정'에게 조용히 말해주던 그 순간, 지영은 사인을 하다 말고 움찔했다. 아주 익숙한 감각. 척위준의 서랍을 워낙에 자주 열어 그런지, 그 당시 영웅의 감각이 지영에게 스며들어 있는 상태다.

그 감각이 잡아냈다.

악한 마음을 품은 누군가가 뿜어내는 살기를.

'살기… 누가?'

아주 오랜만이다.

이런 살기를 느끼는 건.

명백한 적의가 조금씩 가까워지고 있었다. 아직도 팬들이 있고, 그들의 고양된 감정 속에 숨어 있으나 지영의 감각을, 영웅 척위준의 감각을 피할 수는 없었다. 살기는 점점 가까워졌다. 그리고 열 명 정도를 더 사인했을 때.

피식.

지영은 살기를 흘리고 있는 대상을 확인했고, 웃고 말았다.

떡 벌어진 어깨, 깊게 눌러쓴 모자, 백화점 실내는 열기가 가득한데도 긴 코트를 입고 주머니에 푹 찔러 넣고 있는 손.

'그래, 그때 확실하게 처리할 걸.'

척위준도 그렇지만 지영도 후환을 남겨두는 성격은 아니다. 하지만 당시에는 자신 쪽에서 살의가 너무 들끓어 참고 넘겼다. 그랬더니 또 이런 일이 벌어졌다. 드륵, 의자를 조금 뒤로 빼낸 지영은 입가에 아주 확실한 조소를 그려 넣었다.

"오랜만이에요."

"……."

"이정숙 씨?"

"……."

아동 성추행범, 이정숙.

그녀는 원한을 잊지 않고 있었다.

그런 그녀에게 지영은 이렇게 말해주고 싶었다.

십 년 참은 걸로 되겠어?

천 년은 참았어야지.

chapter16

초대형 사고

지영이 이름을 말하는 순간, 이정숙이 고개를 들었다. 이글이글, 원한에 사무친 눈빛이 천천히, 그리고 똑똑히 보였다. 지영은 그걸 보고 참 어이가 없었다.

억울한가?

죄를 짓지 않았는가?

아동 성추행을 했으면서?

근데 그 눈빛은 뭐냐.

추악하고, 역겨웠다.

척위준이 그런 지영의 감정에 응답하는 순간.

"죽어! 개새끼야!"

이정숙이 코트에서 손을 빼며 지영을 덮쳐 왔다. 정말 창졸지간 벌어진 일이었고, 경호원들도 '엇!' 하면서 몸에 제동이 걸린 상태. 경호회사 대표만 유일하게 반응하고 몸을 날리지만 그래봐야 늦다.

이정숙은 바로 코앞에 있었으니까.

하지만… 지영이 누군가.

이미 영웅의 서랍은 열렸다.

새파란 빛을 토해내는 칼날이 지영의 가슴을 노리고 날아왔다. 연습이라도 했나? 아예 몸까지 날렸다.

쇅!

그러나 그 정도론 소용없다.

지영은 이미 옆으로 피했고, 칼을 쥔 손목을 움켜잡아 아래로 내려찍었다. 쾅! 초등생의 악력이라도 얕보지 않는 게 좋다. 몸을 움직일 수 있을 때부터 꾸준히 단련시켜 놓은 근력이다. 물론 흥분한 이정숙의 팔을 완전히 고정시킬 순 없겠지만 잠깐의 시간만 벌 수 있으면 된다. 왜 잠깐이냐고 묻는다면…….

"흡!"

빠각!

지영의 팔꿈치가 이정숙의 얼굴을 후려칠 시간으로는 충분했기 때문이다.

으적!

끔찍한 소리가 들리고, '꺄아악!' 하는 비명이 뒤편에서 대기중이던 팬에게서 들려왔다.

챙강. 고통 때문에 칼을 놓친 이정숙이 억억거리다가.

"아악! 아아악!"

고통에 찬 비명을 내질렀다.

이쯤이면 이미 끝났다.

하지만 악인은 결단코 용서하지 않는 척위준의 기억 서랍이 이미 열린 마당이다. 넌자복을 입은 배우들에게도 반응한 척위준인데, 진짜 '악인'이라 할 수 있는 이정숙을 만났다. 그러니 한 방으로 끝날 리가 없었다.

휘릭!

빡!

우득!

다시금 지영의 팔꿈치가 이정숙의 얼굴을 쳐버렸다. 독하게 빛나는 눈빛이지만 고통은 참을 수 없는지 이정숙이 바로 발악을 했다.

"으아아아……! 아아악!"

"잡아! 빨리 잡아!"

경호회사 대표가 테이블을 한 손으로 짚고 넘어가 지영이 잡고 있던 손목을 잡았고, 그 뒤로 다른 경호원들이 우르르 달려들어 이정숙을 제압했다. 그러는 동안에도 이정숙은 악악거리면서 비명만 지를 뿐이었다.

그제야 손을 놓고 뒤로 빠지는 지영.

"후우……."

지영은 깊은 숨을 토해내며 바로 기억 서랍을 닫았다. 겨우 참았다. 두 번째 공격은 팔꿈치가 아닌, 수도를 세워 목을 찌르려고 했다. 그렇게 되면 어떤 결과가 벌어질까? 장담하는데 피가 튀었을 거다. 그리고 그렇게 됐다면 지금 이정숙은 악악거리지도 못했을 거다.

"민석아, 팔부터! 팔부터 제압해!"

"네!"

"철호, 넌 경찰에 빨리 연락하고!"

"네!"

덜덜덜.

경호원들의 대화를 듣고 있는 서소정과 몇 시간째 자리를 지키고 있던 은정 백화점 운영진들은 갑자기 벌어진 일에 너무 놀라 숨도 제대로 쉬지 못하고 있었다. 몇 초였을까? 이정숙이 덤벼들고, 지영이 피한 뒤 반격하고, 경호원들이 급히 달려들어 제압하기까지 걸린 시간이?

30초도 채 안 됐을 거다.

30초면 긴 것 같지만 긴 시간이 절대 아니었다. 특히나 이런 돌발 상황에서의 30초는 순식간이다. 서소정과 정미진 등이 저렇게 석상처럼 굳은 걸 이해해 줘야 할 그런 시간이기도 했다.

팬들도 너무 놀랐는지 덜덜 떨고 있었다. 웅성웅성, 소란은 점차 커져갔다. 기자들은? 신이 났다, 아주. 카메라 셔터를 아주 그냥 부서져라 누르고 있었다. 손가락에 쥐가 날 지경으로 말이다.

"지, 지영아……."

서소정이 덜덜 떨면서 지영을 불렀다.

당한 사람은 지영인데, 놀란 사람은 서소정인 아이러니함이란…….

"괜찮아요. 많이 놀랐죠?"

지영이 만인에게 익숙한 대사를 꺼낸 다음에야 서소정이 더듬더듬 놀라서 잔뜩 굳은 입을 열었다.

"뭐, 뭐야……? 아니, 아니지. 괜찮지? 응? 괜찮은 것 맞지?"

"네, 괜찮아요. 걱정 마요. 다친 데 하나 없으니까."

"지, 진짜지……?"

"네네, 그보다 회사에 연락하셔야 할 것 같은데요?"

"어? 어어? 그, 알았어!"

서소정은 그래도 용케 지영과 아직도 죽겠다고 악을 쓰는 이정숙의 사이를 막고는 회사에 전화를 걸어 상황을 설명했다. 피곤한 일에 걸렸다. 냉정하게 지금 상황에서 설명하자면 가해자는 자신이다.

정당방위가 성립은 되겠지만 그래도 법의 테두리 안에서 사고를 친 건 맞는 것 같았다.

'아버지랑 어머니께 연락드려야겠네…….'

평소에는 가벼운 메시지만 보내다가 오랜만에 거는 전화를 이런 폭력 사고 때문에 하게 되다니, 으득! 짜증에 이가 갈려 버렸다. 곧이어 바로 한숨. 오늘 사람이 너무 많이 몰려 급히 파견되어 대기하던 경찰들이 달려와 이정숙에게 수갑을 채웠다. 그리고 경호업체 대표와 어떻게 된 건지 대화를 시작했다.

힐끔, 경찰의 시선이 지영에게 넘어왔다가 고개를 갸웃하곤 다시 대표에게 넘어갔다. 아마도 지영이 벌써 광대와 아래턱 쪽이 퍼렇게 죽을 정도로 두들겼을 거란 말을 바로 믿지 못한 것 같았다.

경찰이 다가왔다.

그리고 '서에 같이 가주셔야겠습니다' 하고 짧게 말을 건네 와서 지영은 '잠시만요' 하고 대답한 다음 두 분께 바로 전화를 드렸다. 빠르게 용건만 간추려서 얘기하고는 끊었다. 깜짝 놀라셨지만 강상만은 바로 출발하겠다고 답을 해줬다.

하아, 이게 뭔 꼴인지. 강상만과 임미정은 집에서 '여동생'을 보다가 맞은 날벼락이었다. 하지만 길게 끌 시간이 없었다. 경찰이 눈앞에 있으니까. 지영은 앞으로 나섰다. 상황이 상황인지라 수갑을 채우지는 않았다.

"죄송합니다. 사고가… 생겼네요. 오늘 사인 못 드린 분들은 모두 가시기 전 이름과 주소를 적어주세요. 한 분당 두 장씩 꼭 사인해서 보내 드릴게요. 이런 일이 벌어진 것에 대해 다시 한번 죄송합니다."

꾸벅.

그렇게 인사하고 밖으로 나가는 지영.

삐삐삐.

어느새 도착해 경광등을 켠 채 대기 중인 순찰차에 올라타는 지영.

첫… 경험이었다.

순찰차에 타는 건 말이다.

빌어먹을.

속으로 짧게 욕설을 흘린 지영은 눈을 감았다. 뒤따라 나온 서소정이 막무가내로 우겨 같이 타자, 바로 차가 출발했다.

'좋게… 좋게 끝내고 싶었는데. 미안해, 은정아. 이런 일이 벌어질 줄은 정말 예상도 못 했다. 다음에, 다음에 다시 제대로 도와줄게. 정말 미안.'

지영은 이게 너무 화가 났다.

전생의 친우를 도와주려 나선 행동이었다. 그런데 끝이… 너무나 엿 같았다. 이정숙? 그래, 정말 가능하면 몰래 찾아가서 죽여 버리고 싶을 정도로 지영의 분노를 사버렸다. 하지만 그것보다 친우를 위한 일을 망친 게 더 화가 나고, 열받았다.

제대로 일이 풀리지 않아 정말 참기 힘든 분노가 치밀었다.

'죽일 걸 그랬나…….'

으득!

이번 생에는 거의 하지 않았던 감정까지 들 정도였다. 하아. 답답해서 입술을 꾹 깨무는 지영. 이렇게라도 안 하면 욕설이 나갈 것 같았다.

경찰서에 도착한 지영은 일단 조서를 꾸몄다. 거짓말? 자신에게 유리한 답변? 그런 '유치한' 짓은 하지 않았다.

그랬다간 척위준의 기억이 대번에 날뛸 걸 알았기 때문이다.

그래서 정말 있는 그대로 대답했다. 물론 옛날의 악연 또한 설명했다. 민아를 성추행했고, 그 증거를 잡아 제출했으며, 그 일 때문에 이정숙이 구속을 당했고, 출소하고 난 뒤에 자신을 한 번 찾아왔었던 것까지 전부. 하나도 빠짐없이 설명했다.

증거 자료야 찾아보면 수두룩하게 나올 거다. 게다가 당시 기사로도 나갔던 사건이니 형사들이 찾는 건 금방일 게 분명했다. 진술을 끝냈을 때 강상만과 임미정이 서로 들어왔다. '여동생'은 안 보이는 걸 보니 다시 근처로 이사 온 민아 집에 맡긴 것 같았다.

"아들, 아들 괜찮아?"

"네, 괜찮아요."

"무슨 일이야? 아들, 사람 때렸어?"

"어머니, 그게……."

지영은 담담히 있었던 일을 설명했다. 전화상으로는 이정숙이 공격했고, 자신이 반격했다는 것까지 자세히 말하지 못했다. 그래서 이번엔 자세한 사정을 설명하자 어머니는 대번에 '변호사'의 눈빛으로 바꾸고는 변호사증과 명함을 형사에게 내밀었다. 강상만은 직업이 직업인지라 그 옆에서 가만히 듣고만 있을 뿐, 단 한마디도 꺼내지 않았다.

그렇게 다시 조서를 써가는 동안 이정숙이 실려 간 병원에서 연락이 왔다.

안와 골절.

하악골 골절.

쉽게 말해 광대뼈가 부서졌고, 아래턱뼈도 부서졌단 소리였다. 형사도 놀라고 임미정도 놀라고 강상만도 놀랐지만 지영은 놀라지 않았다. 타격 순간 뼈가 주저앉는 느낌과 소리를 들었다.

솔직히 말해 죽이려고까지 했다. 그걸 참고 참아, 박살 낼 작정으로 쳐버렸다. 조서를 꾸민 뒤, 현장에서 현행범으로 잡혔으나 도주 우려가 없고, 증거 인멸의 우려도 없기 때문에 새벽 1시쯤 집으로 귀가 조치 됐다. 집으로 가는 차 안에서는 아무런 말도 흘러나오지 않았다.

왜 때렸니?

왜 피하지 않았어?

왜 도망치지 않은 거니?

같은 질문을 지영에게 한다는 것 자체가 강상만과 임미정은 얼마나 어리석은 건지 잘 알기 때문이었다.

특별한 아이.

이유가 있을 거라고 두 사람 다 판단했고, 그 이유 또한 때가 되면 말해줄 거라는 믿음도 있었다. 집 거실에 도착해 지영은 '죄송합니다, 오늘은 먼저 쉴게요' 하고 짧게 말한 뒤에 자신의 방으로 들어갔다.

옷을 벗어 던지고 침대에 몸을 던지는 지영. 웅! 웅! 타이밍 좋게 또 폰이 울었다. 경찰서에서 아예 꺼놨던 폰을 지금 켰는데 와우… 아주 그냥 난리도 아니었다. 부재중 통화가 100개가 넘었다.

태반은 민아에게 온 거고, 반은 송지원, 나머지 반은 지인들에게 온 전화였다. 고새 기사를 봤는지 레이샤와 척에게 온 메시지도 있었다. 인터넷에 들어가 볼까 하다가, 지영은 그냥 관두기로 했다.

아주 폭탄이라도 터진 것처럼 난리도 아닐 게 충분히 예상이 갔기 때문이다. 안 그래도 현재 지영은 짜증이 머리 꼭대기까지 차 있는 상태였다.

"씨발……."

결국 참고 참았던 욕설이 흘러나왔다. 솔직히 앞으로 일이 어떻게 흘러갈지야 대충은 보였다. 이정숙은 반드시 지영을 고소할 거다. 대한민국 법은 참으로 신통방통해서 이런 상황도 정당방위로 거의 인정이 안 되니까. 물론 이정숙이 원한으로 인한 테러였기 때문에 정상참작이 될 여지는 분명히 있긴 했다.

정상참작?

그걸 생각하니 또 열불이 터진다.

"척위준을 말리지 말 걸 그랬나……."

진심으로 튀어나온 말이었다. 열불을 넘어서 이건 정말… 처음으로 타인의 생명을 빼앗아 버리고 싶었다. 후우, 후우……. 후우, 후우……. 그렇게 심호흡을 몇 번이나 해봐도 이미 붙은 분노는 도무지 꺼지질 않았다.

지이잉, 지이잉, 지이잉.

진동으로 맞춰 놓은 폰이 지영의 심기를 건드렸다. 지원 누나. 송지원이다. 지영은 받지 않고 돌린 다음, 그냥 폰을 다시 꺼버렸다. 지금은 도무지 누군가와 대화하고픈 생각이 들지 않았다.

들썩, 들썩.

척위준의 서랍? 아니었다.

임은이의 서랍이었다.

"미안하다고 하는 거냐? 아니면 제대로 못 해 서운하다고 하는 거냐."

서랍을 열지 않은 상태라 어떤 상태인지 파악을 못 하겠는 지영이다. 그래서 신경을 껐다. 뒤이어 차오르는 감정.

"역시 이렇게 나온다… 이거지?"

자신의 운명은 언제나 변덕맞다.

이걸 지영은 아주 잘 알고 있었다.

뭣 때문에 또 이딴 고난을 줬는지 모르겠지만 그냥 신에게 욕을 하고 싶었다.

고난, 고난, 고난, 고난, 그놈에 고난!

대체 뭘 원해서 나한테 이러냐고 멱살잡이라도 하고 싶었다.

아니, 존재했다면 어쩌면… 지영은 벌써 신을 죽이기 위한 여정에 들어섰을 거다.

'생각하지 말자. 아무것도.'

지영은 그 어떤 생각도 머릿속에 떠오르는 게 싫은 상태까지 왔다. 그래서 진리(眞理)를 찾아 떠돌던 삶의 서랍을 열었다. 이른 아침이 오기까지 지영은 침대에 좌선한 채 미동도 하지 않았다.

그리고 아침.

서랍을 닫은 지영을 반긴 건 딱 예상했던 만큼 화끈해진 세상이었다.

이야…….

"대박."

학교도 조퇴하고, 수많은 취재진들을 겨우 따돌리고 회사에 도착해 인터넷을 본 지영의 첫 반응이었다. 난리도 아주 이런 난리가 없었다. 보라매에서 최선을 다해 막는다고 해봤지만 이미 어제의 영상이 나돌고 있었다. 살짝 흔들리는 카메라 앵글 속에 이정숙이 등장하고 지영이 의자를 뒤로 살짝 빼냈다. 그다음 이정숙이 '죽어!' 하는 고함과 함께 지영에게 달려들어 칼로 찔렀고, 그걸 피한 지영이 팔꿈치로 빡! 빡! 두 방을 연달아 먹였다. 그다음 '놀라서' 머뭇거리는 것처럼 보이는 지영 대신 검은 정장을 입은 경호원들이 나서 이정숙을 제압하는 장면까지.

여러 방향에서 찍힌 영상이 이미 웹에 파다하게 퍼진 상태였다.

들불? 노노, 들불이 아니라 이건 아예 화산이 터진 상황이었다. 네티즌의 반응은 거의 90% 이상이 지영에게 우호적이었다. 아니, 99%쯤 될 거다. 저 상황에서는 정당방위로 볼 수 있다는 의견이 대부분이었기 때문이다. 실제로 그렇기도 하다.

손이나 발을 휘두른 것도 아니고, 날이 시퍼렇게 선 칼을 휘둘렀다. 코트에 숨겨 오느라 날이 짧긴 했지만 어딜 찔리느냐에 따라 목숨이 왔다 갔다 할 수 있을 정도의 흉기였다.

게다가 '미성년자'를 노린 '살인미수'다.

이건 진짜 빼박이다.

그러니 정당방위로 본 것이다.

하지만 첫 일격에 이미 이정숙은 공격 의지를 상실한 것처럼 보였다. 남은 손으로 맞은 안면을 부여잡고 엎어진 상태로 비명을 질렀으니까. 근데 여기서 지영이 턱을 정확히 한 방 더 때려 버렸다.

이건 과잉 방어란 의견이 또 나왔다. 하지만 당연히 이런 의견들은 크게 호응을 얻지는 못했다. 당시 상황이면 충분히 그럴 수 있을 거란 의견이 더 지배적이었기 때문이다.

또한 이정숙의 범죄 이력이 올라왔다.

이건 작정하고 보라매에서 뿌린 자료였다. 이정숙은 일단 그때 민아와 다른 아이를 성추행 건으로 구속된 것 말고, 두어 개의 범죄가 더 있었다. 하난 아동 음란물 유포고, 또 하난 저작권법 위반이었다.

'그런데 '잘도' 유치원에 취직했었네……?'

학교나 유치원에 계약직으로 취직을 해도 성범죄 조회를 받는데 말이다. 하지만 뭐, 일단 이건 넘어가고.

어쨌든 그런 이정숙의 범죄 이력이 지영에겐 훨씬 여론이 유리하게 작용하는 받침대가 되어줬다. 죄를 뉘우치기는커녕, 몇 년을 기다렸다가 이렇게 복수를 했다는 점이 아주 최악인 상황이 되어버렸다.

연예란은 1위부터 20위까지 강지영이 전부 다 먹었다. 사회 쪽도 마찬가지였다. 아주 간만에 터진 대형 사건에 대한민국 모든 신문 매체가 달려들었다. 당연히 지영에게 악의적인 기사는 그리 많지 않았다. 강지영의 부모님이 변호사에 검사다. 그리고 보라매의 힘 또한 상당하다. 괜히 인지도 좀 올려보겠다고 꼴깝 떨다가는 경찰서에서 만날 수도 있다는 사실 때문에 알아서 몸을 사린 결과였다.

쿵, 드륵.

잠가놓은 문고리가 돌아가는 소리가 들렸다.

회사로 오며 서소정에게 오늘은 좀 혼자 있고 싶다고 했고, 이런 지영의 의견은 바로 받아들여져 오늘 지영의 팀은 한 명도 출근을 안 했다. 아니, 했는데 다른 사무실에 있었다. 그래서 문 앞에도 친절하게 'Closed' 팻말을 붙였는데도 저렇게 쿵쿵쿵! 문을 두드리고 있었다.

지영은 저 소란의 주인공이 누군지 대번에 알았다.

"에휴."

자리에서 일어난 지영은 느릿한 걸음으로 문으로 걸어갔다. 진짜 천천히 걸었다. 이 느린 걸음으로 문까지 도착하기 전에 저 사람이 그냥 가주기를 바라면서. 하지만 그런 지영의 바람과는 반대로 이제는 목소리까지 들려왔다.

"야! 문 안 열어?"

"……."

"안에 있는 거 소정이한테 들었거든! 존 말로 할 때 빨리 열어라!"

"에휴."

좋은 말로 할 때도 아니고, 존 말로 할 때다. 아주 형님이 다 됐다. 철컥, 자물쇠가 풀리자마자 벌컥! 1분도 안 돼서 벌써 두 번이나 한숨을 내쉬게 만든 주인공이 입장하셨다.

"야!"

"왔어요, 누나."

당연히 지영의 후원자이자 이쪽 바닥에서 보호자를 자처하는 송지원이었다. 그녀는 빤, 지영의 위아래를 꼼꼼하게 스캔했다. 가뜩이나 날이 선 외모인데 눈까지 가늘게 뜨자 제법 매서워 보였다. 신체 스캔은 별로 안 좋아하지만 그래도 지영은 안다. 송지원이 저러는 이유가 걱정 때문이라는 것을.

"다친 데는?"

"보시다시피, 없어요."

"옷 벗겨서 확인해 본다?"

"성추행입니다, 그거."

"정말 괜찮은 거지?"

"네."

"후우……."

그제야 안심한 표정으로 사무실 안으로 들어오는 송지원. 그녀는 액션 스쿨에서 씻고 머리도 제대로 안 말리고 왔는지 아주 꼴이 말도 아니었다. 마치 옛날에 유행했다는 사자 갈기 스타일처럼 머리가 뻗쳐 있었다.

"머리 정리 좀 해요. 누나, 지금 장난 아니에요."

"아무도 없는데, 뭐."

소파에 앉아 다리를 척 꼬는 송지원.

지영은 그 건너편에 앉아 소파에 등을 깊게 묻었다.

"한 건 제대로 했드라?"

"뭐, 거하게 터뜨렸죠."

"액션 스쿨에서 니 영상 본 사람들이 그러더라. 그렇게 깔끔한 동작은 참 오랜만에 본다고. 합이라도 맞췄냐고 묻던데? 킬킬."

"하하, 칭찬이에요, 그거?"

"지금 현재 내 기준에서는 칭찬이겠지?"

'무신의 후예' 액션 신을 위해 아직도 액션 스쿨에서 먹고 자고 하면서 이제는 형님이 다 된 송지원에게 정말 '리틀 사이코패스' 때의 모습은 조금도 남아 있지 않았다.

"뭐가 어떻게 된 거야, 근데? 자세히 좀 얘기해 봐."

"그게, 그러니까……."

귀찮지만 지영은 몇 살 때라고 밝히진 않았지만 예전에 이정숙이 민아와 다른 여아를 성추행한 걸 신고했다는 것부터 시작해 짧고 간략하게 설명했다. 그리고 그녀가 출소한 뒤 한 번 더 만났고, 어제 또다시 만났다는 것까지 설명하자 송지원의 입가에 비틀린 미소가 걸렸다.

언제 또 저런 미소를 배웠대…….

지영이 속으로 생각할 때쯤, 송지원의 입이 열렸다.

"그거 참 개썅년일세?"

"……."

썅년도 아니고 그 앞에 개까지 붙었다. 송지원의 팬이 들었으면 꿈일 거야… 하고 픽 쓰러질 정도로 험악한 발언이었다. 그리고 그런 험악한 발언만큼이나 얼굴도 험상궂게 변했다. 그래봐야 원판이 워낙 잘나서 그리 무섭진 않았지만 그녀가 할 수 있는 최대치의 험상궂음이었다.

"그러니까 니가 신고한 것 때문에 빵에 들어갔고, 그걸 못 잊어 어제 찾아와 칼을 휘둘렀단 거잖아? 맞지?"

"네, 뭐, 그렇죠."

"그럼 개썅년 맞네. 죄를 저질렀으면 회개하고 착하게 살진 못할망정! 오히려 신고자를 찾아와 칼을 휘둘러? 아니, 근데 잠깐만. 왜 범죄자한테는 전자 팔찌인가 발찌인가 채우지 않나?"

"그럴걸요?"

"그거 거주 지역 벗어나면 문제되잖아?"

"그럴걸요?"

실제로 그렇다.

발찌를 벗었는지, 아니면 아직도 차고 있는지 그건 잘 모르겠지만 그건 앞으로 경찰이 수사할 일이었다. 아까 기사를 보니 이정숙은 어제 악을 쓰다가 기절했고, 아직까지 깨어나지 못했다고 한다.

목숨이 위험한 상황은 아니라는 의사의 소견이 있었다고 끝에 첨언이 붙어 있던 기사였다. 뭐, 어쨌든 송지원의 말은 타당했다.

"경호원들은 뭐 했고?"

"조용히 줄 서서 기다리다가 찔렀어요. 그걸 경호원이 어떻게 막아요?"

"아, 하긴."

경호원이 어제 같은 상황을 위해 존재하는 이들인 건 맞다. 하지만 어제처럼 갑작스러운 상황에 대처할 수 있는 경호원이 세상에 얼마나 될까? 지영처럼 감각이 남다른 존재가 아니면 어제의 살기는 찾기도 힘들었을 거다. 그래도 경호업체 대표의 반응 속도는 발군이었다. 이정숙의 '죽어!' 하던 고함이 들리는 순간 그가 즉각 움직이던 모습이 잡힌 영상은 폭발적인 조회수를 기록하는 중이었다.

그러니 경호원이 잘못한 건 없다.

솔직히 어제 일은 지영이 일을 키운 면도 있다. 살기를 느꼈다. 그때 바로 사인회를 멈췄다면 어제 같은 사고는 안 벌어졌을 거다. 솔직히 이 부분은 지영도 반성 중이었다. 좋게 폭력 없이 끝낼 일을 굳이 폭력적인 사건으로 만들어 버렸으니까.

척위준. 너무 대쪽 같은 영웅이시라, 참으로 곤란하다.

악(惡).

그 자체가 척위준에겐 제거 대상이니까.

생각을 정리시키는 목소리가 들려왔다.

"이제 어쩔 거야?"

"글쎄요, 상황 봐서 움직이겠죠. 뭐, 깨어나면 고소할 게 뻔한데… 법정 싸움까지 가겠죠, 아마?"

"하긴, 몇 년간 그런 독심을 품고 있던 여자니까 합의금 곱게 받고 조용히 넘어가진 않겠지."

"네, 제 생각도 그래요."

그럴 성격이었으면 칼을 품고 찾아오지도 않았겠지. 그러니 서로 법의 테두리 안에서 싸우는 상황이 올 거라는 건 안 봐도 빤하다. 진짜, 여태까지의 모든 삶이 그랬지만 인생이 참 태평하게 흘러가는 순간이 없다.

"부모님은 뭐래?"

"그냥 걱정 말라고만 하셨어요."

"그게 끝이야?"

"네, 왜 그랬는지 아마 제가 먼저 말할 때까지 기다려 주실 생각 같아요."

"아이고……."

"솔직히 어제 일이 짜증 난 건 두 분에게 이런 상황을 만들어 줬다는 게 제일 커요. 아… 생각하니 또 열받네."

"흐흐, 니가 그럴 때도 있구나?"

"그럼요, 저도 사람인데."

거기에 정은정에게도 미안했다.

사인회 자체가 그녀의 가족, 이제는 후손이라 할 수 있는 은정 백화점을 돕기 위해서였으니까.

'단 한 사람 때문에 이게 대체 뭔 꼴이냐고.'

참을 걸, 혹은 그냥 멈출 걸.

이런 생각이 들었지만…….

'뒤늦은 후회지.'

정답이었다.

시간을 되돌린 순 없으니, 아무리 후회해 봐야 이미 늦었다.

"이걸로 영화 엎어지는 거 아냐?"

"에이, 설마요. 제가 뭐 살인을 저지른 것도 아닌데."

"그래도 주연배우가 폭력 사건에 휘말렸잖아?"

"그건 여기서나 그럴 거고요."

"하긴, 헐리웃 마인드는 좀 다르겠지? 아니, 다르지. 뭐, 영화는 별문제 없겠네."

"왜요? 여태껏 몸 만든 게 아까워서 그래요?"

찌릿.

송지원의 눈매가 다시 날카롭게 변했다.

"그럼 안 아깝겠냐? 거의 이 년간 먹고 싶은 건 거의 못 먹으면서 단련해 이 몸을 만들었는데?"

"엎어지면 저랑 액션 영화나 하나 찍죠, 뭐."

"한국인데?"

"제가 한다고 하면 시나리오 보낼 곳 많을 걸요? 국내 빼고요."

"헐, 자신감 보소."

킬킬킬.

지영과 지원, 둘이 실없는 농담을 주고받고 있는데 우웅! 우웅! 송지원의 폰이 울어댔다.

"응, 소정아. 어, 같이 있어. 기사? 확인해 보라고? 응, 알았어."

전화를 끊은 송지원이 바로 폰으로 인터넷에 접속했고, 지영도 통화 내용을 들은지라 패드로 포털 사이트에 들어가 봤다. 키워드는 강지영.

"깨어났네?"

"깼네."

둘이 동시에 기사를 확인하곤, 이정숙이 깨어났음을 알았다.

"자, 이제 어떻게 나오려나……? 과연 대형 로펌과 싸울 것인가! 아니면 합의금을 받고 조용히 물러나든가!"

"합의금을 받아도 법의 심판은 받아야 할 걸요. 공공장소에서 흉기를 휘둘렀으니까. 그것도 저한테. 살인미수잖아요?"

"그럼, 살인미수지. 솔직히 짧은 내 법 지식으로도 이정숙이 너를 상대로 소송을 걸어 이길 가능성은 한없이 제로에 가까워 보인다."

"제 생각도 한없이 그래요."

송지원의 말을 이번엔 지영이 비틀린 미소를 입가에 걸고 받았다. 사실 지영의 말이 맞았다. 공공장소에서 흉기를 휘두른 건 어떤 시각에서도 용서가 될 수 없었다. 게다가 상대가 강지영이다.

전 세계가 주목하는 대형 배우.

영화 한 편으로 '괴물' 소리를 듣는 신인이 아닌, 그냥 배우. 미블과의 계약으로 동양계 히어로는 '조연'으로만 쓴다는 편견을 깨고 당당히 단독 주연을 꿰찬 배우. 그런 배우에게 칼을 휘둘렀다.

옛날의 악연에 독심을 품고.

이게 조용히 넘어갈 사항일까?

아마도… 아닐 거다.

그리고 솔직히 그럴 일도 없다.

장담하건데, 이정숙은 백 퍼! 고소장을 들이밀 거다. 그런 지영의 장담은 딱 두 시간 뒤, 기사로 확인할 수 있었다.

이정숙.

강지영을 폭행 혐의로 고소했다.

이길 가능성은 진짜, 1도 없는데 말이다.

〈깨어난 이 씨! 고소장 접수!〉

〈이 씨, 승산 없는 싸움을 시작하다?〉

〈지영, 폭행 사건으로 소송 시작?〉

〈어제의 사고, 과연 누구의 잘못인가!〉

〈과잉 대응이 강지영에게 어떤 불이익을 줄 것인가〉

〈팔꿈치 쾅! 제대로다! 일부 격투기 협회 지영 선수 데뷔를 위해 움직이다!〉

고소장이 접수되자마자 아주 그냥 별의별 기사가 다 올라오고 있었다. 마지막 기사처럼 지영의 깔끔하고, 파괴적인 한 방을 보고 영입을 하고 싶다는 발언을 던진 사람들도 있었다. 물론 그들은 진짜 지영의 격투가 데뷔를 위해 움직이진 않을 거다.

그저 지금 상황에 슬쩍 편승해 인지도를 올리고 싶을 뿐이었다.

그리고 저런 기사는 애교였다.

정말 시간 당 수십 개의 기사가 올라오면서 포털 사이트를 뜨겁게 달구고 있었다. 커뮤니티는? 말도 마라. 아주 전쟁터였다.

보라매는 이런 상황을 만든 지영 때문에 간만에 총력전을 펼치고 있었다. 법무 팀은 물론 임미정의 회사와 연계해 각 인터넷 뉴스 업체에 경고장을 발송했다. 하지만 경고장은 큰 효력을 발휘하지 못했다.

워낙에 대형 사건이다 보니까, 작은 업체에서는 살기 위해 발악을 시작했기 때문이다. 포털 사이트에 직접 연락을 해 지영의 영상이 퍼지는 걸 최대한 자제 부탁한다고 했지만 이 또한 늦었다.

이미 퍼질 대로 퍼졌고, 국내 사이트에서 막아도 이미 영상을 확보한 이들이 해외 사이트에 올려 버리면 답이 없기 때문이다. 고소장이 접수되고, 지영은 경찰서를 또 갔다 왔다. 물론 혼자가진 않았다. 임미정은 물론 보라매의 법무 팀을 대동하고 움직였다.

그런데 사소한 문제가 생겼다.

최초 진술에 지영이 있는 그대로 진술했기 때문이다. 물론 최악의 문제는 아니었다. 정말 있는 그대로만 진술했기 때문이다. 당시 자신의 감정이나 마음 같은 걸 얘기한 것과 얘기하지 않은 것에도 차이는 난다. 게다가 이정숙이 일단 범죄자 신분인지라, 큰 걱정은 하지 않아도 될 거란 얘기도 들었다. 거기에 더해 지영은 지금 초등학생이다. 미성년자란 뜻이다.

판사가 어떤 결정을 내릴지는 봐야 알겠지만 아마 정당방위가 인정될 거라는 의견이 지배적이었다.

물론 이런 결정이 내려질 이유로는 부모님의 후광도 크게 한 못했다. 임미정이야 로펌 소속 변호사지만 강상만은 아직 현직 검사다. 그것도 부장검사고, 당장 다음 대는 아니지만 그다음 정권의 검찰총수가 될 가능성이 가장 높은 검사 중 한 명으로 꼽혔다.

굳이 말하지 않아도 알아서 처벌을 약하게 때려줄 거란 얘기였다. 아니, 처벌을 받기나 할까 모르겠다.

물론 이런 게 지영은 마음에 들지 않았다. 하지만 이건 강상만도 임미정도 직접 나서지 않았다. 그저 둘에게 잘 보이고 싶은 '자들이' 부탁하지 않아도 '알아서' 자발적으로 움직일 거란 말이었다.

상황은 당연히 이정숙에게 불리하게 돌아갔다. 하지만 지영도 구설수에 올라 버려 인지도의 하락은 어쩔 수 없었다. 그래서 좋지 않은 꼬리표가 붙었다.

폭력적인 남자.

물론 당시 상황에는 어쩔 수 없었을 거라는 의견이 아직도 지배적이지만, 그래도 지영이 무표정으로 팔꿈치로 빡! 후려갈긴 게 너무 적나라해서 그런 꼬리표는 뗄 수가 없었다. 그런데 웃기게도 여기서 또 일부의 여성들은 꺅꺅거렸다.

내 남자가 자신의 위협에 저렇게 단호한 모습을 보인다면?

본인, 지인을 향한 위협에 단호한 대처를 한 지영이 과연 나쁜 사람일까? 심성이 악한 걸까? 이건 개인이 가진 법의 잣대가 전부 다르므로 말이 많을 수밖에 없었다. 하지만 당연히 나쁘게 보단 좋게 보는 이들이 더욱 많았고, 그 대다수가 여성이었으며, 엄청난 화력을 지원해 줬다.

임미정과 보라매 법무 팀은 이정숙의 전과 이력에 집중했다.

이미 음란물 유포에 저작권법 위반 전과가 있었다. 그런데 그 음란물이 아동청소년보호법에 걸리는 영상이었다. 여기서 골 때리는 상황이 발생했다. 범죄 이력이 두 개나 있다. 그런데 유치원에서 일을 한 거다. 대체 이게 어떻게 된 건지 알아낸 사람들도 고개를 갸웃했지만 당장은 중요한 게 아니기에 일단은 넘어갔다.

그리고 저작권법 위반은 넘어가더라도, 성추행 현행범으로 잡히면서 교도소까지 들어갔다가 나왔다. 발찌는 보통 3년에서 30년을 채우는데 아청법과 성추행, 두 개의 전과가 중첩되며 10년까지 늘어난 상태였다.

아동성범죄 재범 확률이 매우 높다고 판단했기 때문이다.

게다가 발찌를 찬 상태로 보호 관찰에서 정한 위수 지역을 벗어났다. 그것도 8년도 전에 자신을 고소했던 강지영에게 복수하기 위해. 이건 뭐, 정상참작의 여지가 조금도 없었다. 반대로 지영은 정의를 실현했다는 이유로 테러를 당할 뻔했다. 이쪽은 정상참작의 여지가 매우 많았다.

이러한 모든 내용들이 날이 서다 못해 단단히 빡친 보라매의 압박과 눈치를 받은 언론사들이 앞다투어 기사를 쏟아냈고, 여론은 지영 쪽으로 급격하게 쏠려갔다. 이정숙이 아무리 날고 기어도 이 여론을 되돌리는 건 아예 불가능했다.

복수심을 여태껏 키워온 것 자체는 정말 지독하다 할 만하지만 그걸 뒷받침할 능력이 없었다.

아군이라고는 하나도 없던 싸움은 빠르게 판결이 났다.

이정숙이 다시 실형을 선고받고, 교도소로 돌아가시는 걸로.

이렇게 상황이 마무리되기까지 걸린 시간은 딱 사 개월이었다. 솔직히 좀 판결이 느리긴 했지만 그렇다고 가슴 졸이며 기다리지도 않았다. 결과가 너무나 빤히 예측됐으니까. 그렇게 다시 찾아온 11월의 겨울에 지영은 평화를 가질 수 있었다.

이정숙이 다시 감옥에 가면서 평화를 찾았다고 했지만 앞서 말했듯이 사실 지영은 그리 심적 스트레스를 받진 않았다. 주변에서 지영을 안심시키기 위해 위로를 많이 해주기도 했고, 상황이 워낙에 자신에게 유리하단 걸 잘 알고 있었기 때문이다.

게다가 송지원이 아는 변호사에게 판례까지 얻어다주기도 했다.

결국 지영은 아무런 벌도 묻지 않는 걸로 끝났다. 이정숙은 그 악독한 기질을 꺾지 않았다. 이건 진짜 대단하다 할 부분이었다. 아군 하나 없는 외로운 싸움을 했는데도 포승줄에 묶여 버스에 타던 이정숙의 눈빛이 떠올랐다.

독기에 새파랗게 물들어 있는 눈빛.

하지만 그 독기를 이제는 아마 풀기 힘들 거다. 그녀는 이제부터 나락까지 다이렉트로 떨어질 테니까.

어쨌든, 개인을 향한 역대급 테러 사건은 이렇게 깔끔하게 막을 내렸다.

* * *

"까르르."

"좋아? 오빠랑 있으니까 좋아?"

"히히, 웅! 저아!"

그렇게 일상을 다시 얻은 지영은 집에서 자숙하면서 지냈다. 그렇게 자숙하면서 지영의 일과는 어린이집에서 돌아온 동생을 돌보는 게 전부였다. 지영은 아이를 돌보는 재주가 정말 별로지만 동생, '강지연'은 지영을 워낙에 잘 따랐다. 마치 옛날의 민아처럼. 친동생이라 그런지 지영은 요즘 지연이와 함께하며 힐링하고 있었다.

"어빠, 비앵기! 비앵기!"

"비행기? 비행기 태워줘?"

"웅! 태어저! 태어저!"

아직 발음은 정확하진 않지만 그래도 말문이 트인 동생은 좋다고 난리다. 진짜 비행기처럼 배에 발을 대고 들어 올리는 게 아닌 겨드랑이를 잡고 붕, 붕 들었다 놨다 하니 아주 좋다고 난리다.

"꺄르르."

한 번씩 들 때마다 미묘하게 다르게 웃는 지연이는 어머니 임미정을 아주 똑 닮았다. 머릿결은 물론 눈, 코, 입까지. 그냥 임미정의 어린 시절 그대로였다. 너무 닮게 나와 임미정도 놀랐을 정도였다.

한참을 지연이와 놀아주고 있는데 지잉, 드르륵! 지잉, 드르륵! 테이블에 올려뒀던 폰이 요란스럽게 울어댔다.

송지원인가? 하는 생각으로 힐끔 번호를 보니, 그녀가 아닌 레이샤였다. 지연이를 안은 채로 통화를 꾹 누르는 지영.

—헬로? 지영?

"오랜만이에요, 엘리샤. 아니, 레이샤."

—…짓궂어졌네?

"하하, 장난이에요. 반가워요, 레이샤."

—호호, 잘 지냈어?

"네, 뭐. 복잡한 것도 잘 해결됐고, 요즘은 집에서 좀 쉬면서 잘 지내고 있어요."

—호호, 다행이네.

레이샤와는 오랜만의 통화였다. 요즘 한창 다른 스케줄로 바빴기 때문이다. 물론 메시지는 간간이 주고받았지만 통화는 정말 두 달? 그 정도 된 것 같았다.

—캐스팅 끝났다는 말해주려고 연락했어.

"끝났어요?"

—응, 배우진 다 꾸렸으니, 이제 슬슬 찍어야지? 그쪽 일도 다 정리됐고.

"네, 찍어야죠. 안 그래도 몸이 근질근질했어요."

—호호, 지영. 너는 역시 천생 배우야.

"레이샤만 할까요?"

—호호호!

레이샤의 기분 좋은 웃음이 들려왔다. 배우 캐스팅이 끝났다. 한국과 일본, 중국 등 해외 로케이션도 이미 끝났다고 들었다. 제작 팀도 당연히 준비가 끝났다. 하지만 배우 캐스팅에 난항을 겪고 있다고 전에 레이샤가 전해줬다. 미블은 이번에 배우진을 꾸리는 데 엄청난 공을 들였다.

국내는 물론 중국, 일본 등의 배우들도 모집해야 했다.

물론 일본은 한 명만 아군 히어로고, 나머지는 전부 악역 캐스팅이었다. 중국도 마찬가지로 아군 히어로가 하나, 나머지는 전부 악역 캐스팅이다. 굳이 이렇게 복잡하게 뽑는 이유는 현지의 언어를 살리기 위함이라고 들었다. 아무리 공부를 해도 복잡한 대화를 하면 분명 티가 나게 마련이다. 그래서 이번에는 아예 그 역할에 맡게 전부 그쪽 현지의 배우들을 캐스팅한다고 들었다.

이에 양국의 영화계에서는 불만이 많았지만 불만은 말 그대로 불만으로 끝났다. 다른 곳도 아니고 미블이다.

히어로 영화 엔터 중에서는 부동의 1위인 미블 말이다. 미블 보이콧? 그건 진짜 말도 안 되는 소리였다.

—칸나라고 알아? 제팬 배운데.

"칸나요? 아니요. 일본 쪽 배우는 관심이 없어서… 왜요?"

—그래? 좀 알아보니까 일본에서는 유명하던데? '천년돌?' 거기선 그렇게 부르나 봐. 천 년에 한 번 나올까 말까 한 아이돌이라고. 어쨌든 그 아이가 이번에 오디션 보고 캐스팅됐어. 그 이후에 잠깐 얘기하다 들었는데 너 팬이래.

"그래요?"

—응, 그렇단다.

"흠……."

천년돌이라…….

그런데 지영은 관심이 없었다. 워낙에 안 좋은 감정이 쌓여 그런지 천년돌이고 나발이고 그냥 다른 사람 팬을 해줬으면 좋겠다는 '속' 좁은 생각까지 들었다. 그만큼 탐탁지 않다는 뜻이었다. 이런 지영의 마음이 옹졸하고, 속 좁다고 욕해도 어쩔 수 없었다.

지영은 그럴 수밖에 없는 삶을 살아왔으니 말이다.

"히어로 역할이에요?"

—응, 데모니악(Demoniac)에서 도망친 시빌(Sibyl) 역할. 극 중반부터 무신이 구하면서 합류할 거야.

"흠, 알겠어요. 중국 쪽 히어로는요?"

—검객(Swordsman)은 레이 옌이라고, 한창 무르익은 스물다섯 여배우. 지영이 좋겠네? 아주 꽃밭이야, 꽃밭.

"후… 검객 캐스팅은 남배우로 한다고 하지 않았어요?"

—그러려고 했지, 근데 어쩌겠어? 중화권에서 캐스팅 보러 온 배우들 중 레이 옌이 가장 검객에 잘 어울리는데, 그리고 실제로 레이 옌은 검도 고수야. 그냥 검무를 추는 정도가 아니라 진짜 잘 다뤄. 네 살부터 검을 잡았다고 프로필에 있었는데 그게 거짓말이 아니었어. 기세가 죽여줬거든! 외모도 날카롭고, 실제 성격도 말이 없는 편이라 검객 역할에 최고야. 그래서 나도, 척도 캐스팅 팀도 이견 없이 받아들였어. 히어로 명이야 뭐, 나중에 다시 바꿔도 되고.

"……"

그렇다면야 뭐… 어쩌겠나, 이해해야지.

그리고 아주 당연한 말이겠지만 캐스팅 권한은 지영이 아닌, 미블에 있었다. 지영이 이래라 저래라 할 수 있는 입장이 아니었다. 지금도 레이샤는 지영의 '의중'을 묻는 게 아닌, '통보'를 하고 있었다.

—아, 맞다. 그리고 레이 옌도 니 팬이래. 니가 팬 사인회에서 테러범 두들기는 거 보고 진짜 팬이 됐다던데?

"…그것참, 취향 독특한 분이시네요."

—호호, 그렇지? 나도 그 얘기 듣고 한참 웃었어.

웃을 만하다. 사람 패는 걸 보고 팬이 됐다는 여자의 말이면.

그래도 이번엔 천년돌? 그 여자처럼 거부감이 들진 않았다.

중화권은 좀 친숙하다.

땅이 넓어 그랬던 건지 꽤나 많은 삶을 대륙에서 보냈기 때문이다. 하지만 그렇다고 정이 있는 건 아니다. 그냥 친숙한 정도, 딱 그 정도다.

"촬영 시작은 언제죠?"

—제작 발표회다 뭐다, 이것저것 끝나면… 내년 삼월 말이나 사월 초쯤?

"딱 좋네요."

—그치? 그 전에 여기 한번 놀러나 와. 누나가 코스 짜서 구경시켜 줄 테니까!

"하하, 생각해 볼게요."

"히잉, 히이잉!"

통화가 길어지자 무릎에 앉아 있던 지연이가 투정을 부리기 시작했다.

"레이샤, 그만 끊어야 할 것 같아요. 동생이 안 놀아준다고 투정 부리네요."

—그래? 알았어, 고 앙큼한 것이 간만에 하는 통화를 방해하는군! 호호, 농담이고, 미국 여행은 진지하게 생각해 보고, 또 결정 사항 있으면 연락 줄게.

"네, 그래주세요. 쉬어요, 레이샤."

—그래, 우리 '주연'님께서도.

뚝, 마지막을 농담으로 장식하며 통화가 끝났고, 잔뜩 뿔이 난 지연이가 잉잉거리는 걸 얼른 달래주는 지영. 그러면서도 머릿속엔 끊임없이 영화 생각이 떠돌았다. 오래 쉬었다. 리틀 사이코패스를 찍고, 거의 사 년 가깝게 쉬었다.

아무리 그래도 그렇지 한 작품 찍고 사 년이라니, 리틀 사이코패스가 워낙에 대박이 나서 이 정도지, 보통의 배우였으면 이미 작품 몇 개는 구르고 또 굴렀을 거다.

3월 말에서 4월 초쯤이라고 했으니까 이제 4개월에서 5개월 정도? 그 정도 남았다.

덜컥, 덜커덩.

"워워, 벌써부터 그러지 마. 아직 시간 많이 남았으니까."

지영은 다시금 세상 빛을 보고 싶어 하는 척위준을 조용한 말로 달랬다. 웅? 우웅? 육성으로 말했기에 지연이가 고개를 빼꼼 들고 쳐다봤다. 지영은 그런 지연이에게 조용한 미소를 그려줬다. 히히, 어느새 다시 웃고 있는 지연이. 그 때 묻지 않은 미소에 지영도 웃었다.

동생 바보 다 된 지영이었다.

'오 개월이라……. 금방 가겠군.'

지영의 속마음처럼 5개월은 금방이었다. 뼛속까지 시린 추위가 찾아왔고, 그 추위를 끌고 온 동장군이 힘을 잃으면서 한 꺼풀 꺾이기 시작했다. 그래도 아직은 추운 2월. 아직까지도 '가제'인 '무신의 후예' 출연 배우들이 대본 리딩을 위해 '서울(Seoul)'로 모여들었다.

대본 리딩.

촬영에 들어가기 전, 배우들이 모여 연습해 온 대사를 읽는 걸 뜻한다. 요즘에는 이런 대본 리딩도 화제가 된다. 특히 영화 정보가 상세하게 불리기 전까진 리딩 중 스틸 컷을 따놓고, 홈페이지에 기재한다. 그래야 영화에 대한 정보를 찾으러 온 영화 팬들에게 최소한의 기대 심리를 줄 수 있기 때문이었다.

지영은 리딩장에 일찍 도착했다.

도착했더니 조연급 배우들은 대부분 벌써 도착해 있었다.

"안녕하세요. 안녕하세요."

여기저기 보이는 배우들에게 정중하게 인사한 지영은 자신의 자리로 갔다. 서소정이 뭐 필요한 거 없냐고 묻기에 '물이요'라고 짧게 대답한 뒤 대본을 펼쳤다. 아니, 펼치려고 했다.

벌컥!

"아, 안녕하세요!"

문을 열고 들어선 여자만 아니었음 말이다. 리딩장에 있던 모두의 시선이 당연히 문으로 쭉 몰려갔다.

뽀얀 피부.

허리까지 내려오는 칠흑의 머리카락.

깔끔하게 들어간 쌍꺼풀.

부끄러운지, 아니면 긴장했는지 양 볼을 물들인 홍조.

천년돌의 등장이다.

팬이 찍어준 사진 한 장으로 그야말로 인생이 꽃길로 변해 버린, 천운을 타고난 일본의 아이돌 겸 배우다. 원래는 몰랐지만 지영은 레이샤와 통화 후 그녀를 찾아봤다. 어려울 것도 없었다.

포털 사이트 검색어에 천년돌, 이렇게 치면 그냥 우르르 떴으니까. 그녀가 찍었던 영화나 드라마도 봤다. 연기력은… 글쎄, 무난한 편? 지영의 기준으로는 딱 그 정도였다.

'발음은 얼마나 연습했을까?'

대사는 당연히 대부분 영어로 진행된다. 극 중 척위준과 구미호 둘이서 대화할 때나 한국어로 한다. 물론 삼국의 배우들이 몰렸으니 단독 대사나, 욕설 같은 걸 그 나라 욕설로 대체한다. 그래도 이 정도면 미블에서 엄청 신경 써준 거였다.

반짝, 반짝반짝반짝.

초롱초롱하다 못해 빛이 날 것 같은 눈빛으로 지영을 뚫어져라 쳐다보는 칸나. 그런 칸나 양의 눈빛에 지영이 입가에 어색한 미소를 그려 넣었다. 드륵, 자리에서 일어난 그가 살짝 고개 숙여 인사하자 다른 사람들도 서둘러 '안녕하세요!' 하고 인사를 건넸다. 일본 배우들로는 그래도 일등이었다.

진행원의 안내에 지영의 바로 옆자리로 오는 칸나. 자리에 앉기 무섭게 동경 가득한 눈빛으로 지영을 빤히 바라봤다.

'아따… 뚫어지겠네.'

국적 때문일까? 근본적인 거부감이 들었다. 이건 지영이 겪어

온 수많은 삶 때문에 어쩔 수 없었다. 그렇다고 칸나에게 미안한 감정은 들지 않았다. 그런 감정을 느끼기에는 그 삶의 감정들이 너무 강렬했기 때문이다.

"반가워요."

"바, 반갑습니다!"

오호?

완전 깔끔하다고는 못하겠지만 그래도 상당히 괜찮은 발음이었다.

"한국어 배웠어요?"

"네, 네! 이 년 배웠어요! 쓰는 것도 좀 해요!"

"이 년… 이 년에 이 정도라. 잘 배웠네요. 깔끔한 한국어예요."

"아, 진짜요? 우와……!"

나이는… 당연하지만 칸나가 많다.

그녀는 99년생인가?

그러니까 반대로 지영은 2009년생이다. 10살 차이나 나는데 이건 뭐, 누가 봐도 지영이 오빠고 칸나가 동생이었다. 동경하던 배우를 만나 그런가?

칸나의 얼굴에는 홍분이 가득했다.

주변에서 미소 머금고 바라보는 시선들조차 느끼지 못할 정도로 말이다.

칸나는 일본 특유의 과장된 제스처가 많았다. 극 중 시빌—무녀는 굉장히 잔잔한 캐릭터다. 그럴 수밖에 없는 게, 시빌 캐릭터는 예언가이다.

'이런 밝은 성격의 배우가 무녀 역에 어울릴까?'

이런 생각이 잠시 떠올랐지만 그래도 미블의 오디션을 뚫고 당당히 시빌—무녀 역을 꿰찬 배우다. 그걸 믿을 수밖에 없었다.

리딩 시작까지 아직 시간은 충분했다.

1시간? 워낙 지영이 일찍 도착한지라 계속 질문을 던져오는 칸나를 상대해 주고 있는데, 다시 문이 열렸다. 그리고 들어서는… 어마어마한 기세를 풍기는 여인.

리딩장에서 떠돌아다니던 소음이 일시에 우뚝 멎었다.

'워…….'

지영도 놀랐다.

들어선 여배우에게서, 아니, 무인에게서 느껴지는 기세가 진짜 장난이 아니었기 때문이다. 절제되지 않은 기세.

'아니지. 이 경우는 고의적이라 봐야지.'

무사의 삶을 몇 번이나 살았지?

느끼면 척, 그 기세 속에 섞인 감정을 읽을 수 있는 지영이었다. 아직 정체를 알 수 없는 저 여자는 지영이 보기에 무인이었다. 무인(武人). 그 의미 그대로다. 체육관 같은 곳에서 형만 익힌 게 아닌 형과 신, 심까지. 전부 다 제대로 배운 진짜배기다. 그게 아니라면 아무리 배우라도 일반인이라 할 수 있는 이들을 침묵시킬 수는 없었다.

"재밌네……."

대화를 나누지는 않았지만 지영은 저 여자가 누군지 알 것 같았다.

네 살때부터 손에 검을 쥐었다는 중국의 히어로, 원래는 검객(Swordsman)이란 히어로 명을 설정했지만 여성이 캐스팅됐기 때문에 소드메이든(Swordmaiden)—검처녀 역을 얻은 레이 옌. 아마 그녀일 것이다. 레이샤는 그랬다. 장난 아니었다고. 그래서 원래 남배우를 뽑으려던 마음이 만장일치로 바뀌었다고. 게다가 지영이 이정숙을 후려치던 영상을 보고 오디션에 참가했다는 독특한 취향을 가졌다고.

그렇게 모두의 시선을 모은 레이 옌일 거라 예상되는 여자는 두 손을 모아 포권을 취했다.

"반갑습니다, 레이 옌입니다."

아주 깔끔한 한국어. 천년돌보다 훨씬 깔끔했다.

마치 어려서부터 썼던 것처럼. 그런 그녀의 시선이 마치 당연하다는 듯이 지영에게 날아왔다.

하아, 한숨이 나온다.

한쪽은 천년돌.

'그럼 저쪽은 천년설인가?'

정면으로 마주 보니 과연, 레이샤가 얼음장 같다고 한 이유가 있었다. 진짜 얼굴에 표정이 쌀 한 톨만큼도 없었다. 리딩장에 왔으면 불안, 흥분 등의 감정이 있어야 되고, 그건 아무리 통제해도 얼굴에서 조금이라도 티가 나게 되어 있다. 그런데 지영이 보기에 저 여자, 레이 옌은 그런 게 없었다.

호수 같은 눈빛.

비단처럼 늘어뜨린 머리카락.

170이 넘어가는 장신에 쭉쭉 뻗은 사지.

백옥 같은 피부.

쌍꺼풀은 없지만 우뚝 솟은 콧대. 남들보단 작은 것 같은 입술.

그리고…….

'손 봐라……. 진짜 제대로 수련했네.'

손이 무슨, 흉터로 가득했다. 늘어뜨린 팔을 보니 일단 손등에만 적어도 열 개가 넘는 크고 작은 흉터가 있었다. 지렁이처럼 꾸물꾸물 기어 다니는 것처럼 남은 흉터는 봉합의 흔적이 아니었다. 자연 치유.

'역시 중국은 무의 맥이 끊어지지 않았군.'

한국에도 있긴 있을 것이다.

드러나지 않았을 뿐, 그리고 그건 중국도 마찬가지였다. 지금 당장 숭산만 가도 소림사가 실제로 있다.

엄청나게 하드한 수련을 하는 소림사 말고, 맥을 이어오는 곳이 있는 것 같았다.

저벅, 저벅저벅.

성큼성큼 지영을 향해 다가오는 레이 옌.

"반갑습니다, 레이 옌입니다."

아까 했던 인사를 그대로 답습하듯 건너온 소개에 지영은 천천히 자리에서 일어났다. 그러곤 천천히 손을 내밀었다. 악수하자는 의미였다.

"반가워요, 강지영입니다."

"……."

"한국에선 이렇게 인사합니다."

"네."

확실한 대답 뒤에 스윽 올라오는 레이 옌의 손. 두 사람은 손을 잡았다. 지영은 웃었다. 힘을 줄까, 말까 고민하면서. 악력이라면 자신 있다. 두툼한 옷 속에 가려졌다고는 하나 지영은 알 수 있었다. 레이 옌은 한계, 말 그대로 극한까지 단련된 신체를 가지고 있음을. 하나 그건 지영도 마찬가지였다.

지영의 하루 일과 중 가장 힘을 쏟는 게 바로 트레이닝이다.

꾸욱.

도발이다.

레이 옌이 먼저 맞잡은 손에 힘을 주기 시작했다. 지영도 천천히 힘을 넣었다. 보통 힘을 주면 부르르 떨리게 마련인데, 두 사람의 손은 그런 근 경련이 하나도 없었다. 그대로 정지 상태에서 힘만 들어간다.

일반적인 수련으로는 절대 어림도 없는 일이었다.

그러나 악수는 오래가지 않았다.

레이 옌이 먼저 힘을 풀었기 때문이다. 지영도 바로 손에서 힘을 뺐다.

"역시."

"왜 그러시는지?"

"보통이 아니시군요."

"……."

악수만 했는데?

고수는 고수를 알아본다고 했다.

레이 옌의 나이는 프로필상 스물다섯이다. 결코 많은 나이는 아니지만 재능과 노력만 받쳐준다면 높은 경지로 올라가는 건

가능했다.

실제로 지영이 그 경지에 있었다.

지영은 웃고는 손을 뺐다.

그리고 남들은 듣지 못할 작은 목소리로 물었다.

"어디 문하십니까?"

"……."

레이 옌은 대답하지 않았다.

그래서 지영은 툭 찔러봤다.

검, 하면 떠오르는 곳이 꽤 많다.

무협 소설에 나오는 수많은 곳들, 그중… 한 곳.

"검문(劍門)?"

"……."

대답은 없었으나 레이 옌의 눈동자에 작은 파랑이 일어나는 걸 지영은 확인했다. 정답이란 뜻이지?

지영이 그걸 파악한 이유는 하나다. 악수를 했을 때 그녀의 손목에 작게 그려진 검 모양의 문신을 봤다. 그건 검문 전용의 표식으로, 지영이 대륙에 태어났던 삶에서 몇 번이나 마주했던 표식이었다.

물론 그렇다고 무슨 하늘을 날고, 기를 쏘아내고 그런 건 절대 아니었다.

인간의 몸으로는 그런 건 불가능하니까. 다만 소림처럼 그저 어려운 시대에서 여인들끼리 살기 위해 뭉쳐 검을 든 곳이 바로 검문이다.

최대한 외적으로부터 떨어지기 위해 자리 잡은 곳은 바로 주

산군도였고.

그러니까 그냥 소설은 소설일 뿐이란 소리였다.

다만 맥이 아직까지 이어져 내려오고 있다는 부분에서는 좀 놀라웠다.

"어떻게 알았나요?"

"……."

지영은 대답하지 않았고, 슬쩍 고개를 뺐다.

"누나 왔어요?"

"일찍 왔네? 다들 모인 거야?"

그리고 막 들어선 송지원을 향해 갔다. 휙 돌아선 레이 옌의 시선과 뭔가 요상한 감정을 담은 칸나의 시선까지 느껴졌지만 뭐, 그 정도 시선을 신경 쓸 지영이 아니었다.

"컨디션은 어때요?"

"그냥… 그럭저럭? 넌?"

"전 뭐, 언제나 좋습니다. 하하."

"어쭈, 그러셔?"

"네. 누난 근데… 몸이 더 좋아졌네요?"

"그렇게 개고생을 하는 중인데 당근 더 좋아져야지. 어휴, 나 이거 하나만 하고 말까 봐. 죽겠다, 죽겠어."

"왜 이제 와서 앓는 소리예요?"

"이거 하나 준비한다고 기다린 시간이… 삼 년이 넘는다. 너 같으면 안 죽겠냐?"

진짜다.

송지원은 완벽주의자에 가깝다. 아니, 완벽주의자다.

그래서 계약서를 쓴 그날, 이 한 작품을 위해 진짜 엄청난 노력을 기울였다.

먹고 싶은 것도 못 먹고, 자고 싶을 때도 못 자고, 쉬고 싶을 때도 못 쉬면서 하루 여덟 시간 이상의 고강도 트레이닝을 받았다.

그것도 오직 액션 하나만.

선수도 지쳐 쓰러질 트레이닝을 삼 년간 받았으니 솔직히 지칠 만했다.

"조금만 힘내요. 촬영 들어가면 그래도 괜찮잖아요?"

"안 그래도 진짜 몸 근질거려 미치겠다."

"하하."

지영이 웃는 순간 '하이!' 하이톤의 인사가 들려왔다. 레이샤의 등장이었다. 깔끔한 코트 차림의 레이샤는 들어오지마자 지영을 덥석 안았다. 그리고 볼 키스. 아주 그냥, 자리에 모인 사람들이 입이 쩍 벌어질 행동을 한 뒤에야 옆에 있던 송지원을 안았다. 그러고는 볼을 마구 비벼댔다.

송지원의 표정이 대번에 험악해졌다.

"아, 좀!"

"후후, 반가워서 그래, 반가워서!"

"내가 이런 거 하지 말랬지! 난 싫다고!"

"내가 좋아, 내가!"

"아, 싫어! 끼악!"

둘은 나이가 비슷하다.

그래서 그냥 친구가 되어버렸다. 삼 년 간 영어 회화가 많이는 송지원의 질색에도 레이샤는 그녀를 안고 놔주질 않았다. 한쪽은 세계에서 알아주는 여배우. 다른 한쪽도 세계에서 알아주는 여배우다.

둘이 볼을 비비는 장면은 정말 극히 희귀한 장면일 것이다.

한차례 연극과도 같은 장면은 인피니티 워를 이어 이번에도 메가폰을 잡은 루소 형제가 들어온 후에야 멈췄고, 리딩이 시작됐으며, 무사히 끝났다.

그리고 4월, 드디어 첫 촬영이 시작됐다.

『천 번의 환생 끝에』 3권에 계속…